Als Wunderlich Taschenbücher liegen außerdem folgende «Buffy»-Bände vor:

Nancy Holder: Buffy – Im Bann der Dämonen.
Die Angel Chroniken I (Nr. 26433)
Richie Tankersle: Buffy – Im Bann der Dämonen.
Die Angel Chroniken II (Nr. 26434)
Nancy Holder: Buffy – Im Bann der Dämonen.
Die Angel Chroniken III (Nr. 26435)

Nancy Holder und Jeff Mariotte

Buffy
&
ANGEL

DIE GEHEIME GESCHICHTE

Roman

Erstes Buch
Im Reich der Schatten

Deutsch von
Antje Görnig

Wunderlich Taschenbuch

Das Buch «Buffy & Angel – Die geheime Geschichte.
Erstes Buch. Im Reich der Schatten»
entstand nach der gleichnamigen Fernsehserie
(Originaltitel: *Buffy, The Vampire Slayer*) von Joss Whedon
und (Originaltitel: *Angel*) von Joss Whedon & David Greenwalt,
ausgestrahlt bei ProSieben.

Erstveröffentlichung bei Pocket Books, New York 2001.
Titel der amerikanischen Originalausgabe:
Buffy & Angel. Unseen. The Burning.

Veröffentlicht im Rowohlt Taschenbuch Verlag
GmbH, Reinbek bei Hamburg, August 2003
Lizenzausgabe mit freundlicher Genehmigung der
Egmont vgs verlagsgesellschaft, Köln

Umschlaggestaltung: any.way, Wiebke Buckow
(Foto: Twentieth Century Fox Film Corporation 2001)
Druck und Bindung Clausen und Bosse, Leck
Printed in Germany
ISBN 3 499 26456 0

Die Schreibweise entspricht den Regeln
der neuen Rechtschreibung.

Buffy & ANGEL – DIE GEHEIME GESCHICHTE

Im Reich der Schatten

PROLOG

Sunnydale

Ganz im Ernst: In Sunnydale war es höllisch heiß.
Vor ungefähr einer Woche war der Sommer gekommen, und die scheinbar so beschauliche kleine Stadt hatte sich in ein wahres Treibhaus verwandelt. Sogar um Mitternacht noch schwitzten die Bäume des Weatherly Parks, und auf dem Gehsteig entlang des Zauns hätte man Spiegeleier braten können. Berührte man den Maschendraht, riskierte man schmerzhafte Verbrennungen, die Tattoos ähnelten oder dem diagonalen Grillmuster der Steaks bei *Steer Town* entsprachen.

Auf den zwölf Friedhöfen im Stadtgebiet verwesten Freund wie Feind erheblich schneller als sonst.

Buffy wischte sich den Schweiß von der Stirn. Sie war froh, dass sie statt des langärmligen Hemdes doch noch T-Shirt und leichte Hosen angezogen hatte. Es war definitiv kein Wetter für lange Ärmel.

Und es war kein Wetter, um auf Patrouille zu gehen. Aber daran gab es nichts zu rütteln: Sie war die Jägerin; sie patrouillierte. Ende der Geschichte.

Allerdings hatte es in den letzten Nächten nicht besonders viel zu jagen gegeben. Seit Schulende – besser gesagt: seit dem Ende der Initiative und dem Ableben von Adam und Maggie Walsh – ging es in Sunnydale sehr ruhig zu. So ruhig, wie es die Leute immer empfanden, die keine Ahnung hatten.

Aber Ruhe hin oder her – Buffy war die Jägerin, also patrouillierte sie nachts ordnungsgemäß und hielt Ausschau nach gruseligen Gestalten, die vielleicht in der Dunkelheit lauerten. Nicht weit von ihr entfernt tat Riley Finn genau dasselbe. Des öfteren gingen die Jägerin und ihr Freund gemeinsam auf Patrouille, aber manchmal schwärmten sie auch getrennt aus, um ein größeres Gebiet abzudecken. An diesem Abend waren sie getrennt losgezogen, und so hatte Buffy niemanden zum Reden und nichts zum Töten.

Was für ein Mensch war sie nur, fragte sie sich, dass sie sich wünschte, die Kreaturen der Nacht würden den Planeten bevölkern, damit sie etwas zu tun hatte.

Und wie zur Antwort schrie in diesem Augenblick jemand. Es klang ziemlich verschämt.

Buffy verkniff sich ein Grinsen. In den frühen Tagen der Patrouille ein Mega-Fauxpas, dachte sie. Ich wäre losgerannt, um irgendein quicklebendiges Pärchen zu stören, das mich für verrückt erklären würde.

Ein weiterer Schrei ertönte; von derselben Person, aber diesmal mit ganz anderer Botschaft. Das war kein neckischer Schrei gewesen, sondern ein wahrhaftiger Einer-will-mich-fressen-Schrei, wie er Buffy sehr wohl vertraut war.

So etwas hatte sie schon mehr als einmal gehört.

Sie rannte los, so schnell wie der Wind, der in dieser Nacht in Sunnydale mit Abwesenheit glänzte.

Der Schrei schien aus östlicher Richtung gekommen zu sein. Da ertönte ein weiterer. Es war definitiv eine Frau, die da schrie. Sie musste ein paar Blocks entfernt sein – und sie hatte Angst. Plötzlich erstarb der Schrei.

Buffy raste weiter.

Sobald sie um die Ecke gebogen war, wusste sie, wo sich das Opfer befand. Mitten durch den Block führte eine zu beiden Seiten offene Gasse, die von vielen gern als Abkürzung von der Main Street zum Parkplatz einen Block weiter benutzt wurde. Offenbar war jemand auf dem Rückweg vom Abendessen oder von einem Kaffee im *Espresso Pump* bedroht worden.

Von was wohl? Von einem Vampir? Einem Dämon aus tiefster Hölle? Das ließ sich in dieser Stadt nicht so genau sagen …

Dank der guten Bodenhaftung ihrer Turnschuhe bog Buffy ohne Tempoverlust in die Gasse. Als sie über eine Kiste mit zerplatzten, schimmeligen Orangen und Zitronen sprang, die in der Hitze vergammelten, nahm sie flüchtig den fauligen Gestank wahr.

In der Mitte der Gasse angekommen, sah sie die beiden: Eine Frau wehrte sich mit Händen und Füßen gegen eine dunkle Gestalt, die sich über sie beugte und an ihr zerrte.

Ein Vampir.

Buffy zog im Laufen einen Holzpflock aus dem Gürtel und schloss fest ihre Finger darum.

Doch bevor sie den Blutsauger erreichte, wurde sie von Scheinwerferlicht geblendet, das von der anderen Seite in die Gasse drang. Zuerst waren es weiße Lichtstrahlen, dann rotes Blinklicht. Ein Polizeiauto, registrierte sie mit Kennerblick, denn sie wusste, wie es war, von einem solchen verfolgt zu werden. Nun, eigentlich nicht wirklich, aber sie hatte bei ihrer Arbeit gelernt, der Polizei aus dem Weg zu gehen.

Der Streifenwagen raste auf das kämpfende Paar zu, das Scheinwerferlicht glitt über sie hinweg, und das Blinklicht auf dem Dach warf flackernde Schatten auf die Bruchsteinmauern, die aussahen wie Flammen im Kamin.

Rasch drückte sich Buffy flach an die Wand, als der Wagen näherkam.

Der Vampir ließ sein Opfer los und die Frau riss ihm ihre Tasche aus den Händen.

Zwei Polizisten sprangen aus dem Fahrzeug, zogen ihre Pistolen und richteten sie auf den Typen, der sofort die Hände über den Kopf hielt.

»Nicht schießen!«, bat er.

Er war gar kein Vampir, wurde Buffy klar. Nur ein ganz gewöhnlicher Taschendieb, der seinem Opfer in einer Sommernacht in einer dunklen Gasse aufgelauert hatte.

Und die Polizei hatte ihn dabei erwischt.

Hier wurde also gar keine Jägerin gebraucht.

Buffy glaubte nicht, dass die Cops sie bereits entdeckt hatten, da sie vollauf mit dem Straßenräuber und seinem Opfer beschäftigt waren. »Das ist doch verrückt«, dachte sie. »Ich werde hier noch wahnsinnig!« Sie beschloss, Riley zu suchen, um jemanden zum Reden zu haben – vielleicht auch ein bisschen zum Küssen –, und schlüpfte unbemerkt aus der Gasse.

Unbemerkt und unnötig. Irrelevant. Überflüssig. Und was es sonst noch an Synonymen für »nutzlos« gab.

Unsichtbar.

1.

»Guck dir das mal an!«, sagte Willow Rosenberg, zog eine Grimasse und schüttelte ihren hübschen roten Schopf. Dazu bibberte sie theatralisch. »Würg!«

»Würg?«, fragte Buffy und sah sich halb kampfbereit um. »Was für ein Würg?«

»Dieser Würg hier!«

Willow zeigte auf das Werbefoto am Ladentisch der Kosmetikabteilung. Das Model darauf war spindeldürr, hatte eingefallene Wangen, und das Make-up um die Augen sah aus wie Blutergüsse. Es räkelte sich auf einem Grabstein in einem Kleid, das dem Aussehen nach gut aus alten verstaubten Lumpen gefertigt sein konnte. »Ist ja wohl total würg, dieser Leichen-Look!«

»Ich verstehe das nicht«, meinte Buffy kopfschüttelnd. »Ich meine, wir alle möchten natürlich gut aussehen und modisch sein, nicht wahr?«

»Einige mehr als andere«, bemerkte Willow.

»Aber warum sollte man sich so zurechtmachen, als wäre man schon tot?«, fuhr Buffy fort, zog die Kappe eines Lippenstifts ab und drehte ihn hoch. Er hatte exakt die Farbe von Friedhofserde.

Sie verzog das Gesicht und zeigte ihn Willow.

Willow schüttelte den Kopf. Auf keinen Fall würde sie sich so etwas auf die Lippen schmieren. »Vielleicht hat man so Ruhe vor Vampiren!«

»Sicher, aber dann fallen die Aasgeier über einen her, das ist genauso schlimm.« Buffy nahm einen weiteren Tester und zeigte Willow die wahrhaft unappetitlich bläulich-schwarze Farbe.

»Ich kann mich nur wiederholen«, bemerkte Buffys beste Freundin. »Würg!«

Sie waren am westlichen Ende des Einkaufszentrums von Sunnydale und sahen sich bei *Robinson's-May* um, ohne wirklich etwas kaufen zu wollen. Keine von beiden brauchte unbedingt neue Klamotten oder Make-up, aber sie hatten in den letzten Wochen nur wenig Gelegenheit gehabt, sich zu treffen. Willow hatte seit Schulende quasi nonstop mit ihrer Freundin Tara zusammengehockt, und Buffy ... nun, Buffy hatte viel Zeit mit Riley verbracht.

Daher also der nachmittägliche Shopping-Ausflug. Sie hatten auf der einen Seite des Einkaufszentrums angefangen und arbeiteten sich nun zum anderen Ende durch. Schuhe, Kleider, sogar Brillengestelle – es gab nichts, was sie nicht anprobierten. Beide trugen mittlerweile eine Papiertüte mit ein paar kleinen Einkäufen. Buffy hatte Willow von der Abwesenheit der Monster und Dämonen auf der Straße erzählt, die offenbar mit dem verheerenden Ende der Initiative in Zusammenhang stand, jener paramilitärischen Dämonenjäger-Organisation, der auch Riley Finn angehört hatte. Buffy war zunächst davon ausgegangen, dass sämtliche Übel den Untergang der Initiative zum Anlass nähmen, die Stadt zu überfluten, aber dem war offenbar nicht so. Nun, da die Ferien begonnen hatten und Buffy Zeit hatte, sich um den Höllenschlund zu kümmern, war alles ruhig.

Sie schnupperte an einer Flasche *Charlie* – der Duft erinnerte sie an ihre Mutter – als Willow plötzlich rief: »Oh, Buffy, sieh nur!«

»Noch ein Würg?«, fragte Buffy.

»Nein, ganz und gar nicht.« Willow griff nach einer Tigerstreifen-Weste aus einem wuscheligen, entfernt pelzähnlichen Material mit rotem Reißverschluss. »Guck mal, könnte das meine werden?«

Buffy betrachtete die Weste eingehend, die sich ihre schlanke rothaarige Freundin vor den Oberkörper hielt. »Ich weiß nicht, ob es deine werden könnte«, sagte Buffy schließlich. »Sie könnte es schon sein, denke ich. Wenn du jemand anderes wärest. Jemand, der anders ist als du.«

»Aber ich will, dass es meine wird«, jammerte Willow. »Ich möchte zu den Frauen gehören, die solche wirklich absolut coolen Klamotten tragen können und großartig darin aussehen.«

»Es gibt kein Gesetz, das dir verbietet, dich zu ändern«, bemerkte Buffy und sah kurz auf das Etikett. »Abgesehen von dem Gesetz gegen Diebstahl – dessen müsstest du dich wahrscheinlich schuldig machen, um so etwas in deine Finger zu bekommen.«

»Grumpf!«, sagte Willow. »Aber ich hätte das Geld.«

»Ja, für das nächste Semester und für Bücher«, entgegnete Buffy. »Abgesehen davon siehst du gut aus, wie du bist. Wunderbar!«

»Du hast wohl Recht«, pflichtete ihr Willow mit einem Blick auf das Preisschild bei. »Aber das hier... das schreit förmlich nach mir.«

»Weißt du, eigentlich kann man ja nicht aus seiner Haut. Aber vielleicht sind die Tigerstreifen doch was für dich, wenn sie dir so gut gefallen«, sagte Buffy. »Okay.« Sie nickte eifrig. Sie liebte die Aufregung, in die sie immer versetzt wurde, wenn sie für jemand anderen eine Kaufentscheidung traf. »Ich bin absolut der Meinung, du solltest die Weste nehmen.«

»Das würde Verzicht bedeuten.«

»Auf was?«

»Auf so ziemlich alles«, entgegnete Willow niedergeschlagen. Aber dann klärte sich ihr Gesicht auf. »Aber Wasser ist billig. Man muss es positiv sehen: Wenn ich ein paar Wochen hungere, sehe ich am Ende vielleicht auch so wunderbar tot aus.«

»Kauf dir die Weste!«, drängte Buffy. »Sie gefällt dir doch. Du wirst sie zwar erst tragen können, wenn es wieder kühler wird, aber irgendwann wird es ja soweit sein. Und wenn wir das hier erledigt haben, lade ich dich zu einem Stück Kuchen ein oder besser zu einem großen Möhren-Muffin.«

Willow brach in lautes Gelächter aus, das eine sehr ansteckende Wirkung auf Buffy hatte. Sie warf ihrer Freundin die Arme um den Hals und drückte sie an sich. Die Weste wurde regelrecht zwischen ihnen zerquetscht.

»Danke, Buffy! Du bist exakt der schlechte Einfluss, den ich in diesen Zeiten brauche, da ich versuche, erwachsen zu werden.«

»Ähm, Willow?«

»Was?«, fragte sie fröhlich.

»Ich glaube, meine Haut kriegt gerade Tigerstreifen.«

»Oh, sorry!« Willow ließ Buffy los und trat zurück.

»Ganz zu schweigen von dem Reißverschluss«, fügte Buffy hinzu und strich sich über den Bauch.

»Ich glaube, im Gegensatz zu Tattoos verschwinden Reißverschluss-Abdrücke mit der Zeit.«

»Komm, gehen wir bezahlen«, sagte Willow entschlossen. »Ich meine, *ich* bezahle natürlich.«

»Okay«, sagte Buffy. »Und ich bezahle das Essen.«

Ein paar Geschäfte weiter gab es ein Café. Buffy hielt Willow die Glastür auf, und Willow trat strahlend ein. Der Duft von frisch gebrühtem Kaffee, Zimt und Backwaren zog Buffy magnetisch an. Leiser Jazz rieselte wie Himmelsmusik aus versteckten Lautsprechern.

Buffy ging schnurstracks auf die glänzende Holztheke zu, um ihre Bestellung aufzugeben, und bemerkte erst gar nicht, dass Willow hinter ihr zurückgeblieben war. Als sie sich umdrehte, spähte Willow angestrengt in die hinterste Ecke des schlauchartigen Cafés.

»Ich kenne dieses Mädchen«, sagte sie leise.

Buffy folgte ihrem Blick. Eine junge Frau saß allein an einem der hinteren Tische. Sie sah sehr gut aus mit ihrem onyx-schwarzen Haar und der glatten Olivenhaut, aber ihre Augen waren tränenverschmiert und der Eyeliner zerlaufen. Weinend putzte sie sich die Nase. Vor ihr stand eine dampfende Tasse Kaffee auf dem Tisch.

»Sieht ziemlich fertig aus«, meinte Buffy.

»Sie ist eins der glücklichsten Mädchen, die ich kenne«, sagte Willow besorgt. »Ich meine, war sie. Dachte ich.«

»Falsch gedacht …«, bemerkte Buffy und legte nachdenklich den Kopf schief.

»Ich muss mit ihr reden«, sagte Willow.

»Ich lasse euch ein bisschen Zeit und komme dann dazu. Mit dem leckeren Kuchen.«

»Okay«, entgegnete Willow und lief schon auf das weinende Mädchen zu. Buffy ging wieder an die Theke. Nach ein paar Minuten brachte sie zwei Tassen Eis-Mokka an den Tisch, ging zurück und holte drei noch ofenwarme Stücke Kuchen, die sie in die Mitte stellte.

»Ahornsirup-Haferflocken-Nuss, Johannisbeere und Preiselbeere«, verkündete sie. »Greift zu!« Sie sah Willows Freundin an und reichte ihr die Hand. »Ich bin Buffy.«

Das Mädchen zwang sich zu einem Lächeln. Ihre Zähne waren schneeweiß. Obwohl sie sehr lässige Kleidung trug – UC-Sunnydale-T-Shirt und Jeans –, strahlte sie Klasse aus. Sie hatte ihr Haar mit einem alten und teuer aussehenden Schildpatt-Kamm hochgesteckt. Ein einfaches Goldkreuz baumelte an ihrer Halskette, die zu den beiden rötlich-goldenen Armreifen und dem goldenen Siegelring an ihrem rechten Mittelfinger passte. Kleine goldene Ohrstecker rundeten das Ganze ab.

»Hi, Buffy«, sagte sie. »Ich bin Salma de la Natividad. Willow hat mir schon viel von dir erzählt!«

»Salma war in meinem Literaturkurs«, erklärte Willow. »Sie hat eine großartige Hausarbeit über den Einfluss der Literatur des magischen Realismus auf die Wahlperioden in Lateinamerika geschrieben und …« Da bemerkte Willow offenbar Buffys glasigen Blick, den sie bekam, obwohl sie sehr bemüht war, sich interessiert zu zeigen. »Sie hat ein Problem.«

Um das zu erkennen, musste man kein Genie sein, dachte Buffy. Und vermutlich hatte ihr Problem nichts mit ihrer Abschlussnote in Literatur zu tun.

»Aha?«

»Es geht um meinen Bruder Nicky«, erklärte Salma. Ihre Unterlippe zitterte und Buffy befürchtete, sie würde erneut in

Tränen ausbrechen. Buffy konnte den ganzen Tag gegen die absonderlichsten Bestien kämpfen, aber emotionale Ausbrüche von Fremden versetzten sie beinahe in Angst und Schrecken. »Ich habe ihn seit Tagen nicht gesehen.«

»Ist das denn ungewöhnlich?«, fragte Buffy.

»Er wohnt seit einer Weile bei mir«, entgegnete Salma. »Und nun ist er verschwunden.«

»Ist er weggelaufen? Oder entführt worden?«

»Ich ... Ich weiß es nicht«, sagte Salma. Sie sah Buffy über den Tisch hinweg mit ernsten Augen durchdringend an. Buffy fühlte sich, als werde sie durchleuchtet. »Ich bin nicht hier in Sunnydale zur High School gegangen«, fuhr Salma fort. »Aber ich habe Geschichten über dich gehört, Buffy. Nicht von Willow, von anderen. Die Kids reden über die Abschlussfeier, als du ...«

»Nun«, sagte Buffy und nahm sich ein Stück Kuchen. Es war ihr immer unangenehm, wenn Zivilisten von ihren Jägerinnen-Abenteuern erfuhren. Die meisten Sunnydaler hatten beschlossen, lieber wegzusehen. Nach dem Vorfall bei der Abschlussfeier war ihr zwar viel Anerkennung von Seiten ihrer Mitschüler zuteil geworden, weil sie ihnen das Leben gerettet hatte, aber das verging rasch, und sie wurde wieder unsichtbar. »Die Leute übertreiben immer, weißt du.«

»Das glaube ich nicht.« Salma sah Buffy ernst an, die weiter an dem Stück Kuchen knabberte. »Ich glaube, du bist wirklich etwas Besonderes.«

Buffy zuckte verlegen mit den Schultern. Es war ihr überaus unangenehm, gelobt zu werden.

Faith hatte mit so etwas keine Probleme, dachte sie und fröstelte einen Augenblick.

»Buffys Mutter sieht das auch so«, sagte Willow zu Salma.

Salma atmete tief durch. »Ich spreche darüber, weil ich Angst um Nicky habe. Ich habe Angst, dass er in etwas hineingezogen wurde ... in etwas Übernatürliches.« Unbewusst oder vielleicht auch bewusst berührte Salma ihre Kette mit dem Kreuz.

»Warum glaubst du das?«, fragte Buffy.

Salma wollte anfangen zu sprechen, aber da öffneten sich bereits die Schleusentore. Dicke Tränen rannen ihr über die Wangen. Sie senkte ihren Kopf und schluchzte leise vor sich hin. Willow nahm nur ihre Hand und sagte nichts. Als sich Salma nach einer Weile wieder fasste, reichte ihr Willow ein Taschentuch. Sie putzte sich die Nase und sah schüchtern zu den beiden auf.

»Es tut mir Leid«, sagte sie leise. »Ich bin so ein Baby!«

»Ach was!«, widersprach ihr Willow. »Du hast doch allen Grund zur Sorge.«

Salma tupfte sich die Augen trocken und zerknüllte das Taschentuch in ihren Händen. »Ja, das habe ich.«

»Du hast das Übernatürliche erwähnt«, drängte Buffy sanft.

»Ja.« Salma nickte. »Meine Großmutter... Sie hatte einige Erfahrung mit diesen Dingen. Ich habe Angst, dass Nicky in ihre Fußstapfen tritt, ohne wirklich zu begreifen, womit er herumspielt. Ich glaube, dass in dieser Welt Kräfte am Werke sind – dunkle Kräfte.«

»Und damit hast du vollkommen Recht«, sagte Buffy. Willow sah sie an, schwieg aber.

»Und wenn Nicky damit in Berührung gekommen ist, wie ich befürchte, befindet er sich vielleicht in größerer Gefahr als er ahnt.«

»Stimmt ebenfalls.«

»Du weißt Bescheid über diese Dinge, nicht wahr?«

»Ein wenig«, räumte Buffy ein. Unruhig schlürfte sie ihren Mokka und nahm noch ein paar Krümel von dem Johannisbeer-Kuchen.

»Nicky war schon immer der ewige Amateur«, erklärte Salma. »Er fängt ein Hobby an, gibt Unmengen Geld dafür aus und sucht sich dann etwas Neues. Zum Beispiel Skifahren. Eines Winters beschloss er, Skifahren zu lernen. Er abonnierte drei Zeitschriften, kaufte die teuersten Rossignol, die er finden konnte, Skikleidung und eine Spezialsonnenbrille. Nun verstaubt alles in seinem Schrank. Im Winter danach war es nämlich Snowboarden.«

»Und du meinst, die Vergnügung dieses Monats sei Dämonologie oder so etwas?«, fragte Buffy.

Das verzweifelte Mädchen strich ihre wunderbar weichen Haare zurück. »Er hat bei mir gewohnt. Aber er rief Doña Pilar, meine Großmutter, oft an und stellte ihr Fragen. Und ich habe in seinem Zimmer ein paar Bücher gefunden.«

»Was für Bücher?«, fragte Willow.

»Bücher mit komischen Namen«, entgegnete Salma. »Ich erinnere mich noch an einige Titel. *De Vermis Mysteriis. Brüder der Dämmerung. Das Buch von Eibon. Culte des Goules.«*

»Das hat Giles auch«, warf Willow aufgeregt ein.

»Willow …«, warnte Buffy.

»Hat er wirklich.« Beleidigt trank Willow einen Schluck und stellte ihre Tasse wieder ab.

»Okay, du hast also diese Bücher gefunden und deshalb bist du ausgeflippt.«

Salma zögerte. »Ja …«

»Das ist der Fachbegriff«, erklärte Buffy. »Ausgeflippt. Zauberer und Schwarzmagier benutzen ihn ständig.«

»Du findest mich albern«, sagte Salma. Das war keine Frage.

Buffy bedauerte sofort, was sie soeben gesagt hatte. »Nein, gar nicht. Ich glaube, du machst dir große Sorgen um deinen Bruder.«

Sie schwieg eine Weile. Willow signalisierte ihr mit ihrem Mienenspiel »Hilf ihr!«, und schließlich konnte sie nicht abstreiten, dass sie sich nach Beschäftigung gesehnt hatte.

Nicht nach Beschäftigung, korrigierte sie. Nach etwas zum *Jagen.* Immerhin war sie eine Vampirjägerin und nicht Sherlock Holmes.

Und ein Junge, der bei seiner Schwester wohnte, außer Reichweite der Eltern … Das roch doch förmlich nach einem Trip in die Freiheit!

»Wenn er diese Bücher gelesen hat, könntest du Recht haben«, sagte Willow. »Vielleicht spielt er mit Dingen rum, von denen er keine Ahnung hat. Mit gefährlichen Dingen.«

»Seit drei Tagen ist er nicht nach Hause gekommen«, fuhr Salma fort. »Ich habe zu Hause in Los Angeles angerufen und bei all seinen Freunden, die ich kenne. Aber niemand hat ihn gesehen oder von ihm gehört. Das sieht ihm gar nicht ähnlich. Er ist ein richtiger Familienmensch, hält immer den Kontakt.«

»Hat er vielleicht eine neue Freundin?«, fragte Buffy.

Salma schüttelte den Kopf. »Dann hätte er angerufen oder so. Er hätte sie mitgebracht.« Sie griff nach ihrer Kaffeetasse.

»Du hast wirklich große Angst, nicht wahr?«, fragte Willow.

»Meint ihr, ihr könntet ... nein, vergesst es!« Salma sah auf ihren Schoß, als wäre ihr etwas heruntergefallen. »Es tut mir Leid. Ich habe kein Recht danach zu fragen.«

»Dir muss gar nichts Leid tun«, schaltete sich Willow ein. »Natürlich helfen wir dir, wenn es etwas gibt, was wir tun können.«

Buffy hätte sie am liebsten getreten. Nicht genug damit, dass sie ihr ganzes Leben am Höllenschlund verbringen und Dämonen jagen musste, nein, nun sollte sie auch noch einer Freundin von Willow dabei helfen, den Bruder aufzuspüren, der wahrscheinlich nur übers Wochenende nach Baja zum Surfen gefahren war.

Aber das sagte sie nicht laut. Sie sagte vielmehr:

»Sicher tun wir das. Was immer in unserer Macht steht. Ich meine, Willows Freunde ...« Allerdings beendete sie den Satz nicht, weil sie gar nicht richtig wusste, wie sie ihn beenden sollte.

Salma lächelte wieder. Wenn sie lächelte, war sie mehr als schön, wunderschön wie ein Supermodel, dachte Buffy. Die weißen Zähne standen im Kontrast zu ihrer olivfarbenen Haut, und ihre braunen Augen leuchteten förmlich vor Leidenschaft, dazu noch das glänzende schwarze Haar. Sie wirkte sehr munter und gleichzeitig sehr traurig. Plötzlich verspürte Buffy auch den Wunsch, Salma zu helfen.

Immerhin hatte sie noch keinen Job für den Sommer und keine besonderen Pläne, außer auf Patrouille zu gehen und mit Riley zusammen zu sein. Das war an sich nicht schlecht – besonders der Teil mit Riley war großartig – aber es schadete nicht, ein Ziel zu haben. Eine Herausforderung. Etwas, das die Tage schneller verstreichen ließ.

»Natürlich«, sagte sie schließlich. »Wann sollen wir anfangen?«

»Vermutlich hast du Recht, Buffy«, sagte Riley am Abend zu ihr. Sie waren zusammen auf Patrouille und machten einen Rundgang durch den Weatherly Park. Riley – groß, dunkelblond und hinreißend gut aussehend – trug seine Tarnhosen und dazu ein dunkelolivfarbenes Rippenshirt. Buffy war angesichts der Hitze der vergangenen Nacht bei T-Shirt und Cargo-Pants geblieben. »Er ist wahrscheinlich nur mit ein paar Kumpels unterwegs. Und vor lauter Abenteuern hat er vergessen, zu Hause anzurufen.« Er lächelte sie an. »Hey, Jungs im Teenager-Alter können manchmal ganz schön verantwortungslos sein, nicht wahr?«

»Die meisten«, entgegnete Buffy. »Die meisten von denen, die ich kennen gelernt habe, jedenfalls.«

»In ein, zwei Tagen kommt er bestimmt wieder zur Besinnung und ruft sie an. Aber es ist nett von dir, in der Zwischenzeit ein wenig nachzuforschen. Hat Salma dir einen Hinweis gegeben, wo du anfangen sollst?«

Buffy dachte darüber nach. »Nicht wirklich«, sagte sie. »Ihr Bruder hatte ein paar Bücher – solche wie Giles sie als leichte Lektüre rumliegen hat. Ratgeber für die Geisterwelt und so weiter. Aber ein konkreter Hinweis, eine Landkarte zum Beispiel, war leider nicht dabei. Ich muss also mit einem klaren Nein antworten.«

Leicht zerstreut scannte Riley die Umgebung. Er war ein sehr gut trainierter Kämpfer, aber ihm fehlten die Reflexe einer Jägerin. Mehrere Dinge gleichzeitig tun zu müssen, Reden und Aufpassen zum Beispiel, stellte ihn zuweilen auf eine harte Probe.

»Und wie willst du vorgehen?«

Buffy zuckte mit den Schultern. »In der Hauptsache geht es darum, Salma nicht allein zu lassen. Ich glaube, das ist der Plan. Bis Nicky von selbst wieder nach Hause kommt oder wir uns etwas ausgedacht haben. Heute Nacht sind Willow und Tara bei ihr. Kitschfilme und Eiskrem stehen auf dem Programm.« Sie lächelte wehmütig.

Riley lächelte und auf seinen Wangen bildeten sich Grübchen. »Wärst du gern bei ihnen?«

Buffy blickte kurz nach unten, sah Riley dann in die Augen und nahm ihn bei der Hand. »Ich glaube, ich bin genau da, wo ich sein will«, sagte sie.

Sie tauschten glühende Blicke, wie Willow zu sagen pflegte. Bei Buffy und Riley hatte die Chemie von Anfang an gestimmt, und auch was den gegenseitigen Respekt anging, war alles bestens. Riley war bewusst, dass Buffy stärker war als er, und das fand er irgendwie cool.

Und genau das fand sie wiederum unglaublich cool.

Er drückte ihre Hand und sah sich noch ein letzes Mal im Park um, wobei er sich um die eigene Achse drehte. Seinem geübten Blick entging nichts. Buffy liebte es, ihn beim Arbeiten zu beobachten – seine Art, das Blickfeld in Vordergrund, Mitte und Hintergrund aufzuteilen, so dass er alles mitbekam, was auffällig war. Er ging systematisch vor, teilte die Umgebung in Abschnitte ein und hakte einen nach dem anderen ab.

Plötzlich hielt er inne und nickte. »Ein junges Pärchen auf der Wiese da drüben«, bemerkte er.

»Wie süß«, sagte Buffy. Dort war vermutlich eine heftige Knutscherei im Gange.

Buffy und Riley sahen sich an. Und wir sind zum Patrouillieren hier … lautete die unausgesprochene Botschaft.

Abgesehen davon standen ihnen innerhäusliche Knutschmöglichkeiten zur Verfügung, Rileys Bude nämlich.

Riley fing leise an zu kichern – er hatte wohl ihre Gedanken gelesen oder ihre Körpersprache entschlüsselt. Höchste Zeit, sich wieder ihrer Arbeit zuzuwenden!

»Komm mit«, forderte Riley sie auf. »Wir gehen quer durch den Park zum Spielplatz und sehen da mal nach!«

»Ich dachte schon, die beiden verschwinden gar nicht mehr«, sagte Burt und meinte damit die hübsche Blonde und ihren großen Freund, der mit seinen Tarnhosen aussah wie jemand von der Bürgerwehr oder so. Burt hatte es sich mit Aimee auf einer Decke gemütlich gemacht. Bei Sonnenuntergang hatten sie gepicknickt und saßen seitdem dort und unterhielten sich leise.

Es war ihr drittes Date. Die beiden ersten waren ein wenig traditioneller verlaufen – Einladung zum Dinner und ein Film, dann ein Mittagessen am Wochenende und eine Partie Minigolf. Nun das Picknick. Burt machte sich große Hoffnungen. Er wusste, der Park würde um zehn geschlossen werden, aber er wusste auch, dass es in der Anlage einige Fleckchen gab, an denen man sich vor dem Parkwächter verstecken konnte, der die Tore schloss. Und waren die Eingänge erst einmal verriegelt, war man ganz für sich allein.

Das hatte er schon ausprobiert.

Allerdings nicht mit einer so heißen Braut wie der schönen Aimee. Burt verkaufte Autos in einer Ford/Lincoln-Niederlassung, und Aimee war die neue Kassiererin im Zubehör-Laden. Schon an ihrem ersten Arbeitstag hatte Burt ein Auge auf sie geworfen. Er konnte gar nicht anders. Sie war groß, gut gebaut und vor allem gut gebaut.

Ihr dichtes rotes Haar, das sie bei der Arbeit hochgesteckt trug, fiel ihr nun offen über die Schultern. In ihrer zweiten Arbeitswoche hatte er angefangen, mit ihr zu flirten, ganz zwanglos, locker und nicht so aufdringlich wie viele andere Typen.

Auf dieselbe Weise verkaufte Burt auch Autos. Er ging die Sache ganz locker an, ganz easy. Ließ die Kunden die Arbeit selbst machen. Und ließ die Autos damit sich selbst verkaufen. Wenn die Kunden vor den anstrengenden Verkaufsstrategien anderer Händler davonliefen, rannten sie direkt in Burts Arme, der sich so verhielt, als sei es ihm egal, ob er je ein Auto verkaufte – solange nur die Leute den Laden mit einem Lächeln im Gesicht verließen.

Seine stressfreie Methode machte ihn Monat für Monat zum umsatzstärksten Verkäufer der Firma.

Nun wollte er herausfinden, ob das auch bei Aimee funktionierte. So weit, so gut.

Auch sie würde mit einem Lächeln im Gesicht gehen. Denn auch auf diesem Gebiet konnte er sich auf seine Überzeugungskraft verlassen.

Garantiert.

Aimee beobachtete die beiden Störenfriede, wie sie über den Zaun sprangen. Auch Burt sah ihnen hinterher. Hoffentlich machten sie sich rasch vom Acker. Sie waren überraschend sportlich, besonders die Frau, die viel zu schmal und zierlich für die Bewegungen wirkte, die sie machte. Vielleicht eine optische Täuschung oder so: Burt hätte schwören können, sie sei den zwei Meter fünfzig hohen Zaun hinaufgeklettert wie eine Trittleiter. Dann sprang sie leichtfüßig auf die andere Seite und legte eine ganz weiche Landung hin.

»Bist du sicher, dass sonst niemand hier ist?«, fragte Aimee.

Ihre Stimme zitterte leicht. »Sehr gut«, dachte Burt. »Wenn sie nervös ist, heißt das, sie will es auch.«

»Aber selbstverfreilich«, entgegnete Burt. Das war eines seiner Lieblingswörter. Manchmal schickte er noch ein »absolutiv« hinterher, heute jedoch nicht. Denn als er das erste Wort gerade ausgesprochen hatte, war Aimees Zunge schon in seinem Mund.

Wow! So viel zum Thema Schnelligkeit.

Atemlos machte sie sich über ihn her und rang ihn regelrecht nieder. »Oh, Burt, das ist so gut«, brachte sie keuchend hervor und lächelte ihn an. »Ich habe lange genug gewartet.«

Er spürte, wie ihre Hände über seinen Körper wanderten, über seine Schultern, seine Brust, seine Beine. Er war ein wenig überrascht – er spielte gern selbst den Verführer –, leistete aber keinen

Widerstand. Hey, er konnte schließlich genauso gut wie jeder andere auch als Frischfleisch herhalten!

Mittlerweile war es sehr dunkel geworden, und er bekam den merkwürdigen Schatten überhaupt nur mit, weil er auf dem Rücken lag. Auf Aimees Wange, die sich im Vordergrund seines Blickfeldes befand, fiel das Licht der Straßenlaterne, die direkt vor dem Park stand. Plötzlich jedoch wurde der Lichtstrahl von etwas Dunklem verdeckt.

Stand da jemand vor ihnen? Die Cops etwa?

Burt schob Aimee weg und setzte sich eilig auf.

»Was ist los?«, fragte Aimee. »Ich dachte, du wolltest auch ...«

»Pssst!« Er schaute sich um. Die Straßenlaterne war deutlich zu sehen. Aber weit und breit war niemand, der zwischen ihnen und der Laterne hergelaufen sein konnte. Außer der Dunkelheit gab es nichts zu sehen.

Aber da kam unvermittelt Leben in die Dunkelheit.

Ein schwarzer Schatten, nunmehr schwarz vor schwarzem Hintergrund, bewegte sich in Burts Blickfeld. Aimee klammerte sich an seinen Arm und ihre Nägel gruben sich in seine Haut. Sie hatte es also auch gesehen.

»Was war das?«, zischte sie.

»Keine Ahnung.«

Man konnte keine Umrisse erkennen, keine klare Gestalt. Ein Schatten glitt durch die Finsternis und verschwand absolut geräuschlos irgendwo in dem nächtlichen Park.

Dann hatte Burt das Gefühl, der Schatten nähere sich ihnen wieder langsam.

»Wenn man es nur genau sehen könnte!«, dachte er.

Aimee entfuhr ein leises Wimmern. Burt hätte es nichts ausgemacht, wenn sie geschrien hätte.

Er bekam eine Gänsehaut und seine Nackenhaare richteten sich auf. Der Schatten kam nun definitiv näher. Burt glaubte, ein Geräusch zu hören, aber es war nur der Wind, der in den Blättern der Bäume rauschte; der Bäume, die er nicht sehen konnte, weil sie ebenfalls im Dunkeln lagen.

Kurz vor dem Angriff roch er es allerdings; feuchter übelriechender Atem blies über sie hinweg. Burt spürte, wie sich sein Magen zusammenzog.

Aber einen Augenblick später wurde er ihm auch schon von scharfen Krallen aus dem Leib gerissen und zu Boden geschleudert.

Jetzt schrie Aimee tatsächlich.

Und dann war sie an der Reihe.

2.

Mittags traf sich die ganze Truppe bei Giles: Buffy, Riley, Willow, Xander und Anya. Giles hatte Buffy frühmorgens mit einem Anruf aus dem Schlaf geklingelt und darauf bestanden, dass sie die anderen zusammentrommelte. Sie hatte es ihm versprochen und sich wieder zurückgelehnt, um in Rileys Armen weiterzuschlafen.

Zwanzig Minuten später war sie ruckartig und mit schlechtem Gewissen wach geworden, hatte rasch ein paar Anrufe gemacht und geduscht. Und da waren sie nun alle – wie bei einer »Kommt-so-wie-ihr-seid«-Party. Anya beispielsweise hatte noch eine ziemliche Bettfrisur und Xander war unrasiert.

Willow, in zerknautschtem Jeansrock und einem hübschen bunten Sweater, unterdrückte ein Gähnen und gab sich höflich interessiert.

Sie saßen in Giles' vollgestopftem Wohnzimmer und Buffy wünschte, sie hätte sich mit Riley noch Zeit für einen Milchkaffee genommen. Dann wäre sie jetzt wacher. Giles trug tatsächlich T-Shirt (*Grateful Dead*, jawohl!) und Jeans – sehr ungewöhnlich für den englischen Tweed-Typen von einst; wobei sich »von einst« auf die High-School-Zeit bezog.

Er stand vor seiner Stereoanlage. Im Regal standen viele Alben. *Derek and the Dominos, Van Morrison, The Who.* Buffy hatte schon mal von dem Phänomen der Britischen Invasion gehört – Giles schien fest entschlossen, sie noch einmal aufleben zu lassen.

Er sprach über sein neues Hobby.

»Ich habe in letzter Zeit ... ähm ... Polizeifunk gehört«, erklärte er. »Das ist wirklich faszinierend. Wie ein Ausschnitt aus dem echten Leben, wisst ihr! Im Gegensatz zu diesen lächerlichen Serien, die ihr euch im Fernsehen anseht, meine ich.«

»Wie *Cops* zum Beispiel?«, fragte Xander.

»Exakt ...« Aber da merkte er auch schon, dass ihn Xander wieder einmal aufgezogen hatte, und er blinzelte irritiert, wie er es immer tat, wenn er sich auf den Schlips getreten fühlte. »Oder ... ach, ist auch egal. Jedenfalls höre ich die internen Gespräche der Sunnydaler Polizei ab. Nur für den Fall, dass die Beamten auf etwas stoßen, das ihren Horizont übersteigt, sozusagen.«

Buffy beobachtete, wie er an seinem Kassettenrekorder herumfummelte. Sie kannte ihn schon ewig und liebte ihn wie einen Vater – oder wenigstens wie einen Wächter. So hatte sie ihn ursprünglich kennen gelernt, aber mittlerweile war er gefeuert worden, weil er gegen den Rat der Wächter für sie Partei ergriffen hatte. In Buffys Augen war er jedoch der liebenswürdige, weise, ältere Mann geblieben, der sich um sie kümmerte und ihr Wohl im Auge hatte. Sie würde alles für ihn tun.

Leider nur sehnte sich Giles, seit es die High School nicht mehr gab, verzweifelt danach, gebraucht zu werden.

Endlich fand er die Sequenz, die er den anderen vorspielen wollte. »Hier«, sagte er. »Hört mal zu!«

Knackende Funkgeräusche drangen aus den Lautsprechern. Zunächst war nur eine Menge Eins-Adam-Zwölf-Zeug zu hören, wie es Millionen Male in Fernsehkrimis vorkam. Aber nach einer Weile erkannte Buffy, dass die Stimme des jungen Beamten, der sprach, vor Angst zitterte.

»... grauenhaft«, sagte er. »So etwas habe ich noch nicht gesehen. Eine Horde wilder Hunde vielleicht ... sieht hier allerdings eher wie nach einer Hai-Attacke aus. Bloß, dass es mitten im Park passiert ist. Es gibt ... Überall liegen Stücke herum. Körperteile ...« Seine Stimme brach ab.

Giles stellte das Band ab. »Ich wollte, dass ihr hört, wie aufgewühlt er klingt«, sagte er. »Panische Angst.«

Überall eifriges Kopfnicken.

»Panische Angst«, wiederholte Willow beflissen.

»Das waren definitiv keine wilden Hunde.«

»Sind es doch nie«, sagte Anya und reckte sich. Gähnend meine sie: »Vielleicht waren es ja wirklich Haie.«

Giles blinzelte irritiert. »Anya, es gibt keine Haie, die weit weg vom Meer inmitten eines städtischen Parks auftauchen.«

Anya runzelte die Stirn.

»Da war noch ein Anruf, ein paar Stunden vorher. Ich habe euch erst den zweiten vorgespielt, weil der erste von dem Beamten in der Zentrale, der ihn an einen Streifenwagen weiterleitete, nicht ernst genommen wurde. Aber angesichts der Entdeckung von heute Morgen ...« – er sah auf eine Notiz, die er sich gemacht hatte – »... halb acht hätte man ihn wohl besser sehr ernst nehmen sollen.«

Giles spulte die Kassette zurück und drückte auf Start. Wieder knisterte es in den Lautsprechern, dann ertönte eine Stimme.

»Zentrale, hier ist Peters. Ich habe das mit dem Schrei auf der Südseite überprüft.«

»Ein Monster?«, fragte jemand, wahrscheinlich der Beamte in der Funkzentrale.

Peters brach in lautes Lachen aus. »Ganz genau! Scheint so, als hätten Mister und Mrs. LaVeaux einen mitternächtlichen Spaziergang gemacht. Der alte Mann kann sonst nicht einschlafen. Also waren sie draußen und sie hatten das Gefühl, beobachtet zu werden.«

»Das ist ja mal was ganz Neues!«

»Allerdings. Also, sie werden immer nervöser, und dann, sagt Mrs. LaVeaux, ist ihnen ein Schatten die Straße hinunter gefolgt. Sie konnte ihn sehen, als er unter den Laternen entlanghuschte. Er war groß, mit einem riesigen Buckel. Wie eine große Katze, die ihnen den Gehsteig entlang folgte, nur zweimal so groß wie der größte Löwe von ganz Afrika.«

»Das sagen sie alle«, meinte der Funker.

»Drei Meter hoch und sechs Meter lang. Sie konnte ihn nur sehen, wenn er ins Licht kam. Als wäre er da und gleichzeitig auch nicht, sagte sie. Mister LaVeaux hat ihn auch gesehen. Er war hinter ihnen, kam immer näher und holte sie fast ein. Aber bevor er sie erreichte, waren sie zu Hause, drehten alle Lichter an und riefen uns an.«

»Ist dir irgendwas in der Gegend aufgefallen?«, fragte der Funker.

»Eine Menge Schatten. Ist ja auch ein Uhr morgens. Aber verfolgt hat mich keiner. Ich komme jetzt wieder zur Wache.«

»Bis gleich«, sagte der Funker. »Over und Ende.«

Giles hielt die Kassette erneut an. »Ihr versteht ...«

»Ich habe eine Frage«, unterbrach Anya und hob wie in der Grundschule die Hand. Xander war sichtlich genervt.

»Ja, Anya?«

»Den einen Anruf haben Sie also um ein Uhr morgens aufgenommen und den anderen um halb acht. – Bedeutet das jetzt, dass Sie total wahnsinnig sind oder nur zwanghaft und obsessiv?«

Xander stieß ihr den Ellbogen in die Rippen. »Du bist wirklich die Sensibilität in Person, Anya.«

»Als hättest du dich das nicht auch gefragt!«

Giles errötete leicht, ließ sich aber nicht abhalten und fuhr fort: »Ihr versteht also: Auf der einen Seite die Meldung von einer großen katzenähnlichen Gestalt, irgendeine Art von Schattenmonster. Und in derselben Nacht wird im Park ein Pärchen von einer Kreatur mit riesigen Krallen zerfetzt.«

Buffy sah, wie Willow nervös eine Haarsträhne zwischen den Fingern zwirbelte. »Es kann doch nicht ...«

»Es ist bestimmt nicht Oz«, beruhigte sie Buffy, obwohl sie nicht hundertprozentig sicher war.

Willow riss die Augen auf. »Aber er könnte es sein. Vielleicht ist er zurückgekehrt und irgendwie böse geworden. Das kommt doch vor, nicht wahr?«

»Willow, es gibt keinen Grund, bei diesem Vorfall an ihn zu denken. Das klingt nun gar nicht nach einem Werwolf-Angriff. Und auch als Wolf ist Oz ja wohl kaum sechs Meter groß!«, argumentierte Buffy und sah Giles leidend an. »Aber ich denke, wir wären alle glücklicher, wenn wir es mit Bestimmtheit ausschließen könnten.«

»Ich stimme Buffy zu«, sagte Giles. »Letzte Nacht war Neumond. Das ist überhaupt keine Werwolf-Zeit. Dennoch müssen wir jeder Möglichkeit nachgehen. Ich würde gern ein paar von euch in den Park schicken. Vielleicht gibt es Abdrücke von den Pfoten. Und es muss überprüft werden, ob es irgendeinen Grund gibt, an die Beteiligung von einem Werwolf zu glauben. Ich bin überzeugt, dass es nicht Oz ist, aber wir sollten es hundertprozentig ausschließen können.«

»Ja«, stimmte Willow einsilbig zu.

»Und wir sollten Spike suchen. Vielleicht hat er etwas gehört«, ergänzte Buffy.

»Guter Vorschlag, Buffy«, meinte Giles.

»Haben Sie schon eine Idee, wie die Opfer ausgewählt wurden?«, fragte Riley. »Buffy und ich waren letzte Nacht im Park, wahrscheinlich sogar zur Zeit des Angriffs. Wir haben dort ein Paar gesehen, bevor wir gingen, aber wir hatten den Eindruck, die beiden wollten ungestört sein.«

»Waren sie nackt?«, fragte Anya.

»Noch nicht«, entgegnete Riley. »Aber kurz nachdem wir weg waren, bestimmt.«

»Ich glaube, wir haben noch nicht genug Informationen, um ... um darüber zu spekulieren«, sagte Giles verlegen. »Wir wissen lediglich, dass zwei alte Leute eine Kreatur gesehen haben und ein anderes Pärchen eine eher unglückliche Begegnung mit einem Wesen hatte, bei dem es sich vielleicht um diese Kreatur gehandelt haben mag.«

»Ich habe einen Vorschlag«, meldete sich Xander zu Wort.

»Ja, Xander?«, fragte Giles.

Alle sahen ihn erwartungsvoll an.

Und er enttäuschte seine Freunde nicht.

»Wenn wir alle in den kommenden Nächten im Haus bleiben, kann auch niemand mit diesem Schattenmonster zusammenstoßen. Und Sie können weiter mit Ihrer Funkanlage für Junioragenten spielen und herausfinden, nach welchen Kriterien das Ding seine Opfer auswählt. Und wenn wir das wissen, achten wir darauf, dass wir nichts tun, was die Opfer getan haben.« Er lächelte strahlend und zog die Augenbrauen hoch.

»Das ist unglaublich hilfreich, Xander«, sagte Giles.

»Ich glaube, Xander wollte sich als Lockvogel anbieten«, witzelte Riley. »Wir fesseln ihn an einen Baum und beobachten aus sicherer Entfernung, was geschieht.«

»Ja. Mit unseren Spezial-*X-Men*-Feldstechern, damit wir uns sehr weit entfernen können«, fügte Buffy trocken hinzu.

Anya legte ihre Arme besitzergreifend um Xander. »Wenn hier irgendjemand Xander fesselt, dann ja wohl ich«, verkündete sie. »Und ihm gefällt es am besten, wenn man ...«

Xander fuhr hoch und legte Anya die Hand auf den Mund. »Wieder dein unglaublicher Sinn für Diskretion«, sagte er und errötete heftig. »Ich sehe schon, wir müssen noch mal ein bisschen in das große Wörterbuch gucken!«

»Dann gehe ich wohl heute Nacht wieder auf Patrouille«, sagte Buffy, um Xander zuliebe das Thema zu wechseln.

»Wir beide«, korrigierte Riley sie.

Buffy drehte sich zu ihm um. »Aber nicht zusammen. Wir schaffen mehr, wenn wir getrennt losziehen.«

Riley nickte widerstrebend.

»Wir müssen uns aber auch noch um Salmas Bruder kümmern«, erinnerte Willow die beiden. »Das haben wir ihr versprochen.«

»Falls Salmas Bruder nicht zerstückelt im Park liegt, hat diese Sache hier wohl Vorrang«, meinte Buffy.

»Buffy, den Büchern nach zu urteilen, die der Bruder von Willows Freundin gelesen haben soll, behandelst du diese Sache wohl besser auch mit Vorrang«, riet Giles.

Buffy runzelte die Stirn. Giles setzte seine Brille ab und fing an, die Gläser mit einem Zipfel seines T-Shirts sauberzumachen. Dabei sah er sie ernst an.

»Das ist nichts für Anfänger! Er spielt mit lebensgefährlichem Spielzeug. Ich sage es ja nicht gern, aber der Zeitpunkt seines Verschwindens und das plötzliche Erscheinen dieser Schattenkreatur legt doch nahe, dass es sogar eine Verbindung zwischen den beiden Fällen geben könnte.«

Willow nickte und Buffy seufzte kapitulierend. »Okay, wir kümmern uns heute auch noch darum, wo Nicky steckt. Wie wäre es, Giles, wenn Sie mit Xander und Anya ein wenig recherchieren? Vielleicht können Sie ja etwas über diese Schattenmonster herausfinden.«

Giles sah Anya und Xander an. Buffy merkte, wie seine Schultern sanken. Aber er war ein guter Soldat.

»Wie du meinst.«

»Ich gehe auf Patrouille und du kannst dich um Willows Freundin kümmern«, sagte Riley. »Wenn ich Verstärkung brauche, melde ich mich, Buffy.«

»Das tust du auch besser«, mahnte Buffy. »Die Sache klingt ziemlich scheußlich.«

»Ich bin doch tough«, entgegnete Riley mit einem Augenzwinkern.

»Das weiß ich. Ich habe ja auch nichts Gegenteiliges behauptet.«

Sie schämte sich. Sie glaubte immer noch, dass ihm die Tatsache etwas ausmachte, dass er, wie stark er auch sein mochte, nie so stark sein konnte wie sie. Und jedes Mal ging sie erneut in die Defensive. Warum, wusste sie nicht so genau. Es hatte sie zum Beispiel nie gestört, stärker als Xander zu sein, und in früheren Zeiten war es eine Frage des Stolzes gewesen, Giles bei jedem Training innerhalb von Minuten zu besiegen. Aber Riley war ihr Freund, ein Freund aus Fleisch und Blut, und aus irgendeinem Grund war sie von der Vorstellung besessen, er könne es sich anders überlegen und ihr gestehen, dass ihm ein Mädel lieber war, das schreiend im Seidennegligee in der Ecke stand, während er das Böse bezwang.

»Vielleicht habe ich einfach immer noch Angst, dass er einen Grund findet, sich von mir zu trennen«, überlegte sie, was angesichts ihrer Erfahrungen mit dem anderen Geschlecht nicht ganz unbegründet war.

Aber bestimmt bildete sie sich das alles nur ein.

Oder doch nicht?

Riley sah ihr konzentriert in die Augen, als wolle er mit ihr im Geheimcode glühender Blicke kommunizieren.

»Was ist?«

»Ich melde mich, wenn ich Verstärkung brauche«, wiederholte er sanft. »Mach dir keine Sorgen.«

»Nein, mache ich mir nicht«, entgegnete Buffy und sah ihn mit großen Augen an. »Wirklich!«

Gemächlich zog ein Lächeln über sein Gesicht, wie der Iowa River durch die Kornfelder oder was auch immer. Das typische Riley-Lächeln eben.

Buffy dachte an einen seiner Kühlschrank-Magneten, auf dem stand: *Nichts ist, was es zu sein scheint. Alles ist, was es ist.*

Vielleicht ist das wirklich so einfach, wenn man verliebt ist, dachte sie.

Für das Leben einer Jägerin genügte diese Philosophie jedoch bei weitem nicht.

Los Angeles

Etwas nagte an Cordelia Chase, als sie den Rodeo Drive in Beverly Hills entlangging und in Schaufenster von Geschäften spähte, die sie sich nicht einmal leisten konnte zu betreten. Was an ihr nagte, ließ sich schwer fassen.

Nein, das stimmte so nicht ganz. Vielmehr war es unmöglich, einen einzelnen Missstand herauszukristallisieren, denn es gab nicht nur einen, sondern mehrere. Und sie alle bündelten sich zu der großen, überwältigenden Tatsache, dass Cordelia einen beschissenen Tag hatte. Allerdings hatte sie genug Geld gespart, um sich ein Paar rattenscharfe Pumps zu kaufen, die sie bei *Barney's* gesehen hatte. Damit mochte sich das Blatt vielleicht noch wenden, in diesem Augenblick jedoch stank Cordelia das Leben ganz gewaltig.

Da war zum einen natürlich die klare Tatsache, dass all diese

Geschäfte nur existierten, um sie zu verspotten und sie daran zu erinnern, wie viel Geld sie einst besessen hatte und wie wenig ihr nun noch geblieben war, nachdem das Finanzamt von ihrem Vater eingetrieben hatte, was er ihm schuldete, nachdem er jahrelang keine Steuern gezahlt hatte.

Und da war zum anderen die Tatsache, dass die Arbeit im Büro eines vampirischen Privatdetektivs durchaus lohnenswert war, jedoch nicht in finanzieller Hinsicht. Und es war nicht einmal ein Job, von dem sie wirklich auf Partys erzählen konnte.

Zu allem Überdruss hatte sie vor wenigen Augenblicken, gerade als sie die Straße an der Ecke überquert hatte, Monique Breton gesehen, die Cordelia noch als Monica Barnes kennen gelernt hatte. Monica war ebenfalls in Sunnydale zur Schule gegangen; ihr Umzug nach L.A. hatte ihr jedoch eine Dauerrolle in einer Fernsehserie beschert. Sie war noch längst keine etablierte Schauspielerin, aber wie sie auf der Straße glatt durch Cordelia hindurch gesehen hatte, bildete sie sich genau das wohl ein – dabei hatte Cordelia extra für sie ihr falsches »Ich freue mich so für dich«-Lächeln aufgesetzt.

»Und Monique – beziehungsweise Monica – ist nicht die Einzige, die mich für durchsichtig hält!«, dachte Cordelia. »Es ist, als wäre ich unsichtbar.«

In Sunnydale war sie ein großer Star gewesen. Zwar nicht allgemein beliebt, aber allgemein bekannt. Wäre sie ein Niemand gewesen, hätten Xander und Willow ja wohl nicht den Cordelia-Hass-Club gegründet. In Sunnydale war sie die Glamour-Queen gewesen, die Schöne, die Anführerin der Cheerleader.

In Los Angeles hingegen war sie nur ein hübsches Gesicht unter vielen, und die meisten waren weitaus bekannter und erfolgreicher als sie.

Sie war es nicht gewöhnt, eine von vielen zu sein. Und es gefiel ihr ganz und gar nicht.

Hastig überquerte sie den Rodeo Drive, um auf den Beverly Drive zu gelangen. Dort, nur einen Block weiter, gab es nämlich

Geschäfte, in denen ein normales menschliches Wesen es sich gelegentlich leisten konnte zu shoppen. Geschäfte, deren Personal einen nicht danach beurteilte, wann man zuletzt in der Zeitung gestanden hatte. Den Beverly Drive konnte sie bis nach Wilshire hinuntergehen. Dort würde sie sich nicht so unsichtbar fühlen wie in der Glitzerhochburg namens Rodeo Drive.

Cordelia setzte gerade ihren Fuß auf die Bordsteinkante, da fing es an.

Eine Vision. Und eine schlimme noch dazu. Ihre Heftigkeit warf Cordelia zu Boden.

Es begann mit einem stechenden Schmerz hinter den Augen, als arbeite dort jemand mit einem Presslufthammer. Dann wurde es noch ärger. Cordelia hatte das Gefühl, ihr würden glühend heiße Stahlstangen in den Schädel gerammt.

Mittendrin sah sie das Gesicht eines kleinen Jungen. Das hatte sie noch nie begriffen: Es wäre doch viel effektiver, wenn die Visionen mit angenehmen, friedlichen Gefühlen einhergingen. Dann könnte man sich besser auf sie konzentrieren – statt auf die Schmerzen. Der Junge, den sie sah, hatte dunkle Haut, schwarzes Haar und seine großen braunen Augen waren vor Angst weit aufgerissen. Er war nicht älter als zehn, schätzte Cordelia. Sein Name war Carlos Flores. Er lebte auf dem South Pembroke, nicht weit entfernt von der Kreuzung des Figueroa und des Pico Boulevards.

Dann war die Vision verschwunden, das Gesicht des Jungen hatte sich ihr ins Gedächtnis gebrannt, und die Schmerzen ließen nach.

Aber Cordelia saß immer noch auf dem Gehsteig des Rodeo Drive. Mitten im Reich der schönen Menschen. Und nun wurde sie natürlich gesehen.

Cordelia spürte, wie sich schlagartig ihre Wangen röteten. »Ausgerutscht«, erklärte sie – an niemanden speziell gerichtet.

Ein sonnengebräunter Gott mit Schwimmerfigur und teuren, perfekten Zähnen reichte ihr die Hand und half ihr auf. »Alles in Ordnung?«, fragte er.

»Ja, danke. Ausgerutscht«, haspelte Cordelia. Sie glaubte, ihn in einer Gastrolle bei *Baywatch* gesehen zu haben, aber da sie öffentlich nicht zugab, die Serie zu verfolgen, konnte sie ihn schlecht fragen. Auf jeden Fall war ihr die Demütigung unerträglich. Noch ein wenig wackelig auf den Beinen verließ sie den Rodeo Drive und suchte nach einer Telefonzelle.

Auf dem Beverly Drive fand sie eine, direkt vor *Nate & Al's*. Cordelia überlegte, ob sie nach dem Anruf kurz auf ein paar Kartoffelbrötchen oder einen der zu Recht berühmten Pastrami-Sandwiches mit geräuchertem Rindfleisch reinspringen sollte. Aber eins nach dem anderen! Sie steckte ein paar Münzen in den Apparat und wählte ihre eigene Nummer. Wesley Wyndam-Pryce hob beim zweiten Klingeln ab.

»Angel Investigations«, meldet er sich.

»Wesley, würdest du dich bitte mit ›Cordelia Chase und Angel Investigations‹ melden? Stell dir doch mal vor, eine Casting-Agentur oder so ruft an!«

»Mach dir keine Gedanken um ungelegte Eier!«, entgegnete Wesley. »Man sollte das Leben nicht mit Illusionen vertrödeln.«

»Sehr witzig«, entgegnete Cordelia sauer. »Ich muss mit Angel sprechen.«

»Er ist gerade sehr beschäftigt. Kann ich vielleicht in irgendeiner Weise behilflich sein?«

Wesley war Engländer, ein ehemaliger Wächter, der nun als Einzelkämpfer-Dämonenjäger unterwegs war, nachdem sich seine Schützlinge Faith und Buffy als bessere Einzelkämpfer erwiesen hatten, als er einer war. Er half Angel manchmal bei der Arbeit, aber seine Art der Assistenz ging eher in geistige als in körperliche Richtung. Und Cordelia konnte er im Augenblick nicht helfen. Abgesehen davon waren die Visionen, die sie von den Mächten der Ewigkeit empfing, für Angel direkt bestimmt und nicht für seinen Handlanger.

»Nein, ich brauche Angel! Eine Vision!«

»Aha, okay. Bleib mal dran!«

Sie hörte, wie er sich vom Telefon entfernte und kurz darauf zurückkehrte und den Hörer wieder aufnahm. »Kommt sofort, Cordelia.«

»Danke, Wesley.« Sie wartete. Ihr Kopf hämmerte immer noch, aber die Schmerzen ließen langsam nach.

Nach einer Weile sagte Wesley: »Hier ist er.« Der Meister der überflüssigen Erklärungen! Aber da war Angel auch schon am Apparat.

»Cord! Du hattest eine Vision?«

»Mitten auf dem Rodeo Drive!«, ereiferte sie sich. »Du kannst dir gar nicht vorstellen, wie peinlich das war. Ich meine, es machte ja nichts, als es in deinem Büro passierte, das, um es frei heraus zu sagen, nie sonderlich bevölkert war! Aber hier, in Beverly Hills, bin ich unter meinesgleichen. Gerade treffe ich noch einen lieben, alten Freund, der in einer Super-Serie mitspielt, und im nächsten Augenblick liege ich schon auf dem Boden und halte mir den Kopf. Wenn du das nächste Mal mit denen da oben sprichst, sag ihnen, sie sollen ein bisschen auf ihr Timing achten, ja?«

»Cordelia, die Vision?«

»Ja, ja, verstehe. Das Leid irgendeines Fremden, den du gar nicht kennst, ist so viel wichtiger als meins. Sorry, das war wohl doppelt gemoppelt. Ein Fremder ist doch per se jemand, den man nicht kennt, oder?«

»Cordelia ...«

»Carlos Flores«, sagte sie endlich. »South Pembroke, nicht weit vom Pico Boulevard. Er ist noch ein Kind, Angel. Und er hat Angst.«

»Ich kümmere mich darum, Cord. Ich halte dich auf dem Laufenden.«

»Tu das!«, entgegnete sie. »In der Zwischenzeit gönne ich mir was Gutes. Das habe ich mir jetzt verdient.«

Angel hängte ein. Cordelia stand noch eine Weile auf dem Beverly Drive herum und konnte sich nicht entscheiden. *Nate & Al's* oder die Bäckerei auf der anderen Straßenseite?

»Hier ist die Liste!«

Salma de la Natividad schob Buffy über den Eichentisch einen Zettel aus einem Notizblock zu. Auf dem Tisch standen in silbernen Ständern zwei rote Kerzen mit Zimtaroma. Buffy und Willow waren bei Salma, in ihrer Wohnung in einer vierzehnstöckigen Anlage ein paar Blocks vom Strand entfernt. Das war etwas anderes als das Wohnheim! Das Apartment war zwar nicht riesengroß, aber hell, geräumig und luftig. Salma hatte es mit hellem Holz und Korbmöbeln eingerichtet, und bunte Stoffe sorgten hier und da für etwas Abwechslung.

Buffy sah sich den Zettel an. Salma hatte mit ordentlicher, leserlicher Schrift eine Liste mit Namen, Adressen und Telefonnummern zusammengestellt: alle Freunde ihres Bruders, die sie kannte, und wo man sie antraf. Buffy kannte keinen der Namen, aber das war nicht sonderlich überraschend. Bis vor kurzem hatte sie ja nicht einmal gewusst, dass es Salma überhaupt gab. Sie reichte die Liste an Willow weiter, die auf dem Stuhl neben ihr saß.

»Schöne Wohnung«, sagte Buffy, während Willow las.

»Danke«, entgegnete Salma wohlerzogen. »Meine Eltern wollten nicht, dass ich im Studentenwohnheim wohne. Die Anlage wird von einem Sicherheitsdienst überwacht, und es ist angenehm hier.«

»Würde ich auch sagen.«

Buffy begriff, dass Salma nicht über ihren reichen Hintergrund reden wollte. Umso besser, dachte sie und beließ es dabei.

Willow sah von der Liste auf. »Kenne keinen«, sagte sie.

»Aber es ist ein guter Ausgangspunkt«, sagte Buffy. »Wir reden mit allen diesen Leuten und vielleicht finden wir so heraus, wo Nicky steckt.«

»Genau wie Detektive«, meinte Willow.

»Exakt«, pflichtete ihr Buffy bei. »Außer, dass wir keine Plakette haben.«

Willow war wie immer hilfsbereit. »Wir könnten uns welche besorgen.«

Buffy zog die Nase kraus. »Ich glaube nicht, dass Plaketten unbedingt erforderlich sind.«

»Ich sage ja nur«, entgegnete Willow, »wenn wir Plaketten wollten, wüsste ich, wo wir sie bekommen.«

»Wir machen es ohne«, entschied Buffy.

»Okay, Detektive ohne Plakette zu Ihren Diensten!« Willow sah Salma an. »Ich meine, nicht wirklich zu Diensten. Du sollst uns nicht bezahlen oder so.«

»Oh, ich könnte …«, setzte Salma an. Buffy schnitt ihr das Wort ab.

»Nicht nötig! Du bist schließlich eine Freundin; von Willow, meine ich. Wir tun das dir zuliebe, okay?«

»Okay«, sagte Salma und lächelte wieder ihr hübsches Lächeln. Sie wirkte ein wenig entspannter als am Vortag, obwohl Nicky nach wie vor verschwunden blieb.

Wahrscheinlich, weil sich endlich mal jemand der Sache annahm.

Salma hatte von ihrem Besuch auf der Polizeiwache erzählt, wo sie ihren Bruder als vermisst melden wollte. Die Beamten hatten nicht besonders ermutigend geklungen und sie davon zu überzeugen versucht, dass bei unvernünftigen Teenagern ein solches Verschwinden nichts Ungewöhnliches war.

»Also, dann arbeiten wir uns jetzt durch die Liste«, sagte Buffy. »Ruf uns an, wenn dir noch etwas einfällt. Oder wenn du von Nicky hörst.«

»Das mache ich«, versprach Salma.

Sie begleitete Buffy und Willow zur Tür. Beim Abschied hatte Buffy den Eindruck, Salmas gelassene Fassade bröckele ein wenig. Hatte da nicht ihre Unterlippe gezittert?

Als Salma die Tür hinter ihnen geschlossen hatte, war Buffy überzeugt, sie weinen zu hören.

»Wir müssen ihr helfen.«

Willow nickte. »Das müssen wir in der Tat.«

»Ich will mir mal den Park ansehen«, kündigte Riley an. An Giles gerichtet fügte er hinzu: »Ich informiere Sie dann, wie es am Ort des Verbrechens aussieht.«

Er, Xander und Anya waren bei Giles geblieben, als Buffy und Willow aufgebrochen waren, um Salma zu besuchen. Sie hatten ihre Strategie besprochen und einige Theorien dazu in den Raum gestellt, um was es sich bei den Schattenmonstern genau handelte. Aber keine der Theorien klang besonders wahrscheinlich, und Riley war zu der Einsicht gelangt, dass er sich erst einmal den Ort ansehen musste, an dem das Wesen aufgetaucht war. Vielleicht fand er dort irgendeinen Hinweis, einen Fußabdruck oder Hautfetzen. Alles war hilfreich und konnte sie nur über das hinausbringen, was sie zur Zeit in der Hand hatten, nämlich gar nichts.

»Einverstanden«, sagte Giles. »Wir arbeiten hier weiter.«

»Ich halte Sie auf dem Laufenden«, sagte Riley. Er hoffte, dem Wesen zu begegnen, obwohl es eher zweifelhaft war, dass es sich im hellen Tageslicht herumtrieb. Bis es dunkel wurde, dauerte es noch Stunden.

»Wenn du Pärchen siehst, die Sex im Park haben, solltest du sie vor den Gefahren warnen!«, rief ihm Anya hinterher.

Xander schloss nur die Augen.

»Verstanden«, entgegnete Riley.

»Manche Leute machen es gern in der Öffentlichkeit«, fuhr Anya fort. »Auch Xander und ich haben einmal …«

»*Ann!*«, unterbrach sie Xander genervt.

Riley ging kichernd zur Tür.

Genau in diesem Augenblick kam ihm Willows Freundin Tara entgegen.

»Oh, hallo Tara!«, sagte er und ließ sie herein.

»Hallo Tara«, rief Giles.

Xander und Anya begrüßten sie ebenfalls.

Tara war ein süßes Mädchen, und seit sie mit Willow befreundet war, zog sie sich ein bisschen flippiger an; sogar ein neues Glitzer-Make-up hatte sie sich zugelegt. Eigentlich hatte sie gar keinen Grund für die Schüchternheit und Unsicherheit, die sie oft an den Tag legte, fand Riley, aber er war noch sehr neu in der Welt der komplizierten Gefühle und unausgesprochenen Neigungen. Die Gedankenwelt eines Soldaten war schwarz-weiß.

So hatte es jedenfalls geheißen, dachte er und erinnerte sich voller Bitterkeit daran, wie Maggie Walsh ihn ausgenutzt hatte.

»Hallo«, sagte Tara. Sie trug einen langen Rock aus einem filzartigen Material, der einem von Willows Röcken sehr ähnelte, und dazu ein schwarzes Halsband und ein Hemd im Indianerlook mit schwarzen Perlenschnüren.

Sie strich sich verlegen die Haare hinter die Ohren. »Willow hat mir eine Nachricht auf Band gesprochen. Sie sagte etwas von einem Treffen ...«

»So ungefähr«, meinte Riley. »Aber wir sind schon fertig.«

»Was ist denn los?«, fragte sie und sah die anderen reihum an.

Rileys Vertrauen in Tara wuchs nur allmählich. Sicher, sie hatte in jener schrecklichen letzten Nacht der Initiative bewiesen, was für eine wertvolle Verbündete sie war. Und ihre Beziehung zu Willow schien eine ernste Sache zu sein. Aber sie war immer noch neu in der Gruppe, und niemand konnte von sich behaupten, sie sehr gut zu kennen. Und Maggie Walsh's Motto, das Riley während seiner Initiative-Ausbildung fortwährend eingeschärft worden war, lautete: Vertraue niemandem!

Wenigstens Willow zuliebe hätte er ihr gern vertraut.

Aber daran musste er noch arbeiten.

»Giles erzählt dir alles«, sagte er schließlich liebenswürdig. »Ich muss jetzt weg.«

Sie zog den Kopf ein. »Okay, bis dann!«

Riley ging zur Tür hinaus.

Er vertraut mir nicht, dachte Tara traurig, als er die Tür schloss. Er glaubt, ich merke es nicht. Aber ich weiß, er denkt, ich verberge etwas.

Was sie auch tat. Aber die anderen schien das offenbar nicht zu kümmern.

Allerdings wussten sie es auch gar nicht, aber dennoch …

»Was gibt's denn?«, fragte sie in den Raum.

»Monster«, entgegnete Anya gähnend. »Sie reißen den Leuten die Eingeweide raus und schmeißen sie in den Park.«

»Nur ein weiterer Tag im Paradies«, sagte Xander munter.

»J-ja, also, ähm …« Giles wies auf die Gruppe. »Anya hat das recht treffend zusammengefasst, wie ich meine. Auf ihre eigene unnachahmliche Art.«

Tara nickte. »Und deshalb habt ihr euch getroffen?«

»So ist es«, sagte Xander. »Im Morgengrauen.«

Anya stieß ihm den Ellbogen in die Rippen. »Es war Mittag. Und das ist mittlerweile schon Stunden her.«

»Es kam mir aber vor wie frühmorgens«, widersprach Xander.

»Dann solltest du abends mal ein bisschen früher ins Bett gehen!«

Tara war unglücklich. Sie hatte den Anruf verpasst, weil sie im Zauberladen gewesen war. Sie fand, sie und Willow mussten noch an der Kommunikation arbeiten.

»Du bedauerst, dass du nicht zu Hause warst, um Willows Anruf entgegenzunehmen«, verkündete Anya aus heiterem Himmel. »Und du findest, sie sollte wissen, wie sie dich erreichen kann.« Tara sah sie überrascht an. Sie hätte nicht gedacht, dass Gedankenlesen zu Anyas Repertoire gehörte, auch wenn sie mal eine Dämonin gewesen war.

»Nein, ich kann keine Gedanken lesen«, fuhr Anya fort. »Aber es steht dir deutlich ins Gesicht geschrieben.«

»Anya, müssen wir schon wieder über Sensibilität sprechen?«, fragte Xander.

»Ja, aber schau sie dir doch an«, meinte Anya. »Jeder Idiot sieht doch …«

»Es stimmt«, sagte Tara. »Ich möchte euch einfach gerne helfen.«

»Das kannst du ganz gewiss, Tara«, sagte Giles zerknirscht. »Deine Fähigkeiten hast du ja schon des Öfteren unter Beweis gestellt. Ich denke, wir sind einfach nur noch nicht daran gewöhnt, dich einzubeziehen, wenn es einen Großalarm gibt.«

Nach dieser Erklärung fühlte sich Tara ein wenig besser. Sie hatte schon so manches mit den Scoobies erlebt – bei der Reinigung von Rileys Verbindungshaus und dem Kampf gegen die Gentlemen – aber sie hatte immer noch das Gefühl, nicht richtig dazuzugehören.

»Ich werde versuchen, das zu ändern«, versprach Giles und neigte den Kopf. »Wir wissen deine Hilfe wirklich zu schätzen.«

»Danke.« Tara lächelte ihn an, und die anderen lächelten zurück.

»Kann ich denn jetzt etwas tun?«, fragte sie hoffnungsvoll.

Giles blickte nachdenklich zur Zimmerdecke.

»Donuts?«, schlug Xander vor. Tara sah ihn brüskiert an, und er blickte zur Seite. »Vergiss es! Ich kann es einfach nicht lassen.«

»Riley sieht sich den Tatort im Weatherly Park an«, erklärte Giles. »Buffy und Willow versuchen, Salmas Bruder aufzuspüren. Und Anya, Xander und ich arbeiten ein paar Bücher durch, um herauszufinden, mit welcher Art von Kreatur wir es zu tun haben. Du kannst gerne mithelfen.«

»Salma?«, fragte Tara unsicher.

»Sie ist nicht so eine Freundin wie du«, versicherte ihr Anya. »Keine, mit der man Haifischköder spielen kann. Sie hat sich nur mit Willow angefreundet, damit sie ihr hilft, ihren Bruder zu suchen.«

Tara wurde vor Verlegenheit knallrot. Sie erkannte, wie eifersüchtig sie geklungen haben musste. Und bockig. Wie ein kleines Mädchen, das mit dem Fuß aufstampft, weil es nicht mitspielen darf.

Sie merkte, wie sie Platzangst bekam. Sie musste nach draußen, an die frische Luft und heraus aus der Enge der Wohnung.

»Vielleicht später«, sagte sie. »Ich werde mich erst mal in der Stadt umsehen. Vielleicht f-finde ich ja etwas heraus.«

»Sei bitte sehr vorsichtig!«, warnte Giles sie. »Wir wissen noch nicht, womit wir es zu tun haben.«

»Vorsichtig bin ich doch immer«, versicherte ihm Tara.

Sie sah in Anyas Richtung, woraufhin Anya sich beeilte zu erklären: »Haifischköder habe ich gesagt, weil Giles gerade über wilde Hunde und Haie redete und du und Willow …«

Xander räusperte sich.

Anya schmollte. »Ich dachte, die Leute in diesem Land schätzen es, wenn man offen sagt, was man denkt.«

»Nein, nein, das gilt nur für deine groben Gefilde«, sagte Xander. »Hier glauben wir an Freiheit und an Höflichkeit gegenüber allen.«

»Das stimmt ganz sicher nicht.« Anya runzelte die Stirn. »Obwohl mir der Slogan sehr bekannt vorkommt.«

Tara winkte den anderen zum Abschied und war schon zur Tür hinaus.

3.

Los Angeles

Einbruch der Dunkelheit.

Da Angel sich nun wieder freier bewegen konnte, fuhr er mit Wesley zu der Adresse, die ihm Cordelia genannt hatte. Die Grillen zirpten, und irgendwo in der Ferne hatte jemand die Stereoanlage viel zu weit aufgedreht, und die Bässe wummerten wie Donner.

»Wie sollen wir es angehen?«, fragte Wesley. »Guter Cop, böser Cop? Starsky und Hutch? Crockett und Tubbs?«

»Wie wäre es, wenn wir einfach an die Tür klopfen«, entgegnete Angel.

Sie standen vor einem Bungalow im spanischen Stil, dessen grüner Anstrich hier und da abblätterte. Auch der Garten hatte schon bessere Zeiten erlebt.

Der Rasen war ordentlich gemäht, fing aber aufgrund von Wassermangel und ein Übermaß an Sonne an, braun zu werden. Steinplatten führten vom Gehsteig aus über den Hof zur Eingangstür, zu der man über drei knarrende Stufen gelangte. Als Angel sie betrat und nach der Klingel suchte, gaben sie unter seinem Gewicht nach. Auf der Veranda brannte ein Licht in einer alten, sauber polierten Glaskugel, die zahlreiche Sprünge aufwies.

Angel zog die Gittertür auf und klopfte an die Haustür. Dann ließ er das Gitter in seine rostigen Angeln zurückschwingen. Er wartete und sah Wesley an, der mit den Schultern zuckte. Niemand kam zur Tür. Angel wiederholte den Vorgang und sah auf die ruhige Straße hinaus. Der South Pembroke endete als Sackgasse, daher gab es keinen Durchgangsverkehr.

Die Häuser ähnelten sich alle auf gewisse Weise – Nachkriegsbauten, schnell und billig hochgezogen, um der Nachfrage durch die rasch wachsende Bevölkerung in den Vororten nachzukommen. Es war die Art von Viertel, in dem Leute wohnten, die auf dem Weg nach oben oder nach unten waren. Oder sie blieben dort hängen, weil sie sich einen Umzug nicht leisten konnten.

Aus dem Innern des Hauses war ein lautes Poltern zu vernehmen, dann ein Schrei.

Angel riss die Gittertür auf und griff an den Türknauf. Verschlossen. Er ging ein paar Schritte zurück und trat direkt gegen das Schloss. Die Tür sprang auf.

Und doch blieb er stehen, außerstande das Haus zu betreten.

Wesley schob sich an ihm vorbei. »Ich checke erst mal die Lage«, sagte er.

»Sei vorsichtig!«, rief ihm Angel hinterher. Ob Wesley etwas antwortete, konnte er nicht hören.

»Hallo!«, rief er von der Türschwelle aus. »Jemand zu Hause?«

Wieder wartete er und lauschte angestrengt auf Geräusche in dem ruhigen Haus. Dabei spähte er in das Wohnzimmer, das von der Tür aus zu sehen war. Wesley hatte diesen Raum durchquert und ihn durch eine Tür am anderen Ende wieder verlassen, die vermutlich in die Küche führte. Angel konnte einen sauberen Dielenboden sehen, ein paar Stühle mit Spitzendeckchen auf den Armlehnen und einen Tisch mit einer dicken Familienbibel darauf. Die Wände waren leer, bis auf ein Kreuz und eine Sammlung Familienfotos. Alles wirkte makellos und sehr gepflegt.

Nach einigen Augenblicken ging die Tür auf, und eine Frau erschien mit einem Wäschekorb. Sie war überrascht, Angel in der Tür stehen zu sehen.

»Hallo«, sagte Angel. »Ich habe einen Schrei gehört. Und mein Freund ...«

In diesem Augenblick kam Wesley aus der Küche zurück. »Nichts gefunden«, sagte er und blieb wie angewurzelt stehen, als er die Frau sah.

»Was machen Sie in meinem Haus?«, fragte sie verärgert. »Wer sind Sie?«

»Ja, also, wir haben den Lärm gehört«, erklärte Wesley. »Es klang – bitte verzeihen Sie mir diesen Ausdruck – als wäre die Hölle los.«

»Ach, es war nichts« entgegnete die Frau und versuchte, ganz normal zu klingen, was ihr gründlich misslang. Sie sah erschöpft aus und hatte dunkle Ringe unter den Augen. Sie mochte Ende dreißig sein. Die schwarzen Haare hatte sie zu einem kurzen Pferdeschwanz gebunden, aus dem sich einzelne Strähnen gelöst hatten, und sie trug große, goldene Ohrringe. Eine Kette verschwand im Ausschnitt ihres T-Shirts, aber Angel spürte deutlich das Kreuz, das an ihrer Brust baumelte. Trotz ihrer Abgespanntheit wirkten ihre Arme, die den Wäschekorb hielten, kräftig. Und sie mochte zwar dreißig Zentimeter kleiner sein als Angel, aber sie hatte das Auftreten einer Frau, die wusste, wie man auf sich aufpasste, auch wenn ein großer, geheimnisvoller Fremder vor ihr stand.

Ihre dunklen Augen musterten ihn eingehend, und ihr Blick wanderte zwischen Angel und Wesley hin und her. »Mir ist nur etwas runtergefallen.«

»Wir möchten gerne Carlos Flores besuchen«, sagte Angel. Er glaubte ihr nicht. »Sind Sie seine Mutter?«

Wieder sah sie ihn überrascht an. »Ja, das bin ich. Und wer sind Sie?«

Wesley trat vor. »Sein Name ist Angel«, erklärte er. »Und ich bin Wesley Wyndam-Pryce. Wir haben gehört, ihr Sohn steckt in Schwierigkeiten. Das klingt bestimmt sehr merkwürdig, aber Angel kann vielleicht helfen. Er ist wirklich sehr gut in solchen Dingen.« Wesley plusterte sich ein bisschen auf. »Und ich bin auch nicht schlecht.«

Die Frau war vorsichtig, misstrauisch. »Ich wüsste nicht, wie Sie helfen könnten. Sind Sie Anwälte? Oder Millionäre?«

»Also, nein«, entgegnete Wesley.

»Darf ich Carlos sehen?«, fragte Angel.

»Sind Sie Sozialarbeiter? Er ist nämlich in der Schule und uns geht es gut.« Sie hob das Kinn. »Wir haben nichts zu verbergen.«

Sie sprach, als stünde sie unter Druck, und Angel wünschte, er verstünde es besser, die Menschen zu beruhigen und bei der ersten Begegnung nicht so unbeholfen zu sein. Es war leichter gewesen, als Angel Investigations noch ein Büro gehabt hatte, und er einfach darauf warten konnte, bis – wenigstens gelegentlich einmal – ein Kunde zur Tür hereinkam. Aber Wesley schien in diesen Dingen recht begabt zu sein. Wenn es nötig war, konnte er sehr vertrauenerweckend auftreten. Genaugenommen war er das meistens auch.

»Mrs. Flores«, sagte Wesley freundlich. »Bitte glauben Sie mir. Wir wollen Ihrer Familie helfen.«

Sie sank in sich zusammen. »Wir haben kein Geld, falls sie deswegen gekommen sind. Wir können kein Schutzgeld zahlen.«

»Wir wollen Sie nicht bedrohen«, versicherte er ihr.

Schwer atmend fügte sie hinzu: »Wir sind auch ganz legal hier. Wir haben alle eine Green Card. Wir haben das Recht, in diesem Land zu leben.«

»Wir sind nicht von der Einwanderungsbehörde.«

Tränen traten ihr in die Augen, und sie wandte sich rasch ab, um sie wegzuwischen.

»Ich kann Ihnen helfen«, versprach Angel mit sanfter Stimme.

Endlich nickte sie widerstrebend. »Ich habe niemandem, dem ich vertrauen kann«, murmelte sie. »Und ich habe Tag und Nacht um Hilfe gebetet.«

Immer noch wartete Angel vor der Tür. Sie setzte ein Lächeln auf und winkte ihn herein. »Kommen Sie!«

Da die Einladung nun ausgesprochen war, konnte Angel über die Schwelle treten, und er reichte Mrs. Flores die Hand.

»Ich bin Angel«, sagte er noch einmal. »Ich bin Privatdetektiv.«

»Und ich bin, nun, das wissen Sie ja schon«, sagte Wesley und kicherte. »Wesley.«

Mrs. Flores stellte den Wäschekorb auf dem sauberen Boden ab. Die Kleider darin waren abgetragen, aber ordentlich zusammengefaltet. Sie schüttelte erst Angel fest die Hand, dann Wesley.

»Isabel Flores«, sagte sie. »Sie müssen von Mister Prestons Büro kommen.«

Angel schwieg und beließ sie in dem Glauben. Wesley wollte gerade zu einer Erklärung ansetzen, da bemerkte er Angels Schweigen und begriff.

»Wo ist Carlos denn?«, drängte er sanft.

Isabel drehte sich zu der Tür zum Kellergeschoss um, aus der sie gekommen war. »Er verbringt sehr viel Zeit da unten«, sagte sie. »Seit sein Vater ... nun, Sie wissen.«

»Ich fürchte es gibt vieles, was wir nicht wissen«, sagte Angel.

Sie warf ihm einen Blick zu, den er nicht recht zu deuten wusste – einen abschätzigen Blick, als fragte sie sich, warum sie ihn überhaupt hereingebeten hatte. Aber bevor sie etwas sagen konnte, ertönte ein weiteres lautes Krachen von unten. Angel sah sie unverwandt an.

»Jetzt haben Sie aber nichts fallen gelassen«, sagte er.

Isabel riss die Tür auf und rannte die Treppe hinunter. Angel folgte ihr. Unten blieb sie plötzlich abrupt stehen und schnappte keuchend nach Luft.

»Ach, du liebe Zeit«, murmelte Wesley.

Der größte Raum im Keller war der Wirtschaftsraum. In einer Ecke standen ein Ofen, eine alte Waschmaschine und ein Trockner. Daneben war ein Bügelbrett aufgestellt. An der gegenüberliegenden Wand stand ein Futon-Sofa mit einem Farbfernseher davor.

Außergewöhnlich war jedoch, dass das Bügeleisen ganz aus eigener Kraft seinen Platz auf dem Bügelbrett verlassen hatte. Es flog in einem Schwindel erregend engen Kreis durch den Raum, das Kabel flatterte hinterher, und der Stecker strich nur knapp an den Wänden vorbei.

Auf dem Boden saß ein Junge, der dem Ganzen mit Neugier, aber auch mit großer Angst zusah. Das musste Carlos sein.

»Poltergeist«, dachte Angel. Er hatte einige Erfahrung mit

diesem Phänomen. Schließlich teilte Cordelia ihre Wohnung mit einem Geist namens Dennis, der ein ähnliches Verhalten an den Tag legte.

In der Regel waren Poltergeister spitzbübisch, aber nicht boshaft. Sollte dieser hier allerdings das Bügeleisen fallen lassen oder die Kontrolle darüber verlieren, konnte der Junge auf dem Boden übel verletzt werden. Angel stellte sich auf das Tempo des Geschosses ein, sprang auf und schnappte danach.

Trotz seiner Stärke musste er sich sehr anstrengen, um das Eisen in seine Gewalt zu bekommen.

Es fühlte sich zwar wie ein ganz normales Dampfbügeleisen an, aber es wurde von einer ungeheuren Kraft durch den Raum gewirbelt, die es nicht hergeben wollte.

Als Angel sie jedoch endlich bezwang und sie das Bügeleisen losließ, konnte er es problemlos wieder auf das Bügelbrett stellen, wobei er das Kabel um den Griff wickelte.

Der Junge und seine Mutter hatten die ganze Zeit schweigend zugesehen.

Aber nun war es mit der Stille vorbei. Isabel rannte zu Carlos, fiel auf die Knie und nahm ihn in die Arme. Über die Schulter seiner Mutter sah der Kleine Angel an. Vermutlich bemühte er sich, nicht zu weinen, weil ein Fremder anwesend war. Aber er war spürbar verängstigt.

»Alles in Ordnung, *mi hijo*?«, fragte sie ihn. Sie wiederholte es immer wieder, wie ein Mantra. »Alles in Ordnung? Alles in Ordnung?«

»Mir geht es gut, Mama«, versicherte ihr der Junge. »Mir geht es gut.«

Als Isabel Flores ihren Sohn wieder losließ, sah Carlos zu der Tür hinüber, die offenbar in ein kleines Badezimmer führte. Mit einem lauten Knall fiel sie ins Schloss.

»Vielleicht sollten Sie uns erzählen, was hier los ist«, sagte Angel.

Als sie wieder oben in der Küche waren, schenkte Isabel Angel ein Glas Wasser ein, brühte Tee für Wesley auf und gab dem

Jungen eine Cola. Sie saßen am Esstisch, dessen Platte von vielen Tausend Mahlzeiten gezeichnet war. Isabel machte sich selbst einen starken mexikanischen Kaffee und werkelte in der Küche, während sie sich unterhielten.

»Es fing an, als Carlos' Vater festgenommen wurde«, erklärte sie.

»Weshalb?«, fragte Wesley.

»Wegen Mordverdacht«, sagte Carlos. »Aber Papa hat es nicht getan. Ich weiß, er hat es nicht getan.«

»Das stimmt, Carlos.« Seine Mutter legte schützend ihre Arme um ihn und sah Angel an. »Er hat Recht, er sagt das nicht nur so. Rojelio hat niemanden umgebracht, das könnte er gar nicht. Ich weiß nicht, warum sie ihn mitgenommen haben. Die Polizisten haben ihn gesehen, als er einen Spaziergang machte, und ihn einfach festgenommen.«

»Ja«, sagte Angel nur. Er beließ sie nur ungern in der Annahme, dass er für den Anwalt ihres Mannes arbeitete, aber er musste herausfinden, was hier vor sich ging.

Isabel schüttelte den Kopf und drückte mit den Fingern gegen ihre Stirn, als hätte sie eine furchtbare Migräne. Dann ließ sie die Hand auf die Tischplatte sinken. Sie war zur Faust geballt.

»Also, wie Sie wissen, sitzt er immer noch im Gefängnis und wartet auf die Anklageerhebung. Ich bin sicher, Mister Preston ist ein guter Anwalt, aber in unserer Bevölkerungsgruppe gibt es oft Probleme mit Pflichtverteidigern, die sich keine Zeit nehmen ...« Sie schluckte und räusperte sich. »Nicht, dass ich Ihren Boss für einen schlechten Anwalt halte, aber Sie müssen verstehen ...«

»Ich verstehe«, sagte Angel sanft. »Ich werde sehen, was ich tun kann. So sind fast alle Anwälte, die ich kenne – man möchte nicht von ihnen verteidigt werden.«

»Mein Dad wird nach der Verhandlung wieder frei sein!«, rief Carlos. »Niemand kann beweisen, dass er etwas getan hat, was er gar nicht getan hat.«

»Daran solltest du festhalten«, sagte Wesley mit einem freundlichen Lächeln. »Ich bin überzeugt, dein Vater möchte, dass du deine positive Einstellung behältst und …«

Angel unterbrach Wesleys Monolog. »Und nach der Festnahme Ihres Mannes hat also der Poltergeist angefangen, sich bemerkbar zu machen? Gegenstände fingen an, sich von allein zu bewegen?«

Isabel sah ihn zögernd an. »Ich habe nicht einmal Vater Alonzo davon erzählt, unserem Priester. Es klingt so verrückt!«

»Ist es aber nicht«, entgegnete Angel bestimmt. »Ich habe es schon öfter gesehen. Es ist eine ganz reale Sache.«

»Als Sie an der Tür standen, dachte ich …« Sie sah auf ihre Hände hinab. »Ich dachte, ein Nachbar hätte etwas gesehen. Und jemanden angerufen … von den Behörden. Wir besitzen doch nichts außer dem Haus.«

»Wir werden versuchen, Ihnen zu helfen«, versprach Angel. »Ich habe mit so etwas schon früher zu tun gehabt.«

»Oh ja, jede Menge haben *wir* schon damit zu tun gehabt«, sagte Wesley mit Nachdruck.

»Sind Sie Priester?«, fragte sie mit einem Seitenblick auf Angels dunkle Kleidung.

»Nein.«

»Türen knallen zu. Bücher und Spielzeuge fliegen durch die Luft. Bilder fallen von den Wänden …«, murmelte sie, als wäre er ein Geistlicher und die Küche der Beichtstuhl.

Carlos nickte und blickte aus seinen großen braunen Augen verängstigt drein.

Seine Mutter fuhr fort: »Was Sie vorhin fallen gehört haben, war ein Tablett mit dem Essen für Carlos. Ich hatte es ihm gerade hinuntergebracht und vor dem Sofa abgestellt, da flog es durch die Luft und schleuderte gegen die Wand.«

Carlos fing an, leise zu weinen. Seine Mutter streichelte ihm über den Kopf und fuhr fort, als sei sie entschlossen, alles auszusprechen, was sie bedrückte.

»Ich habe die Scherben von dem Teller und dem Glas aufgesammelt und zusammen mit den Sandwichresten unten in die

Mülltonne geworfen, dann bin ich mit der Wäsche nach oben gekommen.«

Sie sah verhärmt aus, erschöpft.

Angel spürte, dass sie niemanden hatte, dem sie vertrauen konnte.

»Und dann kam ich herein«, sagte er.

Langsam atmete sie aus. »Ja.«

»Wie lange geht das nun schon so?«, fragte Angel. Vielleicht gab es eine Verbindung zwischen den beiden Ereignissen. »Wann wurde Ihr Mann festgenommen?«

»Es ist jetzt drei Wochen her«, antwortete Isabel traurig. »Es ist ... Ich schaue jeden Morgen in den Kalender und habe den Eindruck, es dauert schon Ewigkeiten.«

Carlos' kleine Hand glitt unter die seiner Mutter. Er wollte sie trösten. Mutter und Sohn tauschten Blicke, und der Junge tätschelte ihr mit der anderen Hand den Arm. Angel rührte es sehr, wie das Kind versuchte, die Mutter zu beruhigen, da es doch offenbar mindestens ebenso verängstigt war wie sie.

Angel dachte an die Fotos im Wohnzimmer. Auf einigen war ein Mann zu sehen gewesen, gepflegt und gut gekleidet, mit einem ordentlichen Schnurrbart und sich lichtenden dunklen Haaren. Sein Lächeln war strahlend und aufrichtig, und auf einem Foto hielt er liebevoll ein kleines Kind im Arm, das eindeutig Carlos war. Der Vater machte auf Angel nicht den Eindruck, ein Mörder zu sein, und der Bungalow sah auch nicht aus wie das Zuhause eines Mörders.

Aber was hieß das schon! Wenn man Killer anhand ihres Aussehens oder ihrer Lebensverhältnisse überführen könnte, wären die Straßen der Welt viel sicherer.

»Sie sagten, Sie wollen Carlos helfen«, hakte Isabel nach. »Wie denn?«

»Das ist nicht so einfach zu erklären«, antwortete er zögernd.

Sie sah ihn an.

»Versuchen Sie es!«

Tad Barlowe hielt sich für einen toughen Typen. Er war nämlich Wachmann im Gefängnis des Polizeipräsidiums auf der 77. Straße. Das allein genügte als Beweis, wie er fand. Aber es gab seiner Meinung nach auch noch andere Möglichkeiten, sich das Attribut *tough* zu verdienen: Im Kajak-Einer Stromschnellen der Klasse fünf hinunterjagen. Fallschirmspringen. Einen Gipfel über viertausend Meter besteigen. Fünfzehn Runden gegen einen Preisboxer durchstehen oder acht Sekunden auf einem Stier. Das alles zählte dazu.

Aber solche Dinge tat man meist nur einmal im Leben. Tad Barlowe jedoch stand jeden Tag auf und legte seinen Sam-Browne-Gürtel an, um zur Arbeit ins Gefängnis zu gehen, außer sonn- und montags.

Nach der Schicht ging er regelmäßig mit ein paar Kollegen einen trinken, oder er trainierte im Fitnessstudio, oder er tat beides. Danach ging er dann heim zu seiner Frau Penny, die sich wegen seines Berufs immer ein wenig zu sorgen schien. Sie war von eher ängstlicher Natur. Manchmal fragte er sich, warum sie überhaupt mit einem Typen wie ihm zusammen war. Aber sie blieb bei ihm, was in seinen Augen für eine gewisse Hartnäckigkeit sprach, und dafür zollte er ihr Respekt.

Bei seiner Arbeit war das Allerwichtigste, Selbstvertrauen zu haben und niemals Angst zu zeigen. Wenn die Inhaftierten mitbekamen, dass ein Wächter Angst hatte, war es vorbei.

Tad hatte schon mehr als einen Wächter kennen gelernt, der irgendwann durchblicken ließ, sich vor einem bestimmten Gefangenen oder angesichts der gesamten Arbeitssituation zu fürchten. Keiner dieser Männer übte seinen Job als Gefängniswärter noch aus.

Aber Tad gab niemals klein bei und ließ sich nicht einschüchtern. Dass sie Tad nicht tyrannisieren oder terrorisieren konnten, hatten die Insassen mittlerweile gelernt – offiziell durfte man sie nicht Sträflinge nennen, denn die meisten von ihnen warteten noch auf ihr Verfahren. Tad sah allerdings mit Grauen den Tag näherrücken, an dem ihm befohlen wurde, sie Kunden oder Klienten zu nennen.

Es war kurz nach acht Uhr abends. Die Insassen sahen fern oder spielten Karten in ihren Zellen. Einige der Gebildeteren unter ihnen lasen Bücher aus der Gefängnisbücherei. Manche hatten vor, ihre Verteidigung selbst zu übernehmen und studierten Gesetzesbücher.

Tad saß im Büro und erledigte Papierkram. Von seinem Platz aus konnte er durch dicke, verkratzte Glasscheiben hinaufsehen zu den Zellen, und die Zellenbewohner konnten ihn ebenfalls sehen. Daher blieb er auch bei dieser Arbeit wachsam und hielt sich gerade und aufrecht. Er wollte nicht den Anschein erwecken, müde oder kraftlos zu sein.

Aber als plötzlich direkt vor ihm der Hefter vom Schreibtisch in die Luft flog, ließ er vor Schreck seinen Stift fallen.

Der Hefter schoss wie von unsichtbaren Fäden gelenkt zur Decke hoch, und er musste sich den Hals verrenken, um seinen Flug zu beobachten. Als er ihm urplötzlich ins Gesicht zu fallen drohte, riss er die Hände nach oben und schlug danach.

Dann fing der Stift, den er fallen gelassen hatte, an zu fliegen und raste im Kreis durch das Büro, einmal, zweimal dreimal. Tad spürte, wie ihm die Farbe aus dem Gesicht wich. Er wusste, dass man ihm seine Angst ansah. Er wirkte völlig hilflos, wie er da neben dem Schreibtisch stand und versuchte, den Stift einzufangen. Doch der schoss wie eine Pistolenkugel direkt auf ihn zu und bohrte sich in seinen linken Arm.

Tad schrie auf, packte den Stift, riss ihn heraus und warf ihn zu Boden.

Als er gerade telefonisch Verstärkung und einen Arzt anforderte, fing der Schreibtisch an zu wackeln.

Nun war ihm egal, was für einen Eindruck er auf die Gefangenen machte. Er riss die Bürotür auf und rannte davon.

Tough hin oder her – irgendwann war auch mal Schluss.

4.

Sunnydale

»Nicht zu glauben, wie heiß es immer noch ist!«, sagte Willow, als sie mit Buffy zum Eingang von Salmas Wohnblock ging. »Vielleicht hat jemand den Höllenschlund offen gelassen.«

Buffy zog eine Grimasse. »Das wüssten wir aber. Dann würde hier noch was ganz anderes lauern als nur heiße Luft. – Nicht, dass Luft nicht lauern würde.« Sie sah Willow an. »Lauert Luft?«

»Dunkle Luft vielleicht«, entgegnete Willow und sah sich nervös um.

Mittlerweile war es Nacht geworden, und die beiden wollten noch einmal nach Salma sehen. Die Wohnanlage hieß Sea-Vue, obwohl man das Meer von dort aus eigentlich gar nicht sehen konnte. Die durchdringende, salzige Seeluft war zwar ebenso wie das ständige Donnern der Brandung deutlich wahrnehmbar, aber man hatte von der Wohnanlage aus nur Sicht auf die Gebäude auf der gegenüberliegenden Straßenseite. Erst von dort aus konnte man das Meer tatsächlich sehen.

Willow drückte Salmas Klingel. Buffy sah auf und entdeckte die Videokamera, die den Eingangsbereich überwachte. Sie lächelte hinein.

»Wir sind im Fernsehen!«

»Hallo Mama!«, rief Willow winkend.

Salmas Stimme ertönte im Lautsprecher. Sie klang total verängstigt.

»W-wer ist da?«

»Hier ist Willow. Rosenberg.«

»Und Buffy«, ergänzte Buffy.

»Ja, Buffy und Willow.«

Einen Augenblick lang geschah gar nichts, dann ertönte der Türsummer. Buffy schob die Tür auf und betrat mit Willow das Haus.

Salma wohnte auf der vierten Etage.

Ihre Wohnungstür war verschlossen, aber Buffy war sicher, dass jemand durch das Guckloch in der Tür schaute. Es wurde dunkel, dann wieder hell, dann wieder dunkel. Sie klopfte.

»Salma?«, rief sie und lehnte sich an die Tür.

Mit einem Klicken drehte sich der Schlüssel im Schloss.

Die Tür ging auf, und Salma stand mit verschrecktem Gesicht vor ihnen.

»Was ist los?«, fragte Willow und streckte ihre Hand aus. »Salma?« Sie wechselte einen raschen Blick mit Buffy, die mit den Schultern zuckte und Salma aufmerksam ansah.

Salma zog die beiden einfach in ihre Wohnung und schloss die Tür fest hinter ihnen, drehte den Schlüssel einmal um und schob den Riegel vor. Dann ging sie ins Wohnzimmer voran und ließ sich auf die Couch fallen. Alle Lampen in der Wohnung brannten, und sie hatte zusätzlich noch Kerzen angezündet. Der Geruch von geschmolzenem Wachs lag in der Luft.

»Salma?«, sagte Willow wieder. Sie setzte sich mit Buffy auf die Sessel gegenüber dem Sofa.

»Ich war draußen«, erklärte Salma zögernd. »Hab' Müll runtergebracht. Es war gerade dunkel geworden. Ich hatte das Gefühl ... mich beobachtet jemand. Wisst ihr, wie das ist?«

»Oh ja«, sagte Buffy und dachte sofort an die Polizeigespräche, die Giles aufgenommen hatte. »Das wissen wir.«

»Es hat mich sehr beunruhigt. Ich sah mich um, aber da war nichts. Dann bin ich zu dem Container hinter dem Haus gegangen und habe den Müll reingeworfen. Und dann wollte ich wieder zurück.«

Sie hielt inne. Ihrem Gesichtsausdruck nach zu urteilen, erlebte sie den Schreckensmoment in ihrer Erinnerung noch einmal.

Willow beugte sich vor und tätschelte Salmas Hand. »Alles in Ordnung, Salma. Wir sind ja da.«

Salma versuchte zu lächeln, aber es wirkte nicht sehr überzeugend.

»Danke, Willow. Jedenfalls habe ich mich umgedreht und hatte den Eindruck, etwas lauere in der Dunkelheit. Es wich zurück, als ich hinsah. Aber als ich versuchte, es zu erkennen, wurde mir klar, das es gar nicht in dem dunklen Schatten verborgen war. Es *war* ein Schatten.«

»Wie meinst du das?«, fragte Buffy.

Salma holte tief Luft. Sie war ziemlich durcheinander, und es würde ihr bestimmt helfen, über das Erlebnis zu sprechen.

»Da draußen sind Flutlichter an den Wänden montiert. Aber direkt auf den Container fällt kein Licht, der liegt ja um die Ecke. Also wirft das Gebäude einen Schatten auf den Parkplatz dahinter. Allerdings bewegte sich der Schatten, als ich hinsah. Das Seltsame war, dass er auch keine geraden Umrisse hatte, sondern irgendwie bucklig und riesig aussah. Und dann war er plötzlich wieder verschwunden. Zurück blieb nur der deutlich zu erkennende Schatten des Gebäudes.«

»Was hast du dann gemacht?«, fragte Willow.

»Ich bin so schnell ich konnte zurück in die Wohnung und habe alle Türen und Fenster geschlossen.«

»Ist dir sonst noch etwas merkwürdig vorgekommen?«, fragte Buffy.

Salma strich ihre Haare zurück. »Ist das für einen Abend nicht genug?«

Willow kicherte grimmig. »Du solltest mal mit uns losziehen …«

»Ich gehe selbst runter«, bot Buffy rasch an.

Salma fasste sie am Arm. »Sei vorsichtig, Buffy. Was, wenn es immer noch da ist?«

»Ich werde schon damit fertig.« Buffy erhob sich und ging zur Tür. »Schließ hinter mir ab, Salma«, sagte sie mit Nachdruck. »Und lasst niemanden rein außer mir.«

»Keine Sorge«, entgegnete Salma, die sehr klein und sehr, sehr verängstigt wirkte. »Das ist nun wirklich ausgeschlossen.«

Der rückwärtige Parkplatz sah genauso aus, wie Salma ihn beschrieben hatte. Die eine Seite des Gebäudes war hell mit Flutlichtern beleuchtet, welche an die pinkfarbenen Wände montiert waren. Die Müllcontainer befanden sich hinter dem Gebäude und wurden von einem großen Tor verborgen, und das dämmerige Licht, das sie streifte, kam nur von den Flutlichtern um die Ecke. Buffy sah auch den Schatten des Gebäudes, den Salma beschrieben hatte, und seine geraden Umrisse.

Buffy blieb einige Minuten ruhig stehen und beobachtete und horchte. Auf was, wusste sie nicht so genau. Schatten gaben schließlich keine Geräusche von sich, oder?

Aber Wesen, die Schatten warfen, taten es.

Also stand die Jägerin einfach da und lauschte.

Zunächst vernahm sie nur die üblichen Geräusche der Nacht. Das Zirpen der Grillen. Das Brummen der Autos auf der Straße vor der Wohnanlage. Die Meeresbrandung. Einen Fernseher irgendwo im Gebäude. Eine Tür, die ins Schloss fällt.

Und in den Momenten dazwischen, wenn alles andere verstummte, herrschte nichts als die Stille einer Sommernacht.

Aber da war noch etwas, ein sehr schwaches Geräusch. Kaum wahrnehmbar und fast nicht vorhanden, aber dann hörte Buffy es, weil es so ... falsch klang.

Das war kein normales nächtliches Geräusch, fand sie. Es klang eher wie ...

Schwer zu sagen. Auf jeden Fall klang es nicht richtig.

Es klang wie das Rascheln von Seide auf weicher Haut.

Machten Schatten solche Geräusche?

Buffy war in allerhöchster Jägerinnen-Alarmbereitschaft. Nun aktivierte sie im Turbogang all ihre Sinne und spähte angestrengt in die Finsternis.

Da war es wieder!

Sie verhielt sich ganz ruhig, was ihr schon immer schwer gefallen war. Für sie hatte Jagen mit Action zu tun. Recherchieren und die Zeit totschlagen konnten andere. Töten – das war der Job der Jägerin.

Aber das Warten lohnte sich: Da bewegte sich etwas; es kroch nicht wirklich, es glitt eher – vielleicht vorwärts, vielleicht rückwärts, genau war das nicht zu sagen.

»Wer bist du?«, fragte Buffy. »Was willst du?«

Keine Antwort. Dort, wo sie die Bewegung gesehen hatte – nur ein Gleiten einer Schwarznuance in eine andere, keine wirkliche Bewegung – war nun nichts mehr. Sie sah den ganz normalen Schatten des Hauses und dahinter die Wand von Salmas Haus. Nichts außer dem Gebäude und ein paar Gräsern und Unkraut.

Und doch spürte Buffy – genau wie Salma zuvor – dass sie beobachtet wurde. Ihr stellten sich die Nackenhaare auf.

»Komm raus und stell dich!«, forderte sie.

Immer noch keine Antwort.

Sie strengte all ihre Sinne an, um mehr zu sehen, mehr zu fühlen, und stand so still wie möglich. Ihr tat Salma Leid, die von etwas zu Tode verängstigt worden war, das sie nicht sehen, anfassen oder riechen und vor dem sie nicht weglaufen konnte. Wenn man es mit einem unsichtbaren Feind zu tun hatte, war man nie sicher, ob man ihn los war oder ob er einem bis nach Hause folgte.

Wieder blieb sie minutenlang stehen, bereit zum Kampf, und beobachtete den Parkplatz. Ihr lief eine Gänsehaut über den Rücken, und ihr Gesicht brannte. Ihr ganzer Körper reagierte auf die unsichtbare Bedrohung. Die Situation gefiel ihr ganz und gar nicht.

Frustriert und ziemlich verwirrt gab sie schließlich auf. Es kostete sie einige Überwindung, sich umzudrehen und zurück ins Haus zu gehen.

Nichts oder niemand versuchte, sie daran zu hindern.

Die Schatten verharrten reglos.

Los Angeles

Eine seltsame Stille hatte sich in der öffentlichen Zentralbibliothek von Los Angeles ausgebreitet. Es war annähernd so ruhig wie auf einem Friedhof.

Nun war eine ruhige Bibliothek an sich nichts Ungewöhnliches, das wusste Cordelia, aber sie hatte ein merkwürdiges Gefühl. Natürlich schwiegen die Leute, sie raschelten und blätterten und scharrten mit den Füßen – aber ihr war, als würde jedes Geräusch verschluckt, bevor es sich überhaupt ausbreiten konnte.

Cordelia fühlte sich unwohl und sah alle paar Minuten von ihrem Computer auf, als erwarte sie, dass etwas geschah.

Angel hatte sie zu Hause angerufen und sie gebeten, in der Bibliothek die Zeitungen der Tage um Rojelio Flores' Festnahme durchzusehen. Sie suchte nach allem, was irgendwie eigenartig war und einen Hinweis auf den tatsächlichen Hergang des Mordes liefern konnte, den man Flores angehängt hatte.

Natürlich konnte sich dabei auch herausstellen, dass er den Mord tatsächlich begangen hatte.

Aber etwas in Angels Stimme hatte Cordelia davon abgehalten, diesen Gedanken auszusprechen. Er schien an die Unschuld des Mannes zu glauben.

Also hatte sie ihre Meinung für sich behalten – was ihr natürlich schwer gefallen war, denn das war sonst nicht ihre Art – und hatte die Bibliothek aufgesucht.

Dort fand sie aber absolut nichts, was ihr hilfreich erschien. Auf der Website der *L.A. Times* schien man nur auf ausgewählte Artikel aus dem Archiv Zugriff zu haben; vielleicht hatte sie aber auch nicht die korrekten Suchbegriffe eingegeben. Abgesehen davon fahndete sie nach etwas, das vielleicht nur in einer kleinen Meldung erwähnt wurde, die gar nicht archiviert war. Also sah sie auch noch die Mikrofilm-Datenbank der Bibliothek durch.

An dem betreffenden Tag hatte es einen Ausverkauf bei *Nordstrom's* gegeben, wie sich herausstellte. Hätte Cordelia davon gewusst, hätte sie Angel vielleicht gedrängt, ihr so etwas wie einen Gehaltsscheck auszuhändigen, aber das war nun Schnee von gestern. Cordelia gab sich Mühe, die Anzeigen zu ignorieren und sich auf die Artikel zu konzentrieren.

Aber sie wusste nicht so recht, wonach sie suchen sollte. Sie stieß auf einen kurzen Bericht über die Festnahme von Rojelio Flores durch vier Beamte. Er wurde des Mordes an einem Russen namens Mikhail Nokivov beschuldigt, der sich seit etwa zwei Jahren mit einem Sechsmonatsvisum in den U.S.A. aufhielt. Was bedeutete, dass Nokivov achtzehn Monate illegal im Lande gelebt hatte. Mehr war dem Artikel nicht zu entnehmen.

Cordelia brauchte dringend eine Pause und etwas zu trinken. Die Luft in der Bibliothek war muffig und staubig, und sie hatte immer den Verdacht gehegt, sie sei gegen Staub allergisch. Seufzend schob sie den Stuhl zurück und stand auf, um die Cafeteria aufzusuchen. Sie war vom Haupteingang aus über einen Fußweg zu erreichen.

Cordelia öffnete die Glastür der Cafeteria und Kaffeeduft strömte ihr entgegen. Zischend wurde Milch für Café au Lait aufgeschäumt. Der köstliche Duft lockte Cordelia schnurstracks zur Warteschlange.

Sie ging an einem mit Büchern überhäuften Tisch vorbei, an dem ein junger Mann über einen dicken Band gebeugt saß und sich Notizen machte. Dabei aß er eine Portion Pommes Frites. Er war schlank und jung und sah aus wie ein Student, der vielleicht in letzter Minute seine Hausarbeit fertig stellte. Ein Becher stand vor ihm, daneben ein Pappteller mit einem Cheeseburger, den er bereits ausgewickelt, aber noch nicht hineingebissen hatte.

Er stand auf, um sich noch ein Getränk zu holen, als Cordelia die Kühlschränke an der Wand bemerkte, in denen unterschiedliche Sorten Mineralwasser angeboten wurden. Sie schaute durch die Glastür und überlegte, ob sie eine Flasche oder lieber ein Glas aus dem Spender nehmen sollte.

Da entdeckte sie in der Scheibe das Spiegelbild eines extrem dünnen Mädchens in einem weiten Jeanshemd. Sie stand vom

Nachbartisch auf und sah in alle Richtungen, schien aber nicht zu bemerken, dass Cordelia sie beobachtete. Als die Kleine überzeugt war, von niemandem bemerkt zu werden, zischte sie an dem Tisch des Studenten vorbei, schnappte sich den Burger und stürmte zum Ausgang.

Zunächst war Cordelia entsetzt. Der arme Junge würde gleich zurückkehren und feststellen, dass sein Essen verschwunden war. Aber fast augenblicklich wurde auch Besorgnis in ihr laut. War dieses Mädchen darauf angewiesen, sich sein Essen zu stehlen? Warum nur? Das war doch nicht richtig.

»Hier erfahre ich das bestimmt nicht«, dachte Cordelia, trat aus der Schlange heraus und beschloss, das Mädchen zu suchen und herauszufinden, was mit ihr los war. In der Cafeteria sollte man ja nun wirklich nicht beklaut werden. Obendrein war es nicht gut für die Haut, überhaupt solche Sachen zu essen, fand Cordelia.

Sie verließ die Cafeteria. Das Mädchen war schon außer Sichtweite, aber die Tür am Haupteingang der Bibliothek schloss sich gerade. Cordelia rannte hin, riss sie auf und sah gerade noch, wie die Burgerdiebin um die Ecke bog. Entschlossen nahm sie die Verfolgung auf.

Das Mädchen war rechts abgebogen. Dort führte eine lange Rolltreppe nach unten, an der Cordelia stehen blieb und in die Tiefe blickte. Das Mädchen kam gerade unten an. Cordelia quetschte sich auf der Rolltreppe an jemandem vorbei und fuhr hinterher. Dabei verlor sie die Diebin zwar kurz aus den Augen, aber im Kellergeschoss konnte sie ihr ja wohl kaum entkommen.

Aber als sie unten ankam, war da nur eine Tür mit der Aufschrift ZUTRITT FÜR UNBEFUGTE VERBOTEN! Rasch öffnete Cordelia sie.

Dahinter lag ein weiterer Korridor. Das Mädchen war nicht zu sehen, aber so viele Möglichkeiten konnte es nicht geben, wohin sie entschwunden war. Cordelia zählte sechs Türen, die links und rechts verteilt waren. »Ganz schön anstrengend«, dachte sie. Es musste ziemlich an Angels Kräften zehren, die ganze Nacht Bösewichte zu jagen.

Ihr kam der Gedanke, aufzugeben und nach Hause zu gehen, aber sie war nun schon so weit gekommen, dass sie nicht mehr umkehren wollte. Wie ungewöhnlich ein solcher Einsatz auch für sie sein mochte, für Angel war so etwas ganz alltäglich. Zudem gefiel sich Cordelia in der Rolle der Samariterin. Solange es in diesem Keller nicht zu unangenehm wurde.

Sie öffnete Tür Nummer eins.

»Ach du lieber Giles!«

Cordelia blickte in einen Raum, der mit Bücherregalen voll gestopft war. Es waren hauptsächlich alte Bücher mit abgeknickten Ecken, zerrissenen Buchrücken und lose heraushängenden Seiten. Das war also der Ort, an dem Bücher starben! Wahrscheinlich alles Werke, die aus dem Verkehr gezogen waren und nun auf ihre letztendliche Bestimmung warteten. Schwer hing der muffige Geruch in der Luft.

Ganz hinten im Raum hörte Cordelia ein kratzendes Geräusch. Zügig, aber vorsichtig bewegte sie sich ans andere Ende des Raumes, hinter die Regale mit den alten Büchern.

Eine etwa ein Mal einen Meter große Sperrholzplatte lehnte an der Wand. Sie sah aus, als stünde sie schon seit Jahrzehnten da. Cordelia fiel auf, dass sie nur lose angelehnt war, denn in den Löchern ringsherum fehlten die Nägel.

Sie holte tief Luft und schob die Platte von der Wand weg. Dahinter klaffte ein dunkles Loch, fast wie eine Tunnelöffnung. Cordelia bedauerte sofort, so weit vordgedrungen zu sein, denn nun war es ihr fast unmöglich, wieder kehrtzumachen.

»Ist doch nur ein Mädchen, das einen Cheeseburger geklaut hat«, versuchte sie sich einzureden. »Das ist überhaupt nicht mein Problem.«

Aber tief in ihrem Innern war ihr klar, dass sie es schon zu ihrem Problem gemacht hatte, indem sie der Diebin gefolgt war. »Wenn ich nach Hause komme«, dachte sie, »nehme ich als erstes eine gaaanz lange Dusche.« Leise schob sie die Sperrholzplatte ganz zur Seite, nahm all ihren Mut zusammen und duckte sich tief, tief, tief in die dunkle Höhle.

Aus den Rändern der Öffnung ragten Nägel und Holzsplitter hervor, an denen sie mit der Kleidung hängen blieb. Angesichts ihres Jobs frischte sie ihre Tetanus-Impfung zwar regelmäßig auf, aber gegen Spinnweben gab es keinen Schutz. Gott sei Dank hingen ihr nur noch vereinzelte Fetzen im Weg – ein weiterer Beweis, dass das Mädchen diesen Weg genommen hatte.

Cordelia konnte kaum etwas sehen. Aber sie spürte einen Luftzug von vorn. Irgendwo wurde der Tunnel also wieder breiter und blieb nicht ewig so eng und stickig. Mit dieser tröstlichen Aussicht drang Cordelia tapfer weiter vor.

Die ersten fünfzehn Schritte duckte sie sich, und sie streckte eine Hand nach vorn und die andere nach oben aus, um sich nicht den Kopf anzustoßen.

Aber da erreichte sie auch schon einen geräumigeren Durchgang. Nur noch wenig Licht drang aus dem Loch in der Wand hinter ihr herein, aber sie erkannte, dass sie sich in einem weiteren Korridor befand, der dem, durch den sie gekommen war, sehr ähnlich sah. Offenbar handelte es sich um einen Teil des Gebäudes, der schon vor langer Zeit zugemauert worden war. Dass er sehr alt war, ließ sich auch im Dunkeln erkennen – an der Machart der Türen, an den Eisenträgern; sogar die offenliegenden Kabel und Wasserleitungen, die an der Decke entlang führten, sahen steinalt aus.

Hätte Cordelia über die Schulter geblickt, statt nach vorn in die Dunkelheit, hätte sie die Mädchen kommen sehen, die sich von hinten an sie anschlichen.

Plötzlich griffen vier, nein sechs Hände nach ihr.

Sie umklammerten ihre Arme, ihre Hüfte, zerkratzten ihr die Wangen. Cordelia schrie auf und wehrte sich mit Händen und Füßen.

In dem schummerigen Licht erkannte sie, dass sie alle noch ziemlich jung waren. Vier waren es. Die Kleine, die den Burger gestohlen hatte, hielt sich weiter hinten, während die anderen drei sich im Dunkeln auf sie stürzten.

»Was soll das?«, fragte Cordelia mit klopfendem Herzen und befreite sich aus der Umklammerung. Warum war sie dem Mädchen überhaupt gefolgt? Sie war doch keine Polizistin. Der Typ hätte sich selbst um sein Essen kümmern sollen. Nun steckte sie in einem dunklen Tunnel fest, umzingelt von irgendwelchen Mädchen. Ob sie wohl ihren Geldbeutel haben wollten, mit dem bisschen Kohle, das sie noch ihr Eigen nannte? »Ihr habt mich zu Tode erschreckt!«, schimpfte sie.

»Was willst du hier?«, entgegnete eine von ihnen. Sie war komplett im Grusellook, inklusive schwarzem Lippenstift und schwarzen Fingernägeln. »Verfolgst du uns?«

»Nein!«, rief Cordelia. »Nun, ja. Ich habe die da verfolgt.« Sie zeigte auf das Mädchen in dem zu weiten Jeanshemd. Das Mädchen errötete. »Ich habe gesehen, wie sie jemandem sein Essen gestohlen hat.«

»Und?«, fragte das Mädchen. »Bist du ein Cop? Von dem Sicherheitsdienst der Bibliothek bist du nicht, die kennen wir alle.«

»Nein, ich bin nicht von der Polizei«, entgegnete Cordelia. »Ich weiß gar nicht, warum ich dir überhaupt nachgegangen bin. Ich habe nur gesehen, wie du ein Unrecht begangen hast und dachte, jemand sollte dich vielleicht davon abbringen.«

»Was für eine barmherzige Samariterin!«, bemerkte ein anderes Mädchen patzig. Sie war die größte in der Gruppe, fast so groß wie Cordelia, aber gut fünfzehn Kilo schwerer und kräftig gebaut. Ihre wilde rote Mähne hatte wohl schon seit längerem keinen Kamm mehr gesehen und war verfilzt. Sie trug ein enges Rippenshirt, zerrissene Jeans und Doc Martens mit dicken Sohlen. Das Funkeln in ihren Augen wirkte irgendwie irr. In ihrer Hand hielt sie ein scharfes Küchenmesser. »Aber wir haben kein Problem damit, dich aufzuschlitzen, Samariterin hin oder her!«, drohte sie.

Die anderen Mädchen starrten Cordelia düster an und sie bekam Panik. »Ich aber«, entgegnete sie knapp. Ha, kein Witz! »Seht mal, ich merke, wenn ich unerwünscht bin. Allerdings habe ich, um ganz ehrlich zu sein, nicht viel Erfahrung mit diesem Gefühl.«

Das Mädchen mit dem Messer verlagerte ungeduldig das Gewicht von einem Bein aufs andere. Die Kleine im Jeanshemd warf dem Mädchen neben ihr einen Blick zu, welche daraufhin tief Luft holte. Sie war nervös. Und das machte Cordelia noch nervöser.

Aber sie gab sich Mühe, es zu verbergen, und zuckte mit den Schultern.

»Ich habe anderen jedoch oft genug das Gefühl gegeben, unerwünscht zu sein, also weiß ich, wie es ist. Und ich sehe, ich bin hier nicht erwünscht. Also gehe ich einfach wieder nach oben und ...«

»Warte!«, sagte das Mädchen im Jeanshemd und trat vor. Die anderen ließen sie vorbei. »Sie könnte uns von Nutzen sein.«

»Wozu?«, fragte das größere Mädchen.

»Ich habe Hunger«, entgegnete die Kleine. »Und ihr alle auch. Vielleicht hat sie Geld.«

»Nicht viel!«, warf Cordelia ein und versuchte zu lächeln. Sie hatte keine Ahnung, ob es ihr auch gelang. Ihre Stimme klang sehr schrill, was sie bedauerte. Aber sie hatte schon immer Probleme damit gehabt, ihre Stimmlage zu kontrollieren. Ebenso wie ihr Bedürfnis, nach Hilfe zu schreien.

»Genug, um uns etwas zu essen zu kaufen?«

»Wie viele seid ihr denn?«, fragte Cordelia. »Und *Morton's* oder ein anderes Luxusrestaurant könnt ihr euch gleich abschminken, klar?« Sie entspannte sich ein wenig. Wenn die Mädchen von ihr Essen gekauft haben wollten, bestand immerhin die Möglichkeit, dass sie davon abließen, ihr die Geldbörse zu klauen und ihre Leiche anschließend zu verbuddeln.

Sie mochten zwar von zu Hause weggelaufen sein, aber kriminell waren sie ja deswegen noch lange nicht.

Außer, wenn es um Burger ging.

Die Mädchen machten einen höchst erstaunten Eindruck.

»Du würdest uns wirklich etwas zu essen kaufen, obwohl wir dich bedroht haben? Ich glaube, so etwas hat noch nie jemand für mich getan«, sagte die Kleine.

»Was ist mit deinen Eltern?«, fragte Cordelia. »Ich bin sicher, sie …«

»Sei dir da mal nicht zu sicher!«, unterbrach sie die große Rothaarige. »Wenn ich Kayleys Eltern jetzt vor mir hätte, würde ich ihnen in Sekundenschnelle die Hälse aufschlitzen.«

»Wie außergewöhnlich … solidarisch von dir«, brachte Cordelia heraus. »Kayley darf sich glücklich schätzen, eine Freundin zu haben, die so überlegt handelt.«

»Du hältst uns für verrückt?«

»Ich kenne euch nicht gut genug, um mir darüber ein Urteil erlauben zu können«, entgegnete Cordelia, aber eigentlich war für sie in dieser Hinsicht jeder Zweifel ausgeschlossen. »Mein Angebot steht, Kayley. Wenn ihr Hunger habt oder es etwas anderes gibt, was ich für euch tun kann, lasst es mich wissen.« Ihr war klar geworden, dass sie ohne die Mädchen nie den Weg aus diesem Labyrinth finden würde. Und sie wollte wahrlich nicht den Rest ihres Lebens unter der Erde verbringen! Für die vornehme Blässe war eher Angel zuständig.

»Wir haben alle ziemlich großen Hunger«, sagte Kayley. Sie spielte mit ihrem goldenen Halsband, in dessen Mitte der Buchstabe K eingeprägt war. »Ich habe zwar dem Typen seinen Burger geklaut, aber den kann man schlecht in acht Stücke teilen.«

»Ihr seid zusammen acht hier unten?«

»Kayley!«, warnte die große Rothaarige.

»Aber sie hat gesagt, sie gibt uns was zu essen, Pat.«

Pat sah Cordelia in die Augen. Langsam legte sie das Messer zur Seite und holte eine Schachtel Zigaretten und Streichhölzer aus der Tasche. Sie zündete ein Streichholz an, und in der Dunkelheit des Tunnels wirkte es auf Cordelia wie die aufgehende Sonne.

»Du wirst uns wirklich allen etwas zu essen kaufen? Und uns keinen Ärger machen?« Sie hob das Streichholz auf und zog an der Zigarette, bis das Ende zu glühen begann.

Cordelia rechnete rasch zusammen, wieviel Geld sie bei sich

hatte. »Nichts Großartiges«, sagte sie. »Aber für Burger und Pommes sollte es genügen.«

»Das reicht uns«, sagte Pat und stieß den Zigarettenrauch aus. »Machen wir uns auf den Weg, Leute! Die Rechnung geht auf sie!«

5.

Rojelio Flores saß im Gefängnis des Polizeipräsidiums in der 77. Straße in Untersuchungshaft, einem niedrigen, langgestreckten Gebäude, das in Richtung Broadway lag. Wegen der Schwere seines Verbrechens und – nach Isabels Aussage – wegen der Inkompetenz seines Pflichtverteidigers wurde ihm die Freilassung gegen Kaution verweigert.

Angel wollte besagtem Anwalt, dessen Name Greg Preston war, in seinem Haus am Glendale Boulevard einen Besuch abstatten. Er wohnte in einem kleinen Bungalow aus Klinkerstein, weiß Gott nichts Weltbewegendes. Vielleicht war er wirklich kein guter Anwalt, überlegte Angel, aber wenigstens wurde er auch nicht damit reich, ein schlechter zu sein.

Er drückte auf die Klingel, bis Preston an die Tür kam, sie einen Spalt breit öffnete und verärgert hinausspähte. Er war übergewichtig, hatte ein rotes Gesicht mit Bartstoppeln auf den Wangen und blondes strubbeliges Haar.

»Ja?«

»Mister Preston? Ich muss Sie wegen eines Ihrer Klienten sprechen, Rojelio Flores. Darf ich hereinkommen?«, fragte Angel.

»Nein«, entgegnete Preston. »Es ist mitten in der Nacht! Wenn Sie über einen Klienten sprechen wollen, rufen sie in meinem Büro an. Und falls Sie kein Familienmitglied sind, können Sie das auch gleich lassen.«

»Es ist doch erst kurz nach zehn«, versuchte Angel ihn zu beschwichtigen. »Und es ist sehr dringend.« Er schob Preston eine Visitenkarte zu. »Ich bin Privatdetektiv. Ich habe vielleicht einen Beweis, dass man Flores den Mord nur angehängt hat.

Und wenn das stimmt, dann sind die LAPD-Beamten, die ihn festgenommen haben, die Hauptverdächtigen.«

Preston sinnierte eine Weile darüber nach. Angel glaubte zu wissen, was in dem Kopf des Anwalts vorging. Er wog die Unannehmlichkeiten des späten Besuchs gegen die Möglichkeit ab, einem seiner Klienten tatsächlich einmal etwas Gutes tun zu können – und vielleicht sogar aus einer banalen Mordanklage einen Fall für die Titelseiten der Zeitungen zu machen.

War er ehrgeizig – und das waren die meisten, die es auf sich genommen hatten, Jura zu studieren – musste er erkennen, dass dies ein Weg war, etwas Beachtung von den großen Kanzleien zu bekommen. Der Fall konnte sich als Eintrittskarte für die oberste Liga entpuppen.

Preston öffnete die Tür. Er trug einen lumpigen karierten Morgenmantel über einem weißem Unterhemd und Boxershorts. Das Unterhemd, das früher einmal seinen dicken Bauch bedeckt haben mochte, war mittlerweile viel zu kurz.

»Kommen Sie herein, Mister Angel. Ich habe gerade noch ein paar ... ähm ... Unterlagen durchgesehen.«

Er sah eher aus, als hätte er auf ihnen geschlafen, fand Angel, sagte aber nur: »Angel genügt.«

Preston knipste das Deckenlicht an, und ein Wohnzimmer voller Flaschen und Dosen, Pizzakartons und Zeitungen mehrerer Wochen tat sich auf.

»Entschuldigen Sie die Unordnung«, sagte Preston. »Das Hausmädchen hat sein freies Jahr.«

»Macht nichts«, entgegnete Angel. »Sie erinnern sich an Flores?«

»Ein Mordfall. Hat einen mutmaßlichen Drogendealer umgebracht. Die Cops haben ihn am Tatort mit der Pistole in der Hand erwischt.« Er nahm eine Pizzaschachtel und überlegte, wo er sie abstellen sollte, legte sie aber dann an ihren ursprünglichen Ort zurück. »Ziemlich klare Sache. Was haben Sie für einen neuen Beweis?«

»Seine Familie sagt, er hat es nicht getan.«

Preston lachte wiehernd. »Und Sie wollen Privatdetektiv sein? Haben Sie Ihre Lizenz im Lotto gewonnen?«

Er öffnete die Pizzaschachtel, nahm ein Stück heraus und bot Angel das andere an. Angel lehnte dankend ab und Preston futterte drauf los.

Angel verschränkte die Arme und wollte sich an einen Tisch lehnen, musste aber einen Stapel Werbepost abfangen, der ins Rutschen geraten war. »Ich weiß, das ist nicht viel. Aber es gehen merkwürdige Dinge in diesem Haus vor, die mich dazu veranlassen, seiner Frau und seinem Sohn zu glauben. Besser kann ich es ihnen nicht erklären.«

Preston warf das angebissene Stück Pizza wieder in die Schachtel und klappte sie zu. Mit hochgezogenen Augenbrauen sah er seinen Besucher an. »Dann tut es mir Leid, dass Sie mich aus einem schönen Traum geweckt haben, Angel. Ich war gerade dabei, Johnny Cochran fertig zu machen.«

»Hören Sie, Preston ...«

»Was für merkwürdige Dinge sollen das denn sein?«, fragte der Anwalt und wischte sich den Mund mit einer Papierserviette ab. »Wird seine Frau bedroht? Bekommt sie Anrufe, bei denen sich niemand meldet und gleich wieder aufgelegt wird?«

»Noch merkwürdiger«, sagte Angel, und nach einer kleinen Pause: »Es hat mit Besessenheit zu tun.«

»Das hat es doch in den meisten Fällen!«, sagte Preston. Als Angel nicht direkt antwortete, versuchte er es noch einmal: »Von Eifersucht besessen, von Habgier besessen ... Was ist es bei ihm?«

»Ich meine okkulte Besessenheit«, entgegnete Angel.

Preston starrte ihn an. »Das soll wohl ein Witz sein! Sie wecken mich, weil sie gerade den *Exorzisten* gesehen haben? So ist das also! Dann rufe ich die Polizei.«

»Hören Sie«, sagte Angel. »Ich habe Mrs. Flores belogen. Also, nicht wirklich belogen, aber ich habe sie etwas annehmen lassen, was nicht stimmt.«

»Und jetzt halten Sie mein Wohnzimmer auch noch für einen Beichtstuhl!«

»Sie glaubt, ich arbeite für Sie. Sie glaubt, dass Sie endlich etwas unternehmen, um ihren Mann freizubekommen.«

Preston rieb sich ungläubig die Augen. »Okay, und nachdem Sie mir das gesagt haben, soll ich Ihnen vertrauen? Jetzt halte ich Sie für einen Verrückten und einen Lügner dazu.«

»Dann glauben Sie nicht, dass es so etwas gibt?«

»Ich bin eher rational veranlagt.«

»Wie steht es mit Poltergeistern? Dämonen? Vampiren?«

»Sie sollten vielleicht für eins von diesen Revolverblättern in den Supermärkten schreiben«, schlug Preston vor.

»Es gibt eine Möglichkeit, Sie zu überzeugen«, sagte Angel. »Aber sie wird Ihnen nicht gefallen.«

»Versuchen Sie es!«

Angel trat direkt vor das Gesicht des Anwalts und wandelte sich vor seinen Augen zum Vampir. Seine Stirn trat hervor, die Zähne wurden lang und spitz, die Augen verengten sich. Unverkennbar! Er ließ einige Augenblicke verstreichen und nahm dann, während dem schockierten Preston der Atem stockte, wieder menschliche Gestalt an.

»Und, wie war das?«

Preston starrte ihn eine ganze Weile an.

»J-ja, belassen wir es einfach dabei«, stammelte Preston. »Heilige Sch ...«

»Ich will Sie nicht bedrohen«, sagte Angel. »Ich denke nur, wir haben nicht besonders viel Zeit, und ich kann es nicht ohne Ihre Hilfe schaffen. Und jetzt reden wir über Besessenheit.«

»Wie haben Sie das gemacht?«, platzte der Anwalt heraus. Sein Gesicht war kalkweiß und ihm brach der Schweiß aus.

»Das spielt keine Rolle.«

»Tut es wohl.« Preston wischte sich mit zitternder Hand über die Stirn. »Es spielt eine große Rolle, wenn Sie entschuldigen.«

»Nennen wir es eine Laune der Natur, und dabei belassen wir es.«

Preston hätte wohl gern noch nachgehakt, sah dann aber lieber doch davon ab. »Dann lassen wir es dabei«, sagte er nur. »Allerdings verstehe ich immer noch nicht, wie das Mister Flores helfen soll.«

»Ich muss ins Gefängnis, um mit ihm zu reden.«

»Besuchszeiten sind morgen zwischen zehn und drei. Begleiten Sie mich doch!«

Angel zeigte auf seine Zähne. »Gefängnisse sind in der Regel gut gesichert«, erklärte er. »Wenn ich durch einen Tunnel hineinkommen würde oder mir ein Laken umhängen dürfte – dann wäre es tagsüber kein Problem. Aber ein Gefängnis muss man wohl oder übel durch den Haupteingang betreten.«

Preston blinzelte. »Oh, ja ja, Sie sind ein ... oh.«

Angel nickte. »Ein oh.«

Der Anwalt blickte verschreckt drein. »Ich hatte im College mal Hepatitis«, informierte er Angel eilig. »Ich kann kein Blut spenden.«

»Ich halte Sie sowieso für ziemlich blutarm«, sagte Angel. Als der Mann ihn verständnislos anstarrte, lächelte er. »Schlechter Anwaltswitz!«

»Ha«, entgegnete Preston knapp. »Ha.«

»Es muss heute Nacht sein«, drängte Angel. »Und ich kann ohne Sie nicht hinein.«

»Ich weiß, ich werde es noch bedauern«, murmelte Preston. »Aber ich tue es nur, wenn Sie nicht noch mal das mit Ihrem Gesicht machen.«

»Ich verspreche es Ihnen.«

Sunnydale

»Und?«, fragte Willow, als Buffy wieder hereinkam.

Buffy hatte sich bereits vorgenommen zu lügen. Sie wollte Salma nicht noch mehr Angst einjagen, als sie ohnehin schon hatte.

»Ich konnte nichts sehen«, entgegnete sie und verriegelte die Tür. Eine ganz normale Vorsichtsmaßnahme. »Unmengen von nichts. Nichts so weit das Auge reicht.«

»Kein Wunder«, meinte Willow und sah aus dem Fenster. »Es ist Nacht.«

»Richtig, deshalb ist es mit der Sicht nicht sehr weit her.« Buffy zwang sich zu einem Lächeln und kam ins Wohnzimmer. Salma saß auf ihrer Couch und Willow rollte sich mit einer Decke auf den Beinen wie eine Katze im Sessel zusammen.

»Den Container könnten die ruhig mal etwas häufiger sauber machen.« Buffy setzte sich Willow gegenüber in einen Sessel im rechten Winkel zu Salma. In der Mitte stand ein kleiner Beistelltisch, auf dem zwei Tassen mit Tee dampften. Daneben lagen ein paar spanische Modemagazine und die Sunnydaler Gelben Seiten.

»Und was habt ihr beiden gemacht?«, fragte sie.

»Wir haben uns unterhalten«, entgegnete Willow und griff nach ihrer Teetasse. »Salma hat mir ein bisschen von ihrer Familie erzählt.«

»Möchtest du auch einen Tee?«, fragte Salma.

»Das wäre nett.« Buffy war froh, dem nervösen Mädchen etwas zu tun zu geben.

Salma stand auf. »Wir trinken Pfefferminztee. Magst du Pfefferminz?«

»Aus eigener Ernte«, sagte Willow lächelnd und zog die Augenbrauen hoch. »Von ihrer Großmutter.«

»Sicher, gerne!« Als Salma in die Küche ging, fragte Buffy: »Hast du nicht gesagt, deine Leute leben in Los Angeles?«

»Das stimmt«, entgegnete Salma.

Buffy sah Willow an und signalisierte ihr mit hilfloser Geste: Nichts gefunden.

Willow runzelte die Stirn und tat so, als hielte sie einen unsichtbaren Holzpflock in der Hand. Vampire vielleicht?

Buffy schüttelte den Kopf. Sie zog eine Grimasse: Keine Ahnung. Aber was immer da draußen gewesen war, sie musste mit Giles darüber reden. Und zwar so schnell wie möglich.

»Da habe ich auch mal gewohnt. Wo genau leben sie denn dort?«

»Laurel Canyon«, sagte Salma.

Buffy drehte sich zu Willow um und formte mit ihren Lippen das Wort »reich«. »Ist schön da oben in den Bergen.«

»Ja«, sagte Salma.

»Salmas Großvater hat in Mexiko sehr viel Geld verdient, erklärte Willow.

Schon pfiff der Wasserkessel. Offenbar hatte Salma für Buffy heißes Wasser bereitgehalten.

»Ihm gehören ein paar Fabriken«, fuhr Salma fort und klapperte mit dem Porzellan. »Er bezahlt sehr faire Löhne und stellt viele Leute ein. Er genießt großen Respekt. Aber in Mexiko kann man als reicher Mensch schnell einmal das Opfer von Kidnappern werden. Deshalb wollte er in den Vereinigten Staaten leben, wo es sicherer ist.«

»Hier gibt es aber auch Kidnapper«, bemerkte Buffy.

»Das ist wahr. Aber nicht so viele, glaube ich.«

»Und deshalb ist deine Familie nach L.A. gezogen?« Allein beim Aussprechen der beiden Buchstaben schauderte Buffy unwillkürlich. Sie hatte dort gelebt, bis sich ihre Eltern trennten, und sie hatte die Schulturnhalle abgebrannt – viele unangenehme Erinnerungen, dazu noch Angel mit seinem merkwürdigen Besitzanspruch auf die Stadt. Das war alles ein bisschen viel gewesen.

Salma riss Buffy aus ihren trüben Gedanken, als sie mit einem Tablett ins Wohnzimmer zurückkehrte. Darauf standen Tee für Buffy, Zucker und ein Sahnekännchen. Und auch ein kleiner Teller Kekse mit Schokostückchen und – hm, lecker! – Schokoladentrüffel.

»Wir sind hierhergezogen, kurz nachdem mein Bruder geboren wurde.« Salma stellte das Tablett ab. »Mein Vater ist in Mexiko aufgewachsen und hat dort so lange gelebt, bis mein Großvater reich wurde. Ich glaube, im Grunde ist mein Vater verantwortlich für den Umzug. Er hat sich immer Sorgen um uns Kinder gemacht.«

Buffy trank einen Schluck Tee. Er war heiß und wunderbar minzig. Sie schaufelte einen Löffel Zucker hinein und rührte um. Dann stellte sie die Tasse ab und nahm einen Schokoladentrüffel.

Absolut himmlisch!

»Was war es denn, was du draußen gesehen hast? Hat dich jemand beobachtet oder verfolgt?«

Salma schüttelte energisch den Kopf und setzte sich wieder auf das Sofa. »Nein, was ich gesehen habe, war nicht menschlich. Kein Mensch ist in der Lage, so mit der Dunkelheit zu verschmelzen. Ich weiß nicht, was es war – aber was es nicht war, kann ich genau sagen.«

»Okay«, entgegnete Buffy und schwelgte in dem tröstlichen Geschmack von Schokolade und Minze.

»Was immer es war, jetzt ist es verschwunden«, meinte sie. »Aber die nächsten Nächte solltest du sicherheitshalber im Haus bleiben, ja? Gib mir ein bisschen Zeit, um die Sache aufzuklären.«

Salma lachte. Ein seltener Anblick. »Du musst dir um mich keine Sorgen machen«, sagte sie. »Ich glaube nicht, dass ich in den nächsten paar Tagen aus meinem Bett hervorkrieche.«

»Ach«, unterbrach Willow. »Wir wollten doch noch mit Salma über die Liste sprechen.«

»Was ist damit?«, fragte Salma.

»Ich habe einige der Namen im Computer überprüft«, erklärte Willow. »Ich würde dir gern zeigen, was dabei herausgekommen ist.«

»Dann gehen wir an meinen«, schlug Salma vor. Sie stand auf und ging voran in das zweite Schlafzimmer, das sie als Arbeitszimmer benutzte.

Buffy hätte die Trüffel gern mitgenommen, sagte aber nichts und litt still vor sich hin.

Im Arbeitszimmer stand ein großer Holzschreibtisch mit einem knallig orangefarbenen Computer darauf.

Willow setzte sich davor und fing an zu tippen. Salma und Buffy sahen ihr eine Weile schweigend zu. Dann hörte Willow plötzlich auf und winkte Salma heran. »Komm her«, sagte sie. »Sieh dir das mal an!«

Salma trat hinter Willow, und Buffy folgte ihr, obwohl sie schon wusste, was jetzt kam.

»Dieser Typ hier ist Enrique Almeida«, sagte Willow. »Auch bekannt als Raketen-Ricky. Er hat schon mal im Gefängnis gesessen, weil er einen Granatwerfer aus der Sunnydaler Waffenfabrik gestohlen hat.«

Der Mann auf dem Bildschirm sah böse und gefährlich aus. Er trug kein Hemd, und auf seiner Brust und den Schultern schlängelten sich dunkle, verworrene Tattoos. Er war unrasiert und blickte finster drein. Willow hatte erklärt, die Abteilung für Bandenkriminalität bei der Sunnydaler Polizei machte auf offener Straße Polaroidfotos von mutmaßlichen Bandenmitgliedern. So war auch dieses Foto entstanden.

Salma schlug die Hand vor den Mund. »Und der kennt meinen Bruder?«

»Sein Name stand in dem Adressbuch, das du gefunden hast. Und sieh dir das an ...« Willow tippte wieder etwas, und nach kurzer Zeit erschienen auf dem Monitor nun richtige Verbrecherfotos, eins von vorn und eins im Profil. Darauf war ein Mann mit einer platten, gebrochenen Nase und einem grausamen, harten Mund zu sehen.

»Jorge Cota. Siebenmal festgenommen, bevor er vor zwei Jahren volljährig wurde. Die Akten von jugendlichen Straftätern sind natürlich gesperrt, da komme ich nicht dran. Aber seine ist bestimmt ziemlich dick.«

»Oh Nicky«, jammerte Salma.

»Noch einer.« Willow beugte sich wieder über die Tastatur. Und wartete. »Domingo Ribeiro, auch Totschläger-Dom genannt. Er hat mal drei Angestellte in einem Bekleidungsgeschäft umgebracht, um ein Designer-Sakko zu stehlen.«

Ein weiteres zweigeteiltes Verbrecherfoto erschien auf dem Bildschirm. Dieser Mann wirkte sehr zart, fast mädchenhaft. Aber seine tief liegenden Augen waren so kalt wie die eines Hais.

Salma stiegen Tränen in die Augen.

»Ich glaube, das reicht, Willow«, meinte Buffy sanft.

»Den da kenne ich«, sagte Salma und zeigte auf den Monitor. »Domingo. Er hat meinen Bruder schon mal besucht. Noch vor einer Woche habe ich ihn gesehen.«

Buffy legte Salma tröstend die Hand auf die Schulter.

»Ich weiß, das macht einen üblen Eindruck«, sagte sie. »Ist ja auch übel. Sieht so aus, als hätte Nicky mit einer Verbrecherbande zu tun. Wie aus den Polizeiakten hervorgeht, gehören alle diese Kerle einer Sunnydaler Gang an, die sich ›Latin Cobras‹ nennt. Sie sind brutal und äußerst gefährlich.«

»Was kann ich denn nur tun?«, fragte Salma mit zitternder Stimme.

»Gar nichts«, antwortete Buffy. »Das ist normalerweise nicht mein Fachgebiet, aber ich will sehen, was ich tun kann, um Nicky zu finden. Wenn ich ihn von seinen Freunden loseisen kann, wird es deine Aufgabe sein, ihn zu überzeugen, doch noch ein anderes Leben zu führen.«

»Diese Cobras«, sagte Salma. »Sind sie denn wirklich so gefährlich?«

Buffy wollte sie nicht beunruhigen, aber sie hatte bereits ihr Erlebnis draußen vor dem Haus beschönigt. Und sie musste verhindern, dass Salma das Problem auf die leichte Schulter nahm.

»Ja«, sagte sie. »Sie gehören auf die Seite der Bösen.«

Salma sah aus, als finge sie gleich an zu weinen. Buffy warf Willow einen Blick zu, und der Rotschopf trat auf den Plan.

»Die Cobras stecken mit einer Gang in L.A. unter einer Decke, die als Schwerverbrecher einzustufen sind«, fing Willow an zu erklären. »Eine der gefährlichsten im ganzen Land und sie haben überall Ableger.«

»*Ay, Dios*«, murmelte Salma, presste die Fingerspitzen an die Schläfen und schloss die Augen. Willow wirkte bestürzt, aber Buffy signalisierte ihr fortzufahren.

Willow entsprach der Bitte.

»Sie heißen Echo Park Band. Wie ich gehört habe, sind sie so brutal wie die Crips und die Bloods zusammen, nur noch viel schlimmer.«

Tränen liefen über Salmas Wangen.

»Ich will dich wirklich nicht aus der Fassung bringen«, sagte Willow.

Buffy verspürte Mitleid. Sie vergaß manchmal, wie gut behütet manche Leute aufwuchsen – jedenfalls im Vergleich zu der Scoobie-Gang und ihr selbst. Aber sie war froh, dass Willow es so offen ausgesprochen hatte.

»Wir wollten nur, dass du verstehst, mit wem wir es zu tun haben«, warf sie ein und gab Willow die Gelegenheit, sich wieder zu sammeln. »Es wird nicht einfach werden, Salma.«

»Das spielt keine Rolle«, entgegnete Salma und ballte die Fäuste. Sie war ängstlich und besorgt. Aber entschlossen.

In diesem Augenblick gefiel sie Buffy sehr.

»Ich will nur, dass es Nicky gut geht. Ich will meinen Bruder zurück.«

»Wir werden daran arbeiten.«

Salmas Miene hellte sich ein bisschen auf. »Die Sache hat wenigstens ein Gutes«, sagte sie. »Jetzt muss ich mir wohl keine Sorgen mehr machen, dass er mit übernatürlichen Phänomenen zu tun hat.«

Buffy erinnerte sich an das Geräusch, das sie draußen gehört hatte, das Rascheln wie von Seide auf Haut. Sie erinnerte sich daran, wie der Schatten sich bewegt hatte. Und sie dachte: »Leider ist das nicht mit Bestimmtheit auszuschließen …«

Los Angeles

Cordelia war halbwegs beleidigt darüber, wie sie behandelt wurde. Wie eine Mutti mittleren Alters oder so. Dabei war sie gar nicht so viel älter als die Mädchen. Aber die High School hatte sie hinter sich gebracht – mit Abschluss wohlgemerkt, und nicht hingeworfen wie diese Ausreißerinnen – und sie konnte einen Job vorweisen, wenn auch kein regelmäßiges Gehalt damit einherging. Doch für die Mädchen gehörte sie damit schon zum Establishment, dem sie den Rücken gekehrt hatten.

Wenn es ihnen nicht irgendwo ein Essen umsonst einbrachte.

Sie hatten die Bibliothek durch einen Tunnel verlassen, der über die Straße in eines der leer stehenden Ladenlokale auf der anderen Seite führte. Von diesem Gebäude aus konnten sie in die Bibliothek und wieder heraus, ohne gesehen zu werden. Die Mädchen führten Cordelia zu einem Fastfood-Restaurant um die Ecke auf der Hope Street. Alle Acht bestellten, und Cordelia beglich zähneknirschend die Dreißig-Dollar-Rechnung.

Sie besetzten zwei Tische im hinteren Bereich und verschlangen gierig Burger vom Grill und Pommes. Zwischendurch erzählten sie Cordelia ein bisschen aus ihrem Leben.

Mit ihren sechzehn Jahren war Pat die älteste der Bande – und die geborene Anführerin der Gruppe. Die kleine Kayley war die Jüngste und Pat legte ihr gegenüber einen ausgeprägten Beschützerinstinkt an den Tag – das hatte sie Cordelia schon mit vorgehaltenem Messer klargemacht. Kayley war ein paar Tage zuvor erst vierzehn geworden. Sie war gerade mal einsfünfzig groß, hatte kurz geschnittene blonde Haare und große blaue Augen. Altersmäßig dazwischen lagen Amanda und Holly, beide durch und durch im Leichenlook gestylt, mit pechschwarz gefärbten Locken, dunkel umrandeten Augen und schwarzem Lippenstift; Jean, eine zartes farbiges Mädchen, das die Welt aus zusammengekniffenen Augen mit Misstrauen und Argwohn betrachtete; Nicole, eine Blondine, die fast so groß war wie Pat und doppelt so laut, sowie Keri und Erin, koreanische Zwillinge, die absolut identisch aussahen.

Natürlich waren sie alle von zu Hause ausgerissen. Keri und Erin, Nicole und Pat berichteten von Missbrauch. Jean und Kayley waren zwar nicht missbraucht worden, aber ihre Eltern hatten sich nicht für sie interessiert, sie hatten nie ein Verhältnis zu ihnen gehabt. Nur Holly und Amanda kamen aus Familien, die überhaupt Substanz zu besitzen schienen. Warum sie abgehauen waren, blieb Cordelia schleierhaft. Holly äußerte sich reichlich abstrakt über die Entdeckung neuer Horizonte und das Bedürfnis, neue Wege zu gehen. »Ich habe nichts gegen meine Eltern«, sagte sie und stopfte sich noch ein paar Pommes Frites in den Mund. »Aber weißt du, sie sind einfach im Moment nicht mein Ding.«

»Was ist denn dein Ding?«, fragte Cordelia.

Mit einem breiten Grinsen zeigte sie mit dem Finger auf ihren rechten Eckzahn. »Vampire!«

Großartig, dachte Cordelia. Da hatte sie geglaubt, sich mit einer Gruppe bedürftiger Ausreißer anzufreunden, dabei waren es in Wirklichkeit Möchtegern-Vampire!

»Die sind auch nicht so toll«, sagte Cordelia. »Die meisten stinken, wenn ihr die Wahrheit wissen wollt. Ich meine, sie können manchmal ganz charmant sein, aber stellt euch mal vor, ihr müsst euch von Blut ernähren! Das sorgt für einen üblen Mundgeruch. Ganz zu schweigen von ihrem Aussehen. Die meisten Vampire vernachlässigen schon nach kurzer Zeit ihr Äußeres. Sie können sich nicht im Spiegel sehen, also wird der Lippenstift immer schiefer, und man weiß nie, ob die Wimperntusche verlaufen ist. Und erst die Haare!« Sie deutete mit internationaler Geste einen Strubbelkopf an.

»Und Shoppen ist riskant«, fügte sie in einem Atemzug hinzu. »Also nichts mit schick aussehen. Ihr würdet nicht glauben, wie viele Vampire Buff ... äh ... schon entlarvt wurden, weil sie so altmodisch angezogen waren. Das ist wirklich kein Spaß«, schloss sie und rümpfte die Nase.

»Als hättest du Ahnung von echten Vampiren«, sagte Pat und grunzte abschätzig.

Cordelia zog die Augenbrauen hoch. »Mehr als du denkst.«

Pat hob das Kinn. »Woher denn?«

»Also, ich ... Darüber darf ich nicht sprechen. Aber ich weiß, wovon ich rede.« Sie zog eine Grimasse. »Wirklich!«

»Hab ich mir doch gedacht«, sagte Pat angewidert. »Nur eine Angeberin. Ich kenne nämlich zufällig einen Vampir.« Sie straffte die Schultern. »Einen echten.«

»Das stimmt«, ergänzte Kayley stolz. »Und er wird uns alle zu Vampiren machen.«

Igitt!

»Habt ihr euch das auch gründlich überlegt?«, fragte Cordelia, der die Idee auf Anhieb missfiel. »Wisst ihr, tot zu sein ist ein wesentlicher Bestandteil der ganzen Vampirklamotte.«

»Sieh uns an!«, sagte Jean und zeigte auf sich und ihre Truppe. »Glaubst du etwa, wir hätten etwas, wofür es sich zu leben lohnt? Tot zu sein kann für uns nur eine Verbesserung bedeuten.«

Die anderen nickten verdrossen und plötzlich wirkten sie alle schrecklich alt und sehr bemitleidenswert.

»Das kann nicht euer Ernst sein!«, widersprach Cordelia. Keine leichte Übung, was sie sich vorgenommen hatte, aber sie wollte es mit der guten alten »Ihr habt doch noch so viel vor euch«-Tour versuchen. »Es gibt viele Dinge, für die es sich zu leben lohnt.«

»Was zum Beispiel?«, fragte Amanda.

»Zum Beispiel ... Klamotten.« Das kam nicht so gut an. »Ähm, sonnige Tage.« Sie lächelte strahlend. »Kleine Hunde, im Park auf der Wiese liegen ...«

»Soll wohl ein Witz sein«, meinte Erin, und die anderen starrten Cordelia gänzlich unbeeindruckt an.

»Okay, das war ein wenig simpel, ich weiß«, räumte Cordelia ein. Zudem hatte sie es vermutlich von *The Sound of Music* geklaut. »Aber ich bin sicher, wenn ihr darüber nachdenkt, fallen euch bestimmt viele Gründe ein, warum es besser ist, am Leben zu bleiben, als ein Vampir zu werden und nur noch in der Dunkelheit rumlaufen zu können.«

Sie waren wirklich nicht beeindruckt.

»So leben wir ja sowieso«, entgegnete Kayley. »Wir gehen nie tagsüber raus. Sonst riskieren wir nur Ärger. Also schlafen wir tagsüber und gehen nachts nach draußen.«

»Warum seid ihr überhaupt so sicher, dass er euch wirklich zu Vampiren macht?«, fragte Cordelia. »Ich meine, er könnte euch ja auch nur das Blut aussaugen. Das ist viel einfacher für ihn und vielleicht sogar befriedigender.«

Pat lächelte, aber es wirkte bei ihr irgendwie aufgesetzt, wie bei einem altklugen Kind. »Weil ich etwas habe, das er will«, sagte sie triumphierend.

»Und was ist das?«

»Eine unendliche Quelle. Ich weiß, wo die Ausreißer leben, wo sie rumhängen und wohin sie gehen, wenn es dunkel wird. Mit mir an seiner Seite wird er nie wieder Hunger leiden müssen.«

Damit hatten die meisten Vampire sowieso kein Problem, dachte Cordelia. Aber es sah nicht so aus, als würde sie Fortschritte machen, wenn sie das mit Pat diskutierte. Sie beschloss, wieder die andere Richtung einzuschlagen.

»Seht mal, Leute, es gibt viele Gründe zu leben«, sagte sie noch einmal fast flehend. »Was ist mit euren Familien und Freunden? Was ist mit dem College und der Karriere? Vielleicht wollt ihr auch irgendwann mal Kinder haben.«

»Ich glaube nicht, dass eine von uns den Hintergrund hat, um eine gute Mutter zu sein«, entgegnete Keri. Sie klang dabei ganz praktisch, distanziert. »Unsere Familien werden uns nicht vermissen und wir sind uns gegenseitig die besten Freunde. Dann können wir immer zusammenbleiben.«

Bei diesen Worten rückten sie irgendwie alle dichter zusammen. Pat und die Patlings. Cordelia sehnte sich auf einmal nach der Zeit zurück, als sie ihre eigene Clique von Groupies gehabt hatte, die nichts so sehr wollten, wie mit der wunderschönen, beliebten Cordelia Chase zusammen gesehen zu werden.

»Seht mal«, sagte sie. »Ich kann keine Quelle preisgeben, aber ich habe ... Geschäfte gemacht – keine Drogengeschäfte, sagt nein zu Drogen! –, aber ich hatte ein paar Jahre mit Vampiren zu tun. Daran ist nichts Gutes. Wirklich.«

»Sie lügt«, sagte Pat mit Nachdruck und verstärkte ihren Griff um das Messer, wenn sie die Realität schon nicht im Griff hatte. »Sie weiß überhaupt nichts über Vampire. Er hat keinen Mundgeruch und sieht großartig aus.«

Er. Großartig! Das dumme Huhn war wahrscheinlich in

irgendeinen Trottel verknallt, der erst letzten Dienstag verwandelt worden war.

Cordelia sah ihre gerechte Strafe für diesen Tag gelassen an. »Okay, wer ist denn dieser Vampir, den du kennst, Pat?«

Pats Augen leuchteten. Ganz sicher war sie in ihn verknallt! »Sein Name ist Kostov«, sagte Pat. »Er ist Transsilvanier, wie Dracula.«

Cordelia nickte und versuchte, sich in Windeseile eine Strategie zurechtzulegen. Aber wenn sie eines in der High School gelernt hatte, dann, niemals den Freund eines anderen Mädchens schlecht zu machen, auch wenn er der verachtenswerteste Schleimklumpen war, der je auf Erden sein Unwesen getrieben hatte – bei Tag oder bei Nacht. So lautete jedenfalls die Theorie, danach zu handeln war etwas ganz anderes.

»Hast du das Buch gelesen?«, fragte sie mit möglichst neutraler Stimme.

Pat gähnte. Sie selbst stand in Sachen Mundgeruch auch nicht so gut da. »Hab ich versucht. Ist langweilig. Anne Rice gefällt mir besser.«

»Warum überrascht mich das nicht?«, dachte Cordelia. Pat war so verzaubert von der Romantik des Vampirdaseins, dass sie gar nicht begriff, um was es wirklich ging.

Die anderen Mädchen nickten eifrig. Eine murmelte: »Lestat«, und eine andere sagte: »Louis. Der ist stark.«

Ach du liebe Zeit, sie hatten alles ganz falsch verstanden!

»Und woher kennt ihr diesen Typen?«, forschte Cordelia weiter.

Pat wartete noch eine Sekunde, bis ihr die Aufmerksamkeit aller zuteil wurde. Die anderen Mädchen richteten die Blicke auf sie wie kleine Kinder, die gespannt auf ihre Lieblings-Gutenachtgeschichte warten. Oder darauf, dass der Musical-Star mit seinem Song beginnt.

Cordelia fragte sich, ob es ihr gelingen würde, Reißaus zu nehmen und die kleine Miss Küchenmesser abzuhängen, aber sie merkte, dass ihre Füße wie einbetoniert am Boden festklebten. Sie hatte zu große Angst wegzulaufen. Abgesehen davon wollte sie noch eine letzte Chance, um die Mädchen von dem falschen Bild, das sie sich von den »Vampiren in Samt« gemacht hatten, zu befreien. Cordelia Chase stellte sich schließlich den Herausforderungen des Lebens.

Oh je, das hätte Wesley nicht besser sagen können.

»Ich habe ihn irgendwann nachts auf der Straße getroffen«, erzählte Pat mit leiser Stimme. Eines der Mädchen seufzte. »Er hatte gerade ein Opfer erlegt, daher war er nicht hungrig. Ihr Blut tropfte noch aus seinen Mundwinkeln.«

»Und das soll attraktiv gewesen sein?«, dachte Cordelia, hielt aber den Mund.

Pat reckte ihr Kinn vor und ihre Worte sprachen eindeutig dafür, dass sie wahnsinnig war: »Ich konnte ihn überzeugen, dass ich ihm nichts Böses will und nur neugierig bin. Wir haben stundenlang geredet.«

Die Wangen des Mädchen waren rosig, fast schüchtern wirkte sie jetzt. »Vampire sind solche Ausbeuter«, dachte Cordelia angeekelt. Natürlich versprach er ihr, sie auch am Morgen danach noch zu achten, wenn er sie ausgesaugt hatte, aber dann würde er sich doch nur in seinem Sarg umdrehen und sie nicht einmal anrufen.

»Wir haben stundenlang geredet«, wiederholte Pat, vielleicht aus Gründen der Dramatik, vielleicht, weil sie mit ihrem Verstand nun auch noch das Gedächtnis verlor. »Und dann haben wir uns verabredet. Als ich es den Mädels erzählt habe, waren alle ganz angetan davon, sich verwandeln zu lassen, also haben wir einen Deal gemacht.« Sie breitete die Hände aus, als wolle sie sagen: Und der Rest steht für mich und meinen Vampir in den Sternen.

»Ihr wollt alle verwandelt werden?«

Pat nickte und die anderen ebenfalls. Sie sahen wie ein Rudel Wackeldackel aus, wie man sie in manchen Autos auf der Hutablage bewundern darf.

»Er bot mir an, es mit mir gleich auf der Stelle zu tun, aber ich bat ihn, uns alle zu verwandeln. So nahe stehen wir uns.« Sie lächelte ihre Mädels an, die so begeistert von ihrer Großzügigkeit zu sein schienen, dass sie nichts dagegen hatten, von Pat in schönster Cowboymanier wie eine Viehherde zur Schlachtbank geführt zu werden.

Cordelia gefiel das nicht. Ganz und gar nicht. »Und wann soll das Ganze stattfinden?«

»Das werde ich dir bestimmt nicht auf die Nase binden«, entgegnete Pat und entblößte ihre Zähne. »Du würdest wahrscheinlich versuchen, es zu verhindern oder so.«

»Und es beunruhigt euch nicht, dass er ein Killer ist?« Cordelia beugte sich vor, um ihr entscheidendes Argument anzubringen. »Dass ihr alle zu Killern werdet, wenn ihr das mit euch machen lasst?«

»Die Leute da draußen …« Pat machte eine entsprechende raumgreifende Geste – Restaurantgäste; Familien mit Kindern, die friedlich ihr Dinner genossen; Teenager, die in Zeitschriften blätterten und mit Freunden schwätzten. »Denen sind wir egal. Aber die werden sich noch alle wundern. Für mich sind sie Fleischwaren, sonst nichts.« Ihre Stimme klang unglaublich bitter und Cordelia ahnte, wie tief ihre seelischen Wunden sein mussten.

»Zählst du mich auch dazu?«, fragte sie und legte ihre beste Karte auf den Tisch: Schließlich war sie nicht einfach nur ein Stück Fleisch, sondern ein echter Mensch mit Gefühlen; jemand, der versucht hatte, ihnen eine Hand entgegenzustrecken.

Pat sah Cordelia abschätzig an, als beurteile sie ihren Nährwert. »Fleisch«, sagte sie. »Glaub nur nicht, du bist unsere Freundin, bloß weil du uns fettiges Essen gekauft hast!«

»Ich will gar nicht eure Freundin sein«, entgegnete Cordelia und versuchte, ihre Stimme ruhig zu halten, obwohl sie innerlich alles andere als gelassen war. Es machte sie nun einmal nervös, einer tödlichen Bedrohung ausgesetzt zu sein, egal wie oft sie es schon erlebt hatte.

»Ich habe jedoch viel mehr für euch getan als es derjenige tun wird, der euch töten will.«

»Vielleicht bekommst du ja einen Orden vom Roten Kreuz dafür«, spottete Jean und die anderen kicherten über diesen klasse Witz.

»Ich habe das ganz freiwillig getan und erwarte keine Gegenleistung«, sagte Cordelia und sah die Mädchen der Reihe nach an. »Ein bisschen Dankbarkeit wäre nicht schlecht, aber die darf ich hier wohl nicht erwarten. Also vergesst das Ganze! Ich habe nur versucht, nett zu euch zu sein. Erledigt! Ende der Geschichte.«

Sie erwiderte Pats abschätziges Grinsen und klatschte in die Hände. »Schönes Leben noch! Ach Quatsch, ihr seid ja bald tot.«

Sie stand auf und ging zur Tür. Kayley lief ihr hinterher.

»Cordelia!«, rief sie. »Ich wollte mich nur bedanken. Weil du mir helfen wolltest. Das hat noch nie jemand für mich getan. Abgesehen von Pat und den Mädels, meine ich.«

»Nicht der Rede wert«, sagte Cordelia. »Das tun Menschen nun mal füreinander. Lebendige Menschen, verstehst du? Die Untoten nicht.«

Kayley errötete. »Pat ist total begeistert davon, dass dieser Kostov uns zu Vampiren machen will. Wir anderen natürlich auch, aber es ist vor allem Pats Deal, weißt du?«

Cordelia versuchte, Nutzen aus dieser Aussage zu ziehen. »Du musst ja nicht mitmachen!«

»Ich will es ja auch, versteh mich nicht falsch«, sagte Kayley schnell. »Ich meine ja nur, dass Pat die Sache am heftigsten vorantreibt. Sie steht total auf diese ganze Vampir-Szene.«

»Dann ist sie eine Idiotin«, sagte Cordelia ganz offen. Sie musste sich anstrengen, es war vermutlich ihre letzte Chance mit dem Mädchen.

»Hör mir bitte zu! Es ist anders als in diesen Büchern. Es ist eine knallharte Sache. Es geht nur darum, im Dunkeln zu bleiben und nach dem nächsten Opfer Ausschau zu halten. Jagen und gejagt werden. Das ist nicht schön und macht auch keinen Spaß.«

»Das klingt, als wüsstest du wirklich etwas darüber«, sagte Kayley neugierig.

Cordelia hob die Hand, um sie ihr auf die Schulter zu legen, überlegte es sich aber anders und ließ sie wieder fallen. »Weiß ich auch, das kannst du mir glauben!«

Kayley nickte langsam und stellte die Fragen nicht, die ihr auf der Stirn geschrieben standen. »Ich glaube dir. Aber Pat wirst du nicht überzeugen. Und die anderen tanzen total nach ihrer Pfeife.«

»Aber für dich gibt es Hoffnung, Kayley. Du kannst jetzt sofort mit mir kommen. Einfach weggehen.«

Kayley blickte zu ihren Freundinnen hinüber, die sie und Cordelia neugierig beobachteten. Pats Augen glühten vor Verachtung.

»Nein, das kann ich nicht. Ich gehöre dazu.«

Cordelia zog eine Visitenkarte von Angel aus der Tasche und steckte sie Kayley zu. Sie hatte die alte Adresse durchgestrichen und ihre eigene daraufgeschrieben, nachdem das Büro in die Luft geflogen war. »Falls du deine Meinung änderst, kannst du mich hier erreichen.«

»Werde ich nicht«, sagte Kayley, steckte die Karte aber trotzdem ein. »Danke noch mal!«

Cordelia ging durch die Glastür hinaus in die Nacht. Kayley blieb drinnen bei ihren Freundinnen.

Für die bald ewige Nacht herrschen sollte.

6.

Sunnydale

Für die meisten Menschen hatte die Redewendung »Die Nacht der langen Messer« zwei Bedeutungen. Historisch gesehen bezog sie sich auf den 30. Juni 1934, als Adolf Hitler nach Ausschaltung der Opposition im Reich seine Macht über die NSDAP und damit ganz Deutschland gefestigt hatte, indem er nach einem angeblichen Putschversuch durch SA-Führer Röhm auch die Opposition in den eigenen Reihen und weitere missliebige Personen liquidierte. Schonungslos und systematisch ließ er damals rund 400 Menschen ermorden.

Im übertragenen Sinne wurde dieses geflügelte Wort fortan zur Bezeichnung von jeder Art der gnadenlosen Machtausübung verwendet, sei es in der Politik oder im Business oder auf allen anderen Gebieten menschlichen Handelns.

Aber im Zusammenhang mit Magie bedeutete die Redewendung etwas ganz anderes, wie Nicolas de la Natividad wusste.

Es war die Nacht, in der ein Krieger unverletzbar war.

Und die folgende Nacht sollte Nicky gehören.

Nicky hatte erkannt, wo sein Platz war: im Schoß seiner Familie – seiner richtigen Familie. Nicht bei den Leuten, in deren Schoß er geboren worden war; nicht in dem riesigen Haus im englischen Stil, in dem er aufgewachsen war. Er hasste seine Familie nicht, aber er war der Ansicht, sie habe zu viel aufgegeben, um ihre jetzige Position zu erreichen. Sie hatte ihr Vermächtnis aufgegeben und ihrem Volk den Rücken zugewandt. Die Kollegen, die sein Vater und sein Großvater zum Essen oder zu einer Party einluden, waren fast ausnahmslos sehr wohlhabend und weiß. Falls einer von ihnen ursprünglich aus einem armen Umfeld stammte, erinnerte er sich schon längst nicht mehr daran.

Nicky hatte in seinem Leben nie erfahren, was es bedeutete, arm zu sein, aber er wusste sehr genau, wo seine Wurzeln waren – bei den *peons*, den armen Bauern und Arbeitern und nicht bei den reichen Besitzern. Dieses Wissen brannte jeden Tag in ihm, den er zwischen den erdrückenden Mauern des großen Familienbesitzes in Los Angeles verbracht hatte.

Die Latin Cobras hingegen waren Leute, die sich wirklich um ihn kümmerten und auf ihn aufpassten. In der Truppe gab es *machos* und *mamas*, die auch nur ohne eine Sekunde zu zögern, ihr Leben für ihn geben würden. Und dasselbe würde er auch für sie tun.

Leben retten oder Leben nehmen. Um jeden Preis. Sie waren hundertprozentig füreinander da.

Obwohl Nicky neu war, fühlte er sich bei den Cobras sicher. Niemand legte sich mit einem Cobra-Mitglied an – nicht, wenn er den nächsten Morgen noch erleben wollte.

Aber es lag noch eine Aktion vor ihm, mit der er sich ihres Vertrauens als würdig erweisen musste. Um ein vollwertiges Mitglied der Gang zu werden, musste er etwas sehr Gefährliches tun. Alle hatten das getan.

Meistens bestand die Aufgabe darin, einen Mord zu begehen, in das Revier einer anderen Gang einzufallen oder auch einen Waffenladen zu überfallen, um die Gang neu zu bestücken.

Aber das war alles Kinderkram im Vergleich zu der Aufgabe, die auf Nicky wartete.

Denn er war gerade zu dem Zeitpunkt zur Familie gestoßen, als sie den Kampf gegen Del DeSola aufgenommen hatte.

DeSola war ein Ölmagnat – einer der wenigen Amerikaner mexikanischer Herkunft, die noch reicher waren als Nickys Großvater. Er hatte mit einem kleinen Ölfeld in Mexiko angefangen und später Ölfelder in den Vereinigten Staaten dazugekauft. Heute förderte er Öl, wo immer er es auf der Welt fand, und verschiffte den Großteil davon in die Staaten, um den unstillbaren Durst der Amerikaner nach dem schwarzen Gold zu stillen.

Was bedeutete, dass seine Schiffe ständig die amerikanischen Gewässer ansteuerten oder verließen.

Die Cobras wollten Zugang zu diesen Schiffen. Sie schafften selbst ein Produkt ins Land, für das es eine ebenso unstillbare Nachfrage gab, das die Regierung aber nicht über die Grenze lassen wollte.

Heroin.

Aus den in Mexiko und weiter südlich geernteten Mohnkapseln wurde reines Heroin gewonnen. Die Cobras verfügten über die nötigen Beziehungen dort unten und sie hatten ihr Vertriebsnetz über die gesamten USA ausgedehnt. Schließlich waren sie keine Straßengang mit lauter Nobodys, sondern gehörten zu einem Zusammenschluss von Leuten mit Wurzeln, die tiefer waren als die jeder anderen Gang in Amerika; ihre Arme reichten bis an die Ostküste und in den Mittleren Westen, und ihre Geschäfte waren höchst rechtmäßig. Es ging einzig darum, genug von dem Produkt ins Land zu schaffen, um die enorme Nachfrage zu decken, und dann würden sie schon bald alle sehr reich sein.

Also wollten sie, dass DeSola seine Schiffe zusätzlich zu seinem eigenen Frachtgut mit ihrem Produkt belud.

Sie fragten ihn, und er weigerte sich.

Sie blieben beharrlich. Er weigerte sich weiterhin.

Und so mussten sie ihr Anliegen ein wenig überzeugender vortragen.

Nicky war allein.

Die Latin Cobras hatten ein Hauptquartier in einem kleinen Haus am Rande der Stadt, mit einer ruhigen Vorort-Nachbarschaft, wo man sie in Ruhe ließ. Einen weiteren Treffpunkt, an dem sie sich zu Versammlungen und Partys und einfach nur zum Abhängen trafen, lag hinter einer Billardhalle gleich am Highway. Jede Nacht schliefen ein paar von ihnen im Haus und zwei, drei auf oder unter den Billardtischen. Aber jedes Mitglied hatte auch seine eigene Bleibe oder teilte eine mit anderen Cobras.

Da Nicky nun zumindest halboffiziell dazugehörte, war er bei seiner Schwester ausgezogen. Sie hätte die Cobras nicht gutgeheißen – und seinen Plan schon gar nicht. Einen Plan, an dessen Ausführung er schon seit einer Woche arbeitete.

Rosalie, eine der Cobra-Frauen, hatte ein Studio-Apartment, einen kleinen Bungalow auf einem Kieshof in einer ehemaligen Motel-Anlage, die aus einer Zeit stammte, als es in Sunnydale noch einen nennenswerten Zustrom an Touristen gegeben hatte. Dort hielt Nicky sich nun auf.

Mittlerweile kamen nur noch selten Touristen in die Stadt. Sie war schon seit Jahrzehnten immer unattraktiver geworden, und nun kamen nicht einmal mehr Tagesausflügler auf die Idee, zum Spaß dorthin zu fahren. Sonnenanbeter, die das Leben an den Stränden von Südkalifornien genießen wollten, fuhren an die angesagten Strände, die es hier nicht gab. Die Landschaft war wenig spektakulär und das Wetter nicht anders als überall sonst in der Region.

Und was Attraktionen anging – dergleichen gab es nicht. Der Zoo war mittelmäßig, und das Museum allein genügte nicht, um viele Besucher von außerhalb anzulocken, obwohl es gelegentlich hervorragende Ausstellungen zeigte.

Aber woran es letztendlich lag, war die merkwürdige Ausstrahlung der Stadt. Es gab zwar nichts ausgesprochen Hässliches an Sunnydale, aber es weckte – ganz unterschwellig – ein Gefühl der Abneigung. Die Touristen hatten einfach keine Lust, die Stadt zu besuchen. Hätte man genauer nachgefragt, wäre ihnen vielleicht bewusst geworden, dass sie den unerklärlichen Drang verspürten, auf dem Highway zu bleiben, bis Sunnydale hinter ihnen lag, und frühestens bei der nächsten Ausfahrt abzufahren.

Aber es fragte sie nur selten jemand. In den Gesprächen der meisten Menschen tauchte Sunnydale gar nicht erst auf.

An diesem Abend war Rosalie – wie an den vergangenen fünf

Abenden auch – mit den Cobras irgendwo unterwegs. Seit Tagen hatte Nicky sie kaum gesehen, und genauso lange hatte er das Apartment nicht verlassen. Er brauchte die Einsamkeit, um sich auf seine Nacht der langen Messer vorzubereiten. Bereits seit über einem Monat arbeitete er an einem komplizierten Beschwörungsritual. Er hatte die einzelnen Schritte und Formeln auswendig gelernt, die nötigen Zutaten besorgt und sich selbst mental und physisch vorbereitet. Er übte jeden Tag, stemmte viermal die Woche Gewichte und meditierte jeden Morgen wenigstens eine Stunde, um seinen Geist und seine Seele zu reinigen.

Nun saß er da und beobachtete das Feuer.

Auf den kleinen Gasherd mit zwei Kochflächen hatte er einen Topf gesetzt. Eine Mischung aus Kräutern – einige hatte er im Zauberladen in der Stadt gekauft, andere aus der Küche seiner Großmutter und wieder andere an geeigneter Stelle in der Stadt geklaut – köchelten in zwei Zentimeter Wasser. Die Mixtur stank, aber in dem Apartment roch es sowieso nicht gerade frühlingsfrisch. Rosalie teilte es mit vier Katzen, und als Nicky zum ersten Mal hereingekommen war, hätte ihn der Ammoniakgestank fast umgehauen. Es gab keine Klimaanlage, und er durfte das Fenster nicht öffnen, und so fühlte er sich in der Wohnung wie in einem voll aufgedrehten Ofen.

Aber dies war die letzte Nacht der Vorbereitungen. Am nächsten Abend war es endlich so weit. So lange würde er es noch aushalten. Er schüttelte den Kopf, zog die Nase hoch und ignorierte den Gestank und die Hitze einfach.

Er stellte den Inhalt seiner Papiertüte auf die klein geflieste Arbeitsplatte. Kräuter. Farbe, die er nach einem alten Rezept selbst aus Friedhofserde, gestohlenem Weihwasser und zermahlenen Beeren hergestellt hatte. Ein Talisman, den er seiner Großmutter stibitzt hatte; ein rundes, etwa drei Zentimeter großes Amulett mit einer eingravierten Sonne. Das hatte er an einer Lederschnur befestigt, die aus der Haut eines Mordopfers gegerbt worden war – allerdings hatte der Typ in dem Laden ihm nicht garantieren können, dass es sich bei dem Opfer um einen Menschen gehandelt hatte.

Nicky war überzeugt, das spielte keine Rolle. Wie bei einem Geschenk war es doch der Gedanke, der zählte.

In der Magie ging es um Symbole. Der Mikrokosmos, auf den man Einfluss nehmen wollte, symbolisierte den Makrokosmos, die große weite Welt.

Von welchem Lebewesen die Lederschnur stammte, war nicht wirklich wichtig. Worauf es ankam war vielmehr, dass sie das Fleisch der Menschheit symbolisierte.

Sie hätte auch von einer von Rosalies Katzen stammen können.

Nicky nestelte noch einmal an den Vorhängen mit dem verblassten Blumenmuster, zog sie vollständig zu, rüttelte an der Türklinke, um zu überprüfen, dass sie verschlossen war, und zog seine Kleider aus. Er war groß und muskulös, hatte breite Schultern und eine kräftige Brust. Sein dickes schwarzes Haar war kurz rasiert. Er atmete durch den offenen Mund, während er in der heißen Küche arbeitete. Sein ganzer Körper glänzte vor Schweiß.

Er öffnete den Plastikbehälter mit der Farbe, die er selbst hergestellt hatte, und fing an, sich damit zu bemalen. Eine Linie vom Haaransatz zur Nasenspitze, mitten über sein drittes Auge. Eine weitere Linie von der Unterlippe zum Kinn. Eine dritte von der kleinen Mulde oberhalb des Brustbeins bis zum Bauchnabel. Danach bestrich er seine Finger mit Farbe und zog fünf Linien über seine Brust und die Rippen bis auf den Rücken. In der kommenden Nacht musste er das ganze Ritual wiederholen, aber das hatte er nun schon seit Tagen getan, und es war ihm zur Gewohnheit geworden. Während er sich bemalte, sprach er tonlos die erforderlichen Worte.

Er verschloss die Farbe wieder und wandte sich dem Talisman zu. Er hob ihn an der Schnur hoch und hielt ihn über die brodelnde Brühe in dem Topf. Er küsste ihn einmal, tauchte ihn hinein und ließ ihn fünf Minuten in der Mixtur liegen.

Dann zog er ihn wieder heraus, hielt ihn hoch über den Kopf, legte ihn sich um den Hals und ließ ihn gegen seine Brust baumeln.

Seine Haut zischte.

Er beugte sich vor, damit er sich wieder von seiner Brust löste. An der Stelle, wo er ihn verbrannt hatte, war ein roter Fleck zu sehen. So war es auch in den Nächten zuvor gewesen. Der Fleck würde verblassen, die Narbe jedoch blieb erhalten – als Erinnerung an seine Nacht der Macht und als Ehrenabzeichen.

Er ließ das Amulett wieder gegen seine Brust pendeln, zurück auf den verbrannten Fleck, und ließ es dort.

In Rosalies Spüle stapelte sich das schmutzige Geschirr. Nicky griff nach einer angeschlagenen Kaffeetasse, auf der eine Zeichnung von einer Kuh abgebildet war, spülte sie aus und goss die Brühe aus dem Topf hinein. Bevor sie abkühlte, warf er den Kopf zurück und schüttete sich den Inhalt der Tasse in den Rachen. Es brannte wie Feuer.

Dann verschwand der Schmerz und er spürte nichts mehr. Er berührte das Amulett auf seiner nackten Brust und schob es zur Seite. Die rote Stelle verblasste bereits.

In der kommenden Nacht war es so weit. Er war bereit.

Die Nacht der langen Messer konnte kommen.

Tara saß allein im Bronze und ließ sich von der Musik berieseln.

Sie war den ganzen Abend in Sunnydale herumgelaufen und hatte nach Willow gesucht. Bislang erfolglos. Also war sie ins Bronze gekommen, da sie hoffte, Willow und Buffy schauten vielleicht herein. Es schien ihr, als seien alle Teenager von Sunnydale im Laufe des Abends bereits einmal durch die Tür gekommen – alle außer Willow.

Tara trank bereits ihre dritte Tasse Kamillentee. Viel länger wollte sie nicht mehr dort sitzen bleiben und den anderen dabei zusehen, wie sie sich amüsierten und zu Pärchen zusammenfanden. Aber wo sollte sie noch suchen? Sie war doch schon an allen nur erdenklichen Orten gewesen. Es würde ihr nichts anderes übrig bleiben als in das Apartment zu gehen, das sie für den Sommer gemietet hatte, und auch dort würde sie allein sein.

Allerdings würde sie sich, von den Mauern ihres Apartments umgeben, noch viel einsamer fühlen als im Bronze.

Noch eine Tasse, dachte sie. Noch eine halbe Stunde. Wenn Willow bis dahin nicht aufgetaucht war, wollte sie nach Hause gehen und ein bisschen schlafen.

Da Willow sie nicht angerufen hatte, musste sie etwas wirklich Wichtiges zu tun haben.

Und letzten Endes war sie ja auch gar nicht zu Hause gewesen, um den Anruf entgegenzunehmen.

Sie hatte regelmäßig ihren Anrufbeantworter gecheckt, aber es waren keine Nachrichten drauf gewesen. Logisch, denn wenn Willow mit Buffy in irgendeiner Rettungsmission unterwegs war, fehlte ihr einfach die Zeit für ein Telefonat.

Tara nippte an ihrem Tee und zwirbelte eine Haarsträhne zwischen den Fingern. Sie beobachtete die Tanzenden und spürte das Vibrieren der Bässe im Fußboden, das sich über den Barhocker bis in ihren Körper ausbreitete. Das Bronze war eines der wenigen Lokale, in dem junge Leute unter einundzwanzig herumhängen, Musik hören und Kaffee trinken konnten.

Willow hatte Tara erzählt, dass sie, Buffy und ihre Freunde fast jeden Abend im Bronze verbracht hatten. »Manchmal waren wir zu abgebrannt, um Getränke kaufen zu können, also haben wir um heißes Wasser gebeten und unsere mitgebrachten Teebeutel reingehängt«, hatte Willow kichernd erzählt. Tara war nicht sicher gewesen, ob das eine Art Insider-Witz gewesen war, aber gelächelt hatte sie trotzdem.

Mittlerweile war das Bronze jedoch nicht mehr das Stammlokal, das es einmal gewesen war. Seit Willow und die anderen aufs College gingen, verbrachten sie dort nicht mehr so viel Zeit. Willow hatte gesagt, es sei zu weit vom Campus entfernt, und angesichts der vielen Seminare, der Hausaufgaben und der Feldzüge gegen das Böse war Zeit für alle zu einem sehr kostbaren Gut geworden.

Tara ging es da nicht anders. Die High School schien ihr schon Ewigkeiten zurückzuliegen, und was damals noch so wichtig und bedeutsam angemutet hatte, war es nun nicht mehr. Sie war immer schüchtern und verlegen gewesen, eine absolute Außenseiterin, und erst mit Willow hatte sie einen Menschen kennen gelernt, von dem sie sich wirklich akzeptiert fühlte.

Die Freundschaften, das Lernen, sogar die Zauberei – alles wurde im College auf einmal viel ernsthafter. Obwohl Tara Willow und ihre Freunde noch nicht so lange kannte, glaubte sie, dass die anderen es genauso empfanden.

Sie lächelte in sich hinein. Vieles hatte sich verändert seit der High School. Was es allein schon ausmachte, nicht mehr zu Hause zu wohnen und aufs College zu gehen!

Aber ganz besonders hatte sich Tara durch die Begegnung mit Willow verändert.

Sie hatten sich in einer Hexengruppe kennen gelernt, aber die anderen Mädchen wollten eher Tratschgeschichten hören, als sich mit okkulten Dingen zu beschäftigen. Willow jedoch war anders, irgendwie ... authentischer und interessierter an den Kräften, von denen die Welt regiert wurde. Tara fühlte sich sehr zu Willow hingezogen und freute sich, dass es Willow umgekehrt genauso ging.

Bei der gemeinsamen Arbeit hatten sie zudem herausgefunden, dass ihre Kräfte durch Bündelung stärker wurden. Auch für sich allein besaß jede von ihnen viel Talent, aber zusammen waren sie wirklich eine Kraft, mit der man rechnen musste.

Tara war in ihrem ganzen Leben noch nicht so zufrieden mit sich gewesen. Dieses Geschenk hatte Willow ihr gemacht.

Das zweite Geschenk, das Willow ihr gemacht hatte, war viel bedeutsamer, doch Tara konnte sich noch nicht überwinden, es Liebe zu nennen.

Noch nicht.

Alles zu seiner Zeit.

Apropos Zeit – die halbstündige Frist, die sie sich gesetzt hatte, war verstrichen, und auch ihre Tasse war leer.

Sie rutschte von dem Barhocker und drängte sich durch die Menge zur Tür hinaus. Draußen war das Wummern der Bässe nur noch gedämpft zu hören.

Es spielte nun wirklich keine Rolle, ob sie Willow an diesem Abend noch sah, redete Tara sich ein. Willow war ein fester Bestandteil ihres Lebens. Und nur darauf kam es an.

Nachdem sie sich das klargemacht hatte, beschloss sie, nach Hause zu gehen. Ihr Apartment lag nur ein paar Blocks entfernt, über einem Eisenwaren-Geschäft.

Das Licht der Straßenlaternen durchbrach die Dunkelheit, die sich über die Gehsteige und Gassen ausbreitete. Etwas raschelte in der Finsternis. Es mochten Katzen oder Ratten sein oder etwas Böses, das einem das Blut auszusaugen drohte. Obwohl es sehr ruhig war, vibrierte die Luft vor drohender Gefahr. Der Tod flüsterte in der Nachtbrise, wie er es immer in Sunnydale tat.

Die meisten Bürger hatten weder eine Ahnung, dass ihre scheinbar so kleine Stadt auf dem Höllenschlund lag, noch war ihnen bewusst, wie sehr sie darum bemüht waren, sich im Dunkeln nicht allein draußen aufzuhalten. Die Sunnydaler wurden, wenn die Sonne unterging, irgendwie unruhig, und eine Spannung wurde spürbar wie das Surren der Stromleitungen des Umspannwerks: Sie war niedrig genug, um ignoriert zu werden, aber stark genug, um das Verhalten der Menschen zu beeinflussen.

Tara spürte die unangenehme Ausstrahlung der Stadt ganz deutlich, weil sie neu in Sunnydale war und sich wegen ihres Interesses an den okkulten Dingen intensiver mit ihren Gefühlen befasste als andere. Es schien, als wären die Winkel und Linien der Gebäude und Straßen irgendwie nicht stimmig; als wäre alles schief und irgendwie falsch und könne nie wieder gerade gerückt werden. Sunnydale machte die Leute nervös. Sie gingen in Lokale wie das Bronze, wo immer viel los war.

Aber sie gingen nicht im Dunkeln spazieren, vor allem nicht allein.

Denn tief in ihrem Innern ahnten sie es.

Tara beneidete die normalen Menschen fast um ihre Fähigkeit, so oberflächlich sein zu können. Sie wusste, was für Wesen in der Dunkelheit lauerten – alles, was einem Angst einjagte und noch viel Schlimmeres. Es war schwer, ein ganz normales Leben zu führen, wenn man erkannt hatte, dass selbst der schlimmste Albtraum nicht mit dem Bösen mithalten konnte, das tatsächlich in der Nacht sein Unwesen trieb.

Die Straße war ungewöhnlich dunkel. In ein paar Fenstern der zwei- und dreistöckigen Gebäude zu beiden Seiten der Straße sah man Licht, und auch die Straßenlaternen auf dem Gehsteig brannten. Aber die Schatten schienen heute Abend dichter als gewöhnlich, irgendwie undurchdringlich.

Tara war immer noch über einen Block von ihrer Wohnung entfernt, als die Schatten plötzlich lebendig wurden.

Und auf sie zukamen.

Eine schwarze Gestalt schien sich mitten aus der Finsternis zu erheben. Sie bäumte sich vor Tara auf und griff sie an. Tara spürte einen Luftzug, hörte ein schwaches raschelndes Geräusch und merkte dann, wie ihr eine Kralle über die Wange kratzte. Sie hob verteidigend die Arme und wich zurück.

Der Schatten verfolgte sie.

Diesmal landete er einen Treffer in ihrer Magengrube, und Tara stolperte rückwärts und landete mit schmerzverzerrtem Gesicht auf dem Gehsteig.

Gerade noch rechtzeitig kam sie wieder auf die Beine und wappnete sich für den nächsten Angriff. Wieder gingen die Schattenkrallen auf ihr Gesicht los. Tara spürte es und duckte sich. Die Krallen fegten über sie hinweg; der Luftzug war förmlich greifbar. Aber als sie danach boxte, traf sie nur ins Leere. Ihre Hände glitten widerstandslos durch den Schatten hindurch.

Gegen was sie kämpfte, wusste sie nicht, aber ihr war klar, dass sie diesen Kampf nicht mit bloßen Händen gewinnen konnte.

Das musste sie auch nicht, denn Willow hatte sie gelehrt, auf ihre besonderen Fähigkeiten zu vertrauen. Sie rannte ein Stück zurück, blieb stehen und drehte sich nach dem Schattenwesen um. Fieberhaft grübelte sie, welcher Bannspruch ihr helfen konnte.

Als das Wesen auf sie zukam und dabei vor und zurück schwappte wie eine Flüssigkeit, fiel ihr einer ein.

»Finsternis der Seele, Finsternis der Nacht«, sagte sie laut und bemühte sich, nicht zu stottern. Während sie diese Worte sprach, projizierte sie ihren Willen auf die Schatten und visualisierte goldene Seile, die sich um das gestaltlose Schwarz wickelten. »Bei Hecate und dem Grünen Mann! Ich lege dich in Ketten. Mit Hilfe der Macht der Göttin halte ich dich fest!«

Die Formel schien zu funktionieren. Der Schatten kam zwar immer noch auf sie zu, aber die schwarzen Greifarme blieben reglos. Das Wesen versuchte nicht mehr, nach ihr zu schlagen, und es wand sich, als wolle es sich von unsichtbaren Fesseln befreien.

Tara gestattete sich ein kleines Lächeln.

In diesem Augenblick befreite sich das Schattenwesen von den Fesseln und ging wieder auf sie los. Es glitt über den Boden und verpasste Tara mit seiner schlagkräftigen Schattenfaust einen Kinnhaken. Ihr Kopf wurde von dem Schlag zurückgeworfen, sie verlor das Gleichgewicht und stürzte erneut auf den Gehsteig.

Von hinten näherte sich ihr eine Gestalt, ein weiterer Schatten – aber einer mit Körper.

»Lass sie in Ruhe!«, rief er und sprang mit gegrätschten Beinen über sie hinweg. Als er sich deutlich von der Dunkelheit abhob, erkannte sie ihn.

Es war Riley Finn. Buffys Freund. Er hatte wohl vor, das Schattenwesen allein mit seinen Fäusten zu bekämpfen.

»Riley!«, rief Tara. »Sei vorsichtig!«

Er sah sie über die Schulter an und warf ihr ein draufgängerisches Grinsen zu. »Kein Thema.«

Da griff ihn das Schattenmonster an. Ein Greifarm schoss auf Riley zu, aber er wich ihm aus, indem er hoch in die Luft sprang. Ohne ihn zu verletzen, glitten die Tentakel unter ihm hindurch. Als ein zweites kam, drehte sich Riley um und trat und boxte in die Luft. Obwohl seine Hände und Füße auf nichts mit Substanz trafen, schien der Schatten sich aber doch vor seinem Angriff zurückzuziehen.

Tara probierte eine andere Beschwörungsformel aus. »B-Bestie des Schattens …« Sie zögerte, weil sie vor lauter Panik den Text vergessen hatte.

Sie probierte es erneut. »Bestie des Schattens, ein Dämon bist du! Zeige dich und gib endlich Ruh!«, rief sie. »Masse und Gewicht sind dir nun gegeben, damit du dich nimmermehr kannst erheben!«

Als sie die Formel ausgesprochen hatte, schien das Wesen in sich selbst zusammenzufallen und sich gleichzeitig zu verfestigen. Es war zwar immer noch formlos und hatte nur vage Umrisse, aber als Riley diesmal nach ihm trat und schlug, war es deutlich zu hören. Das Wesen versuchte, Riley eine zu verpassen, aber er wich aus, fing den Arm ein und riss ihn nach vorn ins Licht. Es sah aus, als kämpfe er gegen einen riesigen Tintenklecks.

Aber die Kreatur landete einen guten Treffer und schickte Riley zu Boden. Tara eilte ihm zu Hilfe. Aber als sie ihn erreichte, rappelte er sich bereits auf und machte sich erneut bereit. Blut tropfte ihm aus Mund und Nase und seine Stirn zierte eine Schramme.

In seinen Augen erkannte sie, dass hinter ihrem Rücken etwas geschah. Tara drehte sich um und sah die Straße hinunter.

Das Schattenmonster war verschwunden.

Die Straße sah wieder ganz normal aus, und alle Schatten waren da, wo sie hingehörten.

»Der ist entwischt«, sagte Riley.

»Das ist schon in Ordnung«, meinte Tara. »W-wenn dein Gesicht noch mehr abgekriegt hätte, bekäme ich von Buffy ganz schön was zu hören!«

»Du warst großartig«, sagte Riley und schenkte ihr ein strahlendes Lächeln. »Aber deine Zauberformeln, haben die immer so komische Reime?«

Sie zog eine Grimasse. »Das ist wirklich Mist. Ich konnte mich nicht richtig erinnern. Ich komme mir vor wie Sabrina im Fernsehen.«

»Das war doch nur Spaß, Tara«, versicherte ihr Riley. »Du hast das großartig gemacht. Ich konnte gegen das Ding ja nicht viel ausrichten.«

»Bevor du gekommen bist, habe ich es für kurze Zeit bannen können.« Sie rieb sich die Arme. »Aber es ist schwierig, etwas in Fesseln zu legen, das gar keine Festigkeit hat.«

»Es ist bestimmt das Wesen, das schon in der ganzen Stadt Leute angegriffen hat«, meinte Riley. Tara nickte. »Wir müssen uns eine Methode ausdenken, wie wir es besiegen können. Wahrscheinlich ist es am besten, wenn wir es zuerst in eine feste Form zwingen, wie du es gemacht hast. Aber wenn es einmal Gestalt angenommen hat, muss es auch schnell vernichtet oder gefesselt werden.«

»Wahrscheinlich hätte ich die Formeln andersrum aufsagen sollen«, dachte Tara laut. »Z-zuerst die feste Form, dann es fesseln.«

»Könnte sein«, meinte Riley lächelnd. »Das versuchen wir es nächstes Mal.«

Tara war verwirrt. »Nächstes Mal?«

»Wir sind doch ein gutes Team gegen das Monster! Aber jetzt sollten wir zu Giles gehen und ihm davon berichten. Vielleicht kann er uns sagen, um was es sich genau handelt.«

»Hat dir schon mal jemand gesteckt, dass du echt masochistisch veranlagt bist?«, fragte sie ihn. Sie fühlte sich über alle Maßen geschmeichelt, dass er sie in seinen Plan miteinbezogen hatte.

»Hey, muss ich ja wohl – sonst wäre ich wohl kaum mit einer Jägerin zusammen!«, scherzte er. »Komm mit! Wir haben nicht die ganze Nacht Zeit!«

7.

Los Angeles

Beim Essen hatte Cordelia Kayley und den anderen Mädchen versprochen, keiner Menschenseele von ihren Plänen zu erzählen.

Das bezog sich natürlich nicht auf Angel.

Und sie wusste, wo sie ihn finden konnte – höchstwahrscheinlich in ihrer Wohnung in Silver Lake. Er und Wesley verbrachten dort die meiste Zeit, seit Angels Büro, das ihm gleichzeitig als Wohnung gedient hatte, in Rauch aufgegangen war.

Das Hauptquartier für Angel Investigations zu stellen war eigentlich nur ein Problem, wenn sie allein sein oder schlafen wollte. Dates mit Jungs brachte sie diesen Sommer offenbar sowieso nicht zustande, also gab es auf diesem Gebiet keine Störungen zu beklagen.

Nach ihrem Treffen mit den Mädchen ging sie direkt nach Hause. Erwartungsgemäß schlief Wesley mit hochgezogenen Füßen, die in Nylonsocken steckten, auf ihrer Couch. Ein dickes Buch war ihm aufs Gesicht gekippt.

»Du hast wenigstens die Schuhe ausgezogen«, sagte Cordelia. »Dem Himmel sei Dank für die englischen Manieren!« Um ihre Worte zu unterstreichen, knallte sie die Tasche auf den Beistelltisch.

Wesley regte sich und erwachte. Ruckartig setzte er sich auf, wobei er sein Buch auf den Boden warf. »Tut mir Leid«, beeilte er sich zu sagen. »Ich habe ein bisschen gelesen und wollte nur meine Augen ein wenig entspannen und ...«

Er verstummte, als er Cordelia ins Gesicht blickte. »Schon gut, ich gebe es zu! Ich bin eingeschlafen. Es ist schließlich schon spät.«

Cordelia war verärgert. »Oh ja! Es ist schon ... wow, halb neun! Ich habe bis gerade gearbeitet und Angel ...« Sie sah sich um. »Wo ist Angel überhaupt?«

»Bei der Arbeit«, gestand Wesley verlegen.

»Und du hängst hier rum und hältst mit diesen lächerlichen Socken auf meinem Sofa die Stellung und vergräbst dich in Dämonenliteratur!«

»Ja, das ist richtig«, entgegnete er verteidigend und wies auf das dicke Buch. »Angel und ich haben Isabel und Carlos in einem Motel einquartiert. Ein schrecklich runtergekommenes Ding namens *Flamingo*, aber es sah sauber genug aus, und die Zimmer waren nicht zu teuer. Angel sagte, in diesem Laden interessiert sich niemand dafür, wie man heißt. Dort sind die beiden erst einmal in Sicherheit, während wir herausfinden, was es mit dem Spuk in ihrem Haus auf sich hat.«

»Dämonen willst du jagen, dabei machst du schon nach ein bisschen Koffertragen schlapp!«, spottete Cordelia.

»Du wärest überrascht, wie viel manche Leute so mitnehmen«, entgegnete er. »Besonders der Junge. Jedes einzelne Teil, das er besitzt, war auf einmal sein Lieblingsspielzeug.« Er sah auf den Stapel Bücher, der sich neben der Couch auftürmte. »Abgesehen davon sind diese Renaissance-Autoren meist schrecklich langatmig, weißt du? Dieser hier faselt beispielsweise seitenlang von den Erscheinungsformen gewisser bayerischer Dämonen, die meines Erachtens gar nicht mehr existieren, und die Augen fielen mir ständig zu.«

»Warum liest du es dann überhaupt? Wenn es diese Dämonen doch gar nicht mehr gibt?« Cordelia lächelte schwach, um Wesley zu signalisieren, dass sie ihn nur aufzog. Ein wenig jedenfalls.

»Angel wollte, dass ich mein Wissen über Poltergeister auffrische«, entgegnete Wesley. »Und diese speziellen Dämonen verstanden sich anscheinend ziemlich gut darauf, Poltergeister nachzuahmen. Sie sorgten dafür, dass die Leute ihre Häuser reinigten und sogar Austreibungen vornahmen, während die tatsächlichen Missetäter grinsend vor der Tür standen und sich – manchmal wortwörtlich – die Schwänze ablachten.« Er lächelte ebenfalls schwach.

Unnachahmlich, dieser englische Humor, dachte Cordelia. Ihrer Theorie zufolge wussten die Engländer eigentlich, dass sie meist nicht witzig waren, und versuchten, ihre Schwäche damit zu kompensieren, dass sie vorgaben, ihr Humor sei exotisch und daher für Nicht-Engländer unverständlich. Was natürlich in Bezug auf Amerikaner ziemlich schwachsinnig war, da sie ja massenhaft Englisch sprachen …

»Hat das denn irgendetwas mit dem Fall zu tun, an dem ihr arbeitet? Ich meine, wir sind in Los Angeles und nicht in Bayern, oder?«

»Die ganze Welt ist ein Dorf, Cordelia. Die Dämonen halten sich nicht mehr an Landesgrenzen.«

»Früher denn mal?«

»Dafür gibt es keinen Beweis, nein.«

Cordelia setzte sich zu Wesley auf die Couch. »Wissen wir denn, wo Angel ist? Oder wann er zurückkommt?«

»Nein und nochmals nein«, antwortete Wesley. »Warum? Was hast du denn heute gemacht?«

»Darf ich nicht erzählen«, erklärte Cordelia.

»Warum denn das nicht?« Wesley zog die Augenbrauen hoch.

Sie zuckte mit den Schultern. »Hab ich versprochen.«

»Sehr richtig, versprochen ist versprochen.« Er neigte den Kopf. »Schön für dich.«

Sie drehte sich zu ihm um. »Oh, Wesley, ich habe da ein paar Mädchen kennen gelernt, die sich einem transsilvanischen Dracula-Verschnitt namens Kostov angeboten haben. Sie sind von zu Hause abgehauen und im Kellergewölbe der Bibliothek, und ich weiß nicht, was ich machen soll. Sie sind noch jung, vierzehn bis sechzehn, und sie haben keine Ahnung, auf was sie sich da einlassen wollen. Ich weiß wirklich nicht, wie ich ihnen begreiflich machen soll, dass das Leben sich auch für sie lohnt und ... Hoppla! Jetzt habe ich es wohl ausgeplaudert.« Cordelia legte den Finger auf den Mund und blickte ihn zerknirscht an.

»Hmmm«, machte Wesley nachdenklich auf seine typisch englische Art. Manchmal erinnerte er Cordelia an Pooh den Bären. »Wenn das alles war. Aber es klang ja schon nach einer ganzen Menge. Können wir das Ganze noch mal Schritt für Schritt durchgehen?«

»Na, jetzt ist die Katze aus dem Sack, da können wir ihr ja ruhig noch ein bisschen Milch geben«, entgegnete Cordelia.

Er gähnte. »War das bildlich gesprochen oder gehört das auch zu der Geschichte?«

»Das war eine Metapher, Wesley. Du bist echt ganz schön schwer von Begriff!«

»So ist man eben, wenn man aus dem Tiefschlaf gerissen wird«, entgegnete er schmollend. »Also gut, diese Mädchen, sie leben in der Bibliothek?«

»Darunter! In dem nicht zugänglichen Teil des Kellergeschosses.«

»Und sie sind alle von zu Hause weggelaufen?«

»Richtig. Manche wurden von den Eltern missbraucht, andere nur vernachlässigt. Es klang nicht, als hätte auch nur eine von ihnen einen Grund, wieder nach Hause zu wollen.«

Er sah sie skeptisch an. »Und ihre einzige Alternative ist, sich einem Vampir als Erfrischung anzubieten?«

»Das scheinen sie zu glauben. Sie wollen verwandelt werden. Sie haben ganz romantische Vorstellungen vom Vampirdasein.« Cordelia machte ein angeekeltes Gesicht. Wesley dachte nach. »Tja, nun, da sind sie nicht die einzigen.«

»Ich weiß. Deshalb ist es ja so schwer, sie davon zu überzeugen, was für einen Fehler sie machen. Ich meine, selbst wenn Angel sich mal mit ihnen trifft ...« Sie sprach ihre Gedanken nicht aus.

»Ja, ja: Angel, junge Mädchen – ich verstehe, was du meinst. Wie er allein schon mit seinem flatternden Mantel daherkommt, viel zu elegant! Nein, wir brauchen einen alten hässlichen Vampir mit Akne im Gesicht. Und am besten auch noch einem Buckel.«

Cordelia war sichtlich angetan. »Das könnte helfen. Kennst du einen?«

»Leider nein.« Er schüttelte den Kopf. »Was ist mit diesem Kostov? Hast du je von ihm gehört?«

»Nein. Er hat sich offenbar mit der Anführerin der Mädchen angefreundet, dieser Pat. Er hat ihr versprochen, sie alle zu verwandeln. Ich weiß nur nicht, wann. Ziemlich bald, befürchte ich allerdings.«

»Aber noch nicht heute Nacht?«

»Nein, nicht heute Nacht. Sie haben mich gezwungen, sie zum Essen einzuladen. Wenn man das so nennen kann. Burger vom Imbiss.« Sie klopfte sich auf den Bauch. »Besser als Blut, aber nicht viel besser. Sie hätten die Bibliothek wohl nicht verlassen, wenn es heute schon stattfinden würde.«

»Dann haben wir also noch ein bisschen Zeit. Wir sollten Angel davon erzählen. Vielleicht hat er eine Idee. Hast du schon versucht, ihn zu erreichen?«

Cordelia verzog das Gesicht. »Ja, aber er hat sein Handy ausgeschaltet.«

»Was für eine Überraschung!« Wesley seufzte. »In der Zwischenzeit können wir ja ein bisschen recherchieren.« Er nahm das Buch von seinem Schoß. »Vielleicht finden wir etwas über Kostov. Und mich interessiert das Versteck der Mädchen.« Er legte den Kopf schräg. »Warum unter der Bibliothek?«

»Vielleicht sind sie solche Leseratten?«, schlug Cordelia vor. »Ich weiß es nicht, Wesley.«

»Mir kommt es nur merkwürdig vor.«

»Das war's also? Warten bis Angel nach Hause kommt? Warum hast du mich dann dazu verleitet, alles auszuplaudern?« Sie runzelte die Stirn und Wesley steckte seine Nase in das Buch. »Jetzt habe ich mein Versprechen ganz umsonst gebrochen!«

»Tut mir Leid, dass ich dir den Arm umdrehen musste«, sagte

Wesley ironisch und sah von dem Buch auf. »Und das war auch eine Metapher.«

Eine Weile später blickte er zu Cordelia hinüber, die sich auf der Suche nach Informationen über Kostov in ein Vampirbuch vertieft hatte. Die Arme sah völlig erschöpft aus und musste dringend ins Bett, aber irgendwie schienen ihr diese Mädchen sehr am Herzen zu liegen. Offenbar wollte sie nicht schlafen gehen, bevor sie nicht herausgefunden hatte, wie man ihnen helfen konnte.

Wesley ging es genauso, obwohl er die Mädchen nicht einmal kennen gelernt hatte. Aber er war früher Wächter gewesen, und Wächter wurden speziell für die Arbeit mit jungen Mädchen ausgebildet, damit sie ihre Aktivitäten steuern und sie beschützen konnten.

Natürlich waren die Mädchen, die ein Wächter betreute, allesamt Jägerinnen, und er war ehrlich gesagt nicht der fähigste aller Wächter gewesen. Wie viele Wächter waren schon nacheinander von zwei Jägerinnen abgelehnt worden? Nein, das war bestimmt ein Rekord, der in der Geschichte des Rates der Wächter noch lange Zeit ungebrochen bleiben sollte.

Danach hatte man ihn dann gefeuert. Buffy und Faith waren ihrer Wege gegangen, und er hatte in ihrer Nähe bleiben wollen, um ihnen jederzeit helfen zu können, wenn auch nicht in offizieller Mission. Mittlerweile saß Faith in Los Angeles im Gefängnis, und Buffy war immer noch in Sunnydale.

Aber der Kampf ging weiter, der Kampf gegen das Böse, und Wesley war zur Stelle und half Angel, wo er nur konnte. Buffy hatte schließlich noch Giles, aber Angel hatte niemanden. Und wenn Faith je aus dem Gefängnis entlassen werden sollte und ihn brauchte, wollte er für sie da sein.

Allerdings konnte er sich nur schwer vorstellen, dass sie zugeben würde, ihn zu brauchen.

Er setzte sich an den Computer, ging ins Internet und klickte die Website der Bibliothek an. Vielleicht fand er dort heraus, warum die Mädchen ausgerechnet an diesem Ort ihr geheimes Lager aufgeschlagen hatten.

Er musste nicht lange suchen.

»Cordy«, rief er. »Cordelia!«

Sie legte ihr Buch zur Seite und trat hinter ihn.

»Hör mal zu«, sagte er. »Du hast doch gesagt, deine jungen Freundinnen wohnen unter der Bibliothek in einem nicht zugänglichen Kellergewölbe, nicht wahr?«

»Das ist richtig.«

»Bist du sicher, dass die Räume überhaupt noch zur Bibliothek gehören?«

»Was?« Cordelia ging in ihrer Erinnerung noch einmal alles durch. »So sah es jedenfalls für mich aus. Dasselbe Mauerwerk und so. Aber es war ziemlich dunkel. Warum?«

Wesley zeigte auf den Bildschirm. »Hier steht, der Legende nach gab es einst eine ganze Stadt dort unten. Sie reichte von der Bibliothek bis zum *Dodger Stadium*. Sie wurde bis vor fünftausend Jahren von so genannten Echsenmenschen bewohnt.«

Cordelia beugte sich über seine Schulter und sah auf den Bildschirm. Sie roch nach einer erstaunlichen Mischung aus rohen Zwiebeln, Parfüm und dem Popcorn, das sie sich vor einer halben Stunde in der Mikrowelle gemacht hatten.

»Ich hab da unten keine Echsen gesehen«, sagte sie. »Höchstens ein paar Wollmäuse.«

Aufgeregt tippte Wesley auf den Bildschirm. »Die Spezies, die vor Tausenden von Jahren entlang der gesamten Küste unterirdische Städte gebaut hat, ist mittlerweile verschwunden. Niemand weiß warum oder wohin. Vielleicht ist sie ausgestorben. Die Städte fassten jede an die tausend Bewohner, inklusive Lebensmittelläden und allem, was sie sonst noch so brauchten. Schon viele haben nach diesen Städten gesucht, aber gefunden wurden sie nie.«

»Und warum glaubst du dann, dass es sie wirklich gibt?« fragte Cordelia.

Wesley klickte auf die nächste Seite. »Das glaube ich gar nicht unbedingt. Ich finde es nur interessant, dass sich deine Möchtegern-Vampire ausgerechnet diesen Ort als Versteck ausgesucht haben. Überleg doch mal! Was glaubst du, wie viele Ausreißer sich wohl unter einer Bibliothek verstecken würden?«

»Nicht viele vermutlich.«

»Ganz genau.« Er klickte weiter. »Ich frage mich, ob die Mädchen die Legende kennen. Vielleicht hat die Auswahl dieses Verstecks etwas mit der ausgestorbenen Spezies zu tun oder so.«

Cordelia schüttelte den Kopf. »Ich glaube, da bist du auf dem Holzweg, Wesley. Meiner Meinung nach haben sie die Bibliothek ausgewählt, weil sie die unterirdischen Gänge zufällig entdeckt haben, und weil es dort warm und trocken ist und das Gebäude öffentlich zugänglich ist.«

»Da magst du Recht haben, Cordelia. Ich halte es nur für einen faszinierenden Zufall.« Frustriert, dass er nicht noch mehr Informationen über die Echsenmenschen gefunden hatte – wenigstens nicht auf dieser Website –, tippte er auf der Tastatur herum.

»Okay, toll! Faszinierend«, schnaubte Cordy. »Dann kehre ich mal wieder zu meiner höchst spannenden Lektüre zurück.« Sie nahm einen dicken staubigen Band zur Hand. »Warum gibt es in diesen Büchern keinen Namensindex? Weißt du, wie viele Seiten es allein in diesem Buch gibt, auf denen der Name Kostov nicht vorkommt?«

»Ich schätze, es sind eine Menge, Cordelia«, entgegnete Wesley liebenswürdig.

»Da hast du Recht!« Sie widmete sich wieder ihrem Buch und blätterte es weiter durch.

Sunnydale

Ruben Velasco hatte jahrelang für die de la Natividads gearbeitet. Er hatte schon in Mexiko in einer der Fabriken des Großvaters als Wachmann angefangen und gehörte mittlerweile zum Sicherheitspersonal des privaten Wohnsitzes. Innerhalb weniger Jahre war er zum Security-Chef der Familie aufgestiegen. Den Umzug in die Vereinigten Staaten hatte er gutgeheißen, denn dort war es einfacher, die Familie zu beschützen. Und er wollte seine Kinder nachholen, sobald er erst einmal die amerikanische Staatsbürgerschaft besaß.

Er war nun nicht mehr der Jüngste – mit einundvierzig war er doppelt so alt wie manche seiner Wachmänner. Aber für ihn hatte das Wohl der Familie allzeit oberste Priorität, und wenn besonders heikle Missionen anstanden, übernahm er sie höchstpersönlich.

Diese Mission war eine solche.

Salma, die Tochter von Armando und Carolina, ging in Sunnydale aufs College. Die Küstenstadt war zwar nicht weit entfernt von Los Angeles, aber weit genug, um Ruben nervös zu machen. Und die Tatsache, dass sie sich gegen die Bewachung durch einen Bodyguard gewehrt hatte, machte es nur noch schlimmer. Aber es ging ihr allem Anschein nach gut, und sie war offenbar sogar glücklich darüber, allein zu leben.

Bis zu diesem Abend.

Einige Stunden zuvor hatte sie bei ihren Eltern angerufen. Sie war vollkommen hysterisch gewesen und hatte etwas von einem Schatten erzählt, der ihr vor dem Haus auflauere. Während des Gesprächs beruhigte sie sich jedoch wieder und erklärte ihren Eltern, sie habe überreagiert und gleich kämen noch Freundinnen zu Besuch und dann sei alles in Ordnung. Ihre Mutter hatte später noch einmal bei ihr angerufen, als die Freundinnen gerade nach Hause gingen. Salma war wieder ganz ruhig gewesen und hatte hartnäckig behauptet, sie sei einfach grundlos durchgedreht und befinde sich gar nicht in Gefahr.

Aber Carolina de la Natividad glaubte ihrer Tochter kein Wort. Sie rief Ruben und schilderte ihm die Lage. »Salma muss sofort nach Hause kommen«, hatte sie angeordnet. Da schon ihr Bruder Nicky vermisst wurde, sollte wenigstens die restliche Familie wieder unter einem Dach vereint sein. Carolina wollte sich nicht eher schlafen legen, bis Salma sicher zu Hause angekommen war.

Also war Ruben in einen PS-starken Lincoln Navigator gestiegen und raste nun mitten in der Nacht nach Sunnydale. Der Motor schnurrte, und das helle Scheinwerferlicht glitt über den dunklen, leeren Highway. An der entsprechenden Ausfahrt verließ er ihn und fuhr Richtung Pazifik.

Als er in Salmas Viertel abbog, glaubte er, etwas im Rückspiegel gesehen zu haben. Er drehte sich um, aber da waren nur die leere Straße und die dunklen Häuser. Mit einem Auge behielt er den Spiegel im Auge und drehte sich ein paarmal in rascher Folge um. Er musste wissen, ob ihm wirklich jemand folgte.

Als er gerade wieder in den Spiegel sah, zerbarst plötzlich die Windschutzscheibe.

Obwohl sie aus Sicherheitsglas bestand, regneten Glasscherben auf ihn herab wie Wasser von einer sich überschlagenden Brandungswelle. Etliche Splitter trafen ihn im Gesicht, und er sah nichts mehr. Schützend hob er die Hände; der große Wagen geriet ins Schleudern und krachte gegen einen Telefonmast.

Ruben tastete nach dem Türgriff und hechtete aus dem Auto auf die Straße. Mit einer Hand griff er sich an die Augen, blinzelte und entfernte ein paar Glassplitter. Er konnte nur mit einem Auge sehen und alles war verschwommen, aber er erkannte genug, um sich vorstellen zu können, was mit dem Auto geschehen war.

Aber nein! Er musste sich geirrt haben. Was er sah, war unmöglich: Ein dunkler Schatten bewegte sich durch die Nacht auf ihn zu. Als er ihn erreichte, war er so solide wie eine Mauer – wie mit Dutzenden von Fäusten wurde Ruben von Schattententakeln bearbeitet. Er wurde ins Gesciht geschlagen, auf den Kopf, in den Solarplexus. Er versuchte sich zu wehren und zurückzuschlagen, aber da war nichts, das er hätte treffen können. Dann wurde er ohnmächtig.

8.

Los Angeles

Eine Stunde später saß Angel mit Greg Preston in dem sauberen, modernen Raum des kürzlich renovierten Gefängnisses mit der Bezeichnung »Insassenbesuchszone«. Er war sehr hell und sah ganz anders aus als Angel angenommen hatte. Statt des üblichen Behördengrün oder -grau herrschten hier kühle, beruhigende Farben vor.

Mit Prestons Referenzen und einer Ausrede für Angel, die Preston selbst vortrug, war der Zutritt ganz einfach gewesen. Preston hatte den Beamten erklärt, Angel sei für seine Kanzlei tätig, und daher war es ihm ebenso wie dem Anwalt erlaubt, sich jederzeit mit seinem Klienten zu beraten. Flores freute sich genauso wenig wie zuvor Preston, aus dem Bett geholt zu werden, aber er verlor weniger Worte darüber.

Ein uniformierter Wachmann brachte ihn in den Besucherraum, stand neben ihm, bis er sich auf einen der Plastikstühle zu Preston und Angel an den Tisch setzte. Dann ging er auf die andere Seite des Raums, wo er Platz nahm und wachsam blieb, ohne allzu offensichtlich das Gespräch mitzuhören.

Rojelio Flores hatte verquollene Augen, und an seinen Bewegungen war deutlich abzulesen, dass man ihn aus dem Tiefschlaf geholt hatte. Er trug ein dunkelblaues Hemd über einem weißen T-Shirt und weite Hosen – fast sah er wie ein OP-Arzt aus, hätte nicht in großen weißen Buchstaben »L.A. JAIL« auf dem Hemd gestanden.

»Entschuldigen Sie, dass wir Sie geweckt haben«, begann Preston das Gespräch.

»Wenn Sie gute Neuigkeiten haben, soll es mir recht sein«, sagte Flores und lächelte matt.

»Keine Neuigkeiten«, sagte Angel. »Nur ein paar Fragen.«

»Und die konnten nicht bis morgen warten?«

»Leider nicht.«

»Sehen Sie nicht mich an!«, sagte Preston. »Auch ich bin von Angel geweckt worden.«

»Ich bin Privatdetektiv«, erklärte Angel. »Ich war bei Ihnen zu Hause. Wissen Sie, was dort vor sich geht?«

Der Mann blickte besorgt drein. »Was meinen Sie damit? Was geht dort vor sich?« Wieder sah er Preston an. »Ist mit meiner Familie alles in Ordnung?«

»Ja, ja, alles in Ordnung«, versicherte ihm Preston und blickte Angel erwartungsvoll an. Angel war sich bewusst, dass die meisten Menschen nicht über den eigenen Tellerrand sehen konnten oder wollten. Sie leugneten die Existenz der unsichtbaren Ebene, auf der sich Dinge ereigneten, die von der Normalität abwichen und sich nicht wissenschaftlich erklären ließen, als müssten sie andernfalls um ihr Leben, mindestens aber um ihren Verstand fürchten. Vielleicht war das ganz richtig so, aber Angel bewegte sich nun schon so lange auf dieser Ebene, dass er nicht verstehen konnte, warum die Leute wegsahen. Gelegentlich fragte er sich, ob es nicht besser für die Menschen wäre, wenn sie wüssten, was da draußen vor sich ging. Das Unsichtbare war doch eigentlich viel gefährlicher als das alltäglich Sichtbare.

Offenbar gehörte Rojelio Flores auch zu denen, die wegsahen, und so beschloss Angel, die Dinge beim Namen zu nennen.

»Wir haben es mit einem Poltergeist zu tun«, sagte er. »Gegenstände bewegen sich von selbst und fliegen durch die Luft.«

Der Häftling und sein Anwalt starrten ihn an. Einzig das Knarren von Rojelios Stuhl war zu hören, als er sich zurücklehnte. Er sah erst Preston an, der ein Gesicht machte, als wollte er sagen: Fragen Sie nicht mich!, dann sah er zu Angel herüber.

»Klingt ja total verrückt«, sagte Flores.

»Dann haben Ihnen Isabel und Carlos nichts davon erzählt?«,

fragte Angel. »Oder wollen Sie nicht mit mir reden, weil Sie mir nicht vertrauen?«

Rojelio Flores verschränkte die Arme vor der Brust und schwieg.

»Isabel und Carlos vertrauen mir«, erklärte ihm Angel.

»Das behaupten Sie, aber ich weiß nicht, ob es stimmt. Ich kann es ja momentan nicht überprüfen.«

»Erst morgen früh. Aber vielleicht ist es dann schon zu spät. Ich glaube, der Poltergeist kann zur Gefahr werden, und ich möchte versuchen, ihn unter Kontrolle zu bekommen. Da es anfing, als Sie festgenommen wurden, könnte es etwas mit Ihnen zu tun haben.«

Rojelio gab seine Zurückhaltung auf. »Glauben Sie, den beiden kann etwas zustoßen?«

»Vielleicht nur versehentlich. Schwere Gegenstände, die durch die Luft fliegen, sind für jeden gefährlich.«

Rojelio dachte nach. »Das ist wohl wahr.«

»Wenn Sie also irgendetwas darüber wissen, dann ...«

»Hey!«, rief plötzlich der Wärter vom der anderen Seite des Raumes. Die drei Männer sahen zu ihm hinüber.

Er war aufgesprungen und jagte hinter seinem Clipboard her, das auf einmal durch die Luft segelte. Er bekam es nicht zu fassen und sprang danach.

Nach einer Weile stürzte es von der Decke, als hätte eine unsichtbare Hand es losgelassen. Der Wachmann fing es auf, bevor es zu Boden fiel.

Preston rieb sich mit den fleischigen Händen über sein dickes Gesicht. Er sah Angel an. »Sie sagten doch ...«

Angel zuckte mit den Schultern. »Ich habe versprochen, mich nicht mehr zu verwandeln. Auf diese Sache habe ich keinen Einfluss.«

Zu Rojelio Flores sagte er: »Ihr Anwalt ist kein Fan des Übernatürlichen, Rojelio. Vielleicht sollten Sie anfangen zu reden.«

Salma de la Natividad schlief unruhig, als es plötzlich an der Tür klingelte. Sie nahm das Telefon ab, das mit dem Sicherheitssystem des Hauses verbunden war, und drückte die Neun. »Ja?«, murmelte sie.

»Miss de la Natividad?«

»Ja.«

»Ich bin Polizeibeamter, Madam. Mein Name ist Jeff Jacobs. Darf ich raufkommen?«

Salmas Herz setzte einen Schlag aus. Schwierigkeiten! Oh, Nicky! »Um was geht es denn?«

»Das würde ich Ihnen lieber persönlich sagen, wenn Sie das erlauben. Hier ist doch eine Videokamera, nicht wahr? Sie können sich meine Plakette ansehen, wenn Sie mir nicht glauben.«

»Okay, warten Sie bitte!« Salma ging zu dem kleinen Monitor neben der Wohnungstür und schaltete ihn ein. Ein Mann in Polizeiuniform hielt seine Plakette in die Kamera. Sie notierte sich die Nummer, die darauf zu sehen war, und betätigte den Türöffner.

Einen Augenblick später klopfte der Polizist an die Wohnungstür. Salma hatte sich inzwischen den Morgenmantel übergeworfen und ein Glas Wasser eingeschenkt.

»Ja?«, fragte sie, als sie die Tür öffnete.

»Es tut mir sehr Leid, Sie um diese Zeit stören zu müssen«, sagte Officer Jacobs.

Salma trat zurück und bat ihn herein. Er machte einen Schritt nach vorn, blieb aber an der Tür stehen, die er offen ließ. »Was ist los?«, fragte sie.

»Sie kennen Ruben Velasco«, sagte Jacobs. Das war keine Frage gewesen.

»Ja, ich kenne ihn.« Wieder setzte ihr Herz einen Schlag aus. »Ist ihm etwas passiert?«

»Er hatte einen Autounfall. Einen sehr schlimmen. Vielleicht wurde er auch angegriffen. Er hat Verletzungen, die nichts mit dem Unfall zu tun haben können, und er wurde in einiger Entfernung von seinem Fahrzeug gefunden.«

»*Oh, Dios mio!*« Schwankend hielt sich Salma an der Tür fest. »Wo denn? Hier in Sunnydale?«

»Ja, Madam«, sagte Jacobs. »Nur wenige Blocks von hier entfernt.«

»Was ist geschehen?«, fragte Salma. Sie kämpfte gegen die Tränen an, die ihr in die Augen stiegen. In letzter Zeit hatte sie schon genug geweint, und es würde Ruben auch nicht helfen. »Geht es ihm sehr schlecht?«

»Er ist immer noch bewusstlos. Er liegt im Krankenhaus. Für ihn wird alles Menschenmögliche getan. Und den Unfallhergang versuchen wir immer noch zu recherchieren. Ich habe gehofft, Sie könnten uns helfen.«

»Ich wusste nicht einmal, dass er in Sunnydale ist. Kann ich ihn sehen?«

»Ich würde noch bis morgen warten. Lassen Sie die Ärzte ihre Arbeit tun! Darf ich vielleicht ein Glas Wasser haben?«, fragte Jacobs.

Salma nickte und ging es holen. Mit zitternden Händen hielt sie das Glas unter den Wasserhahn.

Jacobs fuhr fort: »Ich war einer der Ersten am Unfallort. Jemand hat ein Krachen gehört und die 911 angerufen. Wir trafen fast gleichzeitig mit dem Rettungswagen ein. Es gab keine Hinweise auf die Beteiligung weiterer Personen. Falls er angegriffen wurde, wissen wir nicht von wem. Ich habe seine Personalien überprüft und eine Visitenkarte mit einer Nummer in Los Angeles gefunden und dort angerufen.«

»Er arbeitet für meine Familie.«

»Das wurde mir gesagt. Und mir wurde gesagt, er kam nach Sunnydale, um Sie zurück nach Los Angeles zu bringen.«

Salma blinzelte. »Davon weiß ich nichts.«

»Das hat man mir auch gesagt. Ihre Eltern hatten Angst, Sie würden sich weigern. Aber wenn Mister Velasco Sie persönlich abholt … nun, man gab mir zu verstehen, dass er sehr überzeugend sein kann.«

»Das klingt ja, als wäre er der reinste Folterknecht!«, entgegnete Salma, erinnerte sich aber daran, dass der Mann ja nur versuchte zu helfen. »Ja, Ruben hätte mich überzeugen können, aber nicht auf die Art, die Sie vermuten. Er liebt mich und meine Familie sehr. Ich wäre mit ihm gefahren, wenn er es für erforderlich gehalten hätte.«

Jacobs blieb beharrlich: »Also hat er vorher nicht angerufen, um Ihnen mitzuteilen, dass er kommt, um sie nach Hause zu bringen.«

»Anscheinend nicht«, pflichtete Salma ihm bei. »Und deshalb haben mir meine Eltern auch nicht gesagt, was mit ihm passiert ist. Bestimmt sollen Sie mich jetzt nach Hause bringen!«

»Ich bin doch kein Taxi«, meinte Jacobs. »Sind Sie denn in Gefahr?«, fragte er und kniff die Augen zusammen. Sein Interesse war eindeutig geweckt.

Salma bemühte sich, die Fassung zu wahren, und hoffte, ihr Gesicht verriet sie nicht. »Soviel ich weiß nicht.«

»Würden Sie es mir sagen, wenn es so wäre?«

Offenbar wirkte sie wenig überzeugend.

»Ja, sicher. Ich wusste nicht, dass er kommt, also waren mir auch nicht die Gründe bekannt. Hat er Ihnen denn nichts gesagt?«

Der Polizeibeamte trank sein Wasser aus. »Wie ich schon sagte: Er ist noch bewusstlos.«

»Dann rufe ich jetzt meine Eltern an. Danke, dass sie gekommen sind und mich informiert haben.«

Sie nahm ihm das leere Glas ab und legte beide Hände darum. So fest, dass sie befürchtete, es zu zerdrücken.

»Alles in Ordnung, Madam? Soll ich Ihnen eine Kollegin rufen lassen, damit sie eine Weile bei Ihnen bleibt?«

»Nein danke, Officer Jacobs. Es ist alles in Ordnung.«

Officer Jacobs verabschiedete sich, und Salma lief schnurstracks zum Telefon, um Willow anzurufen.

Ruben Velasco konnte sich kaum auf Salma konzentrieren, als sie ihn im Krankenhaus besuchte. Er war nach Aussage des Arztes bis obenhin voll mit Schmerzmitteln, aber er zwang sich, nicht einzuschlafen und ihr alles zu erzählen. Seine Worte waren kaum zu verstehen. Ein Schlauch steckte in seiner Nase, was Buffy schon immer als Inbegriff der Würdelosigkeit empfunden hatte. Auf Gesicht und Händen hatte er Schnittwunden, die zum Teil verbunden, zum Teil mit einer roten Salbe bestrichen waren. Mit den aufgesprungenen dicken Lippen und einem fast völlig zugeschwollenen Auge bot er einen Mitleid erregenden Anblick. Buffy war froh, dass bei ihr als Jägerin alle Wunden fast augenblicklich wieder heilten – um die kosmetischen Auswirkungen eines Kampfes musste sie sich kaum je Gedanken machen.

In einem Mischmasch aus Englisch, das Buffy trotz des Akzents und seiner Verletzungen weitgehend verstand, und Spanisch, von dem sie allerdings nur wenig verstand, erzählte Ruben Salma, was ihm widerfahren war – und von seiner Befürchtung, sie könne wegen dieses Wesens, das ihn angegriffen hatte, in Todesgefahr schweben. Salma versprach ihm, sehr vorsichtig zu sein, und hielt ihm die Hand, als ihm die Augen zufielen und er wieder einschlief. Dann gingen sie in Salmas Wohnung, um die nächsten Schritte zu besprechen.

»Ich weiß nicht, wie und warum, aber ich glaube, es hat irgendwie mit dir zu tun, Salma«, sagte Buffy. Sie war froh, dem antiseptischen Geruch des Krankenhauses entkommen zu sein und wieder in Salmas Küche zu sitzen. Salma kochte eine Kanne Kaffee, und Riley, Willow und Tara saßen mit Buffy an dem gefliesten Küchentisch. Alle wirkten sehr müde. Vor dem Küchenfenster ging gerade erst die Sonne auf.

»Wie meinst du das?«, fragte Salma, während das Wasser durch den Kaffeefilter lief und prustende Geräusche von sich gab.

»Das … das Schattenmonster, oder wie auch immer wir es nennen wollen. Es hat Tara und Riley bedroht. Entweder war es dasselbe, das auch Mister Velasco angegriffen hat, oder aber etwas sehr Ähnliches.«

Tara und Riley nickten einvernehmlich, und Willow blickte bestürzt drein. Das tat sie seit dem Angriff jedesmal, wenn die Worte »Monster« und »Tara« in einem Satz genannt wurden. »Und wir wissen, dass es dir aufgelauert hat. Das ist allmählich zu viel für einen Zufall. Ich glaube, es beobachtet dich und wartet auf eine gute Gelegenheit, dich anzugreifen.«

Buffy verfolgte, wie Salma die schwarz-goldenen Kaffeetassen aus der Spülmaschine räumte. Sie hoffte auf weitere Schokoladentrüffel.

»Vielleicht wollte es auch dafür sorgen, dass du nicht angegriffen wirst – möglicherweise will es dich irgendwie beschützen. Und als Ruben dich aus der Stadt bringen wollte, hat es ihn angegriffen«, mutmaßte Willow.

Salma sah sie skeptisch an. Buffy nahm die erste Tasse heißen Kaffee, die Salma ausschenkte. »Vielleicht hat es auch eher mit deinem Bruder zu tun als mit dir«, räumte sie ein. »Alles hat doch offenbar um die Zeit begonnen, als er verschwand. Vielleicht ist das auch nur ein Zufall, aber das glaube ich eigentlich nicht.«

»Willst du damit sagen, dass Nicky dahinter steckt?« Salmas braune Augen weiteten sich, und sie verschüttete ihren Kaffee. »Er würde Ruben niemals angreifen!«

»Ich sage ja gar nicht, dass es sich bei dem vermeintlichen Monster um Nicky handelt«, beruhigte sie Buffy und sah Willow hilfesuchend an. »Mir erscheint nur der Zeitpunkt seines Auftauchens so verdächtig.«

Riley schaltete sich ein: »Wir wissen noch gar nicht, was mit Nicky los ist. Wir vermuten lediglich, dass er mit der Gang zu tun hat, zu der seine neuen Freunde gehören.«

Salma fasste sich an die Stirn. »Aber ...«

»Aber du hast diese Bücher gefunden und hattest Angst, dass er mit dem Übernatürlichen herumspielt«, fuhr Buffy fort und stellte ihre Tasse ab. »Und wenn es so wäre? Was, wenn er irgendwie diese Schattenkreatur heraufbeschworen hat und sie nicht zurückschicken kann?«

»Das wäre möglich«, meinte Willow. »Darin habe ich einige Erfahrung. Manchmal ruft man Dinge herbei, die man nicht wieder los wird.«

Tara lächelte Salma mitfühlend an. »Deshalb ist dein Bruder natürlich noch lange kein böser Mensch.«

»Bei meinem Bruder ist alles möglich«, räumte Salma ein und wischte den verschütteten Kaffee mit einem pinkfarbenen Schwammtuch vom Tisch.

»Wir wollen ihm nichts anhängen, wir wollen ihm bloß helfen«, fügte Willow nachdrücklich hinzu.

»Und dazu gehört, ihn daran zu hindern, anderen Schaden zuzufügen«, meinte Riley und seine Miene verdunkelte sich. »Manchmal tun rechtschaffene Leute Dinge, weil sie anderen helfen wollen, aber dann verlieren sie die Kontrolle darüber.«

Buffy erkannte den schmerzhaften Ausdruck in seinem Gesicht und wusste, dass er an Maggie Walsh dachte. Das tat ihr weh. Riley trauerte der einst so fähigen Wissenschaftlerin immer noch hinterher, aber Buffy konnte nicht vergessen, dass diese Frau versucht hatte, sie zu töten!

»Wenn das Wesen seiner Kontrolle untersteht, hätte es niemals Ruben Velasco angegriffen«, sagte Salma und wirkte nur noch erschütterter. »Nicky liebt Ruben wie einen Blutsverwandten.«

Buffy nickte. »Wir wissen einfach noch zu wenig über die ganze Sache«, meinte sie. »Aber es ist wohl klar, dass deine Familie dich zu Hause haben möchte. Und ich vermute, dort bist du tatsächlich sicherer aufgehoben als in Sunnydale.«

»Aber das Reisen scheint nicht besonders sicher zu sein, Buffy«, bemerkte Willow. »Wenigstens nicht für Salma und ihre Familie.«

Salma sah Buffy in dic Augen. »Nein, nein, nein«, dachte Buffy, »jemand anderes kann sie begleiten, das muss ich nicht machen«. »Bitte, Buffy, wenn es dir nichts ausmacht«, bat Salma mit leiser Stimme.

Willow sah sie ebenfalls hoffnungsvoll an. Buffy zögerte und dachte an Ruben Velasco, der im Krankenhaus lag, und an das, was ihn dorthin gebracht hatte. Wenn das Wesen auch hinter Salma her war, benötigte sie dringend Schutz.

»Ich kann sie begleiten«, bot Riley an.

Aber Salma schaute nur Buffy bittend an, und die Jägerin begriff – hoffentlich bevor es Riley tat –, dass Salma sie als Begleitung vorzog. Also sagte sie rasch: »Eigentlich würde ich gern mitfahren. Dann kann ich meine alten Freunde in L.A. besuchen.«

Sie wandte sich an Riley. »Ich bringe sie unversehrt nach L.A. Und dann versuche ich herauszufinden, wo Nicky steckt, damit wir diese Sache ein für alle mal klären.«

Salma atmete erleichtert aus.

»Du musst patrouillieren, Riley«, fuhr Buffy fort, »und darauf achten, dass das Schattenwesen niemandem Schaden zufügt. Es hat ja jetzt Respekt vor dir.«

»Vor mir und Tara«, entgegnete er und grinste Tara an, die auf ihrem Stuhl herumrutschte. Sie wirkte ziemlich erschöpft, aber dennoch huschte ein Lächeln über ihr Gesicht.

»Gut«, sagte Buffy und sah Tara an. »Ihr beiden werdet das Monster im Auge behalten.«

»Möglicherweise sind es mehrere«, bemerkte Riley. »Das, dem Tara und ich begegnet sind, könnte ein kleineres Exemplar gewesen sein.«

»Na großartig«, murmelte Willow.

»Fahren wir allein?«, fragte Salma beklommen.

Buffy rührte etwas Zucker in ihren Kaffee. »In Los Angeles hat das Monster noch niemanden angegriffen. Das hätten wir gehört.«

»Von Angel?«, fragte Riley ganz ruhig.

Buffy sah ihm fest in die Augen und versuchte, seine Gedanken zu erraten. Er wusste, dass Angel in Los Angeles war, und sie ihn dort vielleicht treffen würde. – Korrektur: mit Sicherheit treffen würde. Sie hatten sich sehr nahe gestanden und es war auch eine Frage der »Kollegialität«. Falls das unbekannte Wesen, das Salma bedroht hatte, ihnen nach Los Angeles folgte, musste sie

Angel einfach erklären, dass sie nicht ganz unschuldig daran war, und ihm alles berichten, was sie darüber wusste. Um den romantischen Aspekt ihrer Beziehung zu Angel brauchte sich Riley jedoch keine Sorgen zu machen. Diese Phase war längst vorbei – für alle außer Riley. Er war der Einzige, der nicht begriff, dass jegliche Gefühle, die Buffy und Angel einmal füreinander empfunden hatten, inzwischen längst erloschen waren. Angel war ein Typ – ein Vampir –, mit dem sie einmal befreundet gewesen war. Ende der Geschichte.

Und das war definitiv die Wahrheit, sagte Buffy zu sich selbst. Riley gehörte zu ihr. Sie liebte ihn.

»Bist du einverstanden, Salma?«, fragte Buffy.

Salma sah sie an, blickte dann zu Riley und schließlich zu Willow.

»Ja«, sagte sie und fügte zaghaft hinzu: »Aber darf ich darum bitten, dass Willow uns begleitet?«

Willow sah sie überrascht an. Dann nickte sie. »Das verstehe ich, Buffy«, sagte sie. »Salma kennt mich am besten von uns allen, und sie fühlt sich wahrscheinlich wohler, wenn ich dabei bin. Und wenn tatsächlich etwas passiert, könnt ihr bestimmt ein zusätzliches Paar Hände gebrauchen oder Zauberformeln oder so.«

»Okay, Will, du kommst mit. Du, ich und Salma, wir fahren zusammen. Wir werden dafür sorgen, dass Salma sicher zu Hause untergebracht ist und das Schattenmonster sie nicht verfolgt. Riley und Tara, ihr bleibt hier und haltet nach weiteren Vorfällen in Sunnydale Ausschau. Giles recherchiert immer noch, um was für ein Wesen es sich handeln könnte, aber als ich zuletzt mit ihm gesprochen habe, hatte er noch nichts Genaues herausgefunden.«

»Es ist schwer, handfeste Schlüsse zu ziehen, wenn man es mit einem nicht greifbaren Schatten zu tun hat«, bemerkte Willow.

Tara sah sie mit großen Augen an.

Zwanzig Minuten später hatte Salma ein paar Taschen gepackt und stand abmarschbereit an der Tür. Tara und Willow saßen zusammen auf Salmas Couch.

»Pass auf dich auf, Willow«, sagte Tara und nahm Willows Hand. Sie sah ihrer Freundin in die meeresgrünen Augen und strich ihr sacht über die Wange. Dabei streifte sie mit dem Handrücken Willows rotes Haar. »Sprich eine Schutzformel für das Auto.«

»Das werde ich«, entgegnete Willow sanft. »Und pass du auch auf dich auf, Tara. Wir wissen nicht, was das für eine Kreatur ist. Wenn dir etwas passiert ...« Sie verstummte und Tara antwortete ihr mit einem schüchternen Lächeln.

Riley und Buffy standen in einer Ecke dicht beieinander. Ihre Gesichter waren nur Zentimeter voneinander entfernt. Tara verstand ihre Worte nicht, aber es war klar, was sie sich zu sagen hatten. Sie würden einander natürlich vermissen, aber da lag auch noch etwas in der Luft, das Tara nur ahnen konnte – es hatte bestimmt mit Angel zu tun, Buffys vampirischem Ex-Freund, der in Los Angeles lebte.

Dann hörten Riley und Buffy auf zu reden, und ihre Lippen verschmolzen zu einem leidenschaftlichen Kuss. Tara sah zur Seite und bemerkte, dass Salma konzentriert auf ihre Schuhe starrte.

Niemand beobachtete sie also. Und Willow sah ihr tief in die Augen.

Dann beugte sie sich vor und gab ihr einen Abschiedskuss.

9.

Los Angeles

Als Angel kurz vor Sonnenaufgang in Cordelias Wohnung zurückkehrte, war niemand zu Hause. »Cordy?«, rief er. »Wesley?« Keine Antwort.

An der Kühlschranktür wurde von magischer Hand ein Magnet zur Seite geschoben, und der Zettel, der damit befestigt war, segelte durch die Luft. Angel schnappte ihn sich.

»Danke Dennis!«, sagte er. Cordelias Poltergeist-Mitbewohner hatte eine gewisse Zuneigung zu Angel entwickelt und erwies ihm eine Menge kleiner Gefallen.

Die Nachricht war in Cordelias Handschrift geschrieben: *Angel, wir sind in der Bibliothek, um ein paar Mädchen davon abzubringen, sich in Vampire verwandeln zu lassen. Schalt dein Handy ein! C & W*

Angel zog das Handy aus der Tasche. Natürlich war es ausgeschaltet, vermutlich seit er das Gefängnis betreten hatte. Danach hatte er offenbar vergessen, es wieder einzuschalten. Irgendwie kam sein über zweihundertvierzig Jahre altes Hirn nur schlecht mit Handys klar. Rasch schaltete er es ein.

Er sah wieder auf den Zettel. Ob die Bibliothek zu dieser Uhrzeit schon geöffnet war? Wohl kaum. Aber Cordy hatte nicht um seine Hilfe gebeten, und wenn er sich ständig damit befassen wollte, Cordelia Chase zu verstehen, blieb ihm keine Zeit mehr für etwas anderes. Also dachte er nicht weiter darüber nach.

Er holte sich einen Beutel Schweineblut aus dem Kühlschrank und machte es sich mit ein paar Büchern auf dem Sessel gemütlich. Wie an den Stapeln neben dem Beistelltisch zu erkennen war, hatte Wesley offensichtlich über Poltergeister gelesen.

Das war vermutlich ganz hilfreich, denn Flores konnte kein Licht in die Angelegenheit bringen, da er sich die merkwürdigen Kräfte, die ihn offenbar umgaben, auch nicht erklären konnte. Angel zog ein Buch ganz unten aus dem Stapel, zu dem Wesley noch nicht vorgedrungen war, und blätterte darin. Nach ein paar Minuten merkte er, dass er zu müde war, um sich auf den Text zu konzentrieren. Er kickte die Schuhe von den Füßen, legte die Beine hoch und schlief ein.

In seinem Traum stellte Dennis die Möbel um.

Wie ein unentschlossener Mensch in seiner neuen Wohnung stellte er einen Stuhl an die Wand, rückte ihn dann wieder weg und trug ihn auf die andere Seite. Er drehte einen Tisch in diese Richtung, dann in die andere. Er hängte Bilder ab, vertauschte sie und hängte sie doch wieder an ihren alten Platz zurück.

Aber irgendwann in seinem Traum bemerkte Angel, dass Dennis einfach nur dastand und dem Ganzen zusah. Es war gar nicht Dennis, der die Gegenstände bewegte. Angel tat es selbst, kraft seines Geistes.

Schlagartig erwachte er. Natürlich! Sie hatten sich mit dem falschen Phänomen befasst. Er suchte in den Büchern, die Wesley hergeschafft hatte, als sie Cordelias Wohnung zur vorübergehenden Einsatzzentrale erklärt hatten, nach einem Lexikon der Parapsychologie und blätterte darin.

Beim Stichwort »Telekinese« angelangt, klappte er das Buch auf. Die Definition war sehr einfach: »Die Bewegung von Gegenständen ohne sichtbare oder wahrnehmbare Ursache; die Fähigkeit, mit Hilfe von Geisteskraft Objekte im Raum zu bewegen.«

Bingo!

Er war ganz falsch an die Sache herangegangen. Er hatte herausfinden wollen, warum bei den Flores ein Poltergeist »herumspukte«, dabei lag die Ursache des Problems in den Familienmitgliedern selbst.

Wahrscheinlich war der kleine Carlos betroffen. Angel ärgerte sich, dass er nicht gleich darauf gekommen war, als er dasselbe

Phänomen im Gefängnis beobachtete. Die Wahrscheinlichkeit, dass die Eheleute beide über dieselbe Fähigkeit verfügten, tendierte gegen Null. Aber Vater und Sohn, das war möglich. Und wenn sich der Vater, wie es der Fall zu sein schien, seiner Fähigkeiten nicht bewusst war, dann war es der Junge ebenso wenig. Es war vermutlich vor allem das einschneidende Erlebnis der Festnahme, das in beiden die telekinetische Fähigkeit aktiviert hatte.

Angel musste rasch wieder zu Isabel und Carlos. Sie im Motel unterzubringen, war doch keine so gute Idee gewesen – ihr Haus stellte ja gar keine Bedrohung für sie dar.

Er ging ans Fenster und sah nach draußen. Er hatte nur kurz geschlafen, und die Sonne deutete sich bereits im Morgendunst an. Es war zwar bedeckt, aber nicht dunkel genug für Angel, um unbeschwert draußen herumzulaufen. Er dachte daran, Isabel Flores anzurufen, aber er wollte sie nicht beunruhigen. Besser war es, den Jungen persönlich zu testen, und ihm dann dabei zu helfen, mit seiner übersinnlichen Fähigkeit umzugehen.

»Hältst du das wirklich für eine gute Idee, Cordelia?«, fragte Wesley flüsternd. »Vielleicht brechen wir ja hier in Privatbesitz ein!«

»Habe ich dich jemals fehlgeleitet, Wesley? Bitte antworte jetzt nicht! Ich bin mir sicher, okay? Das ist ein leer stehendes Geschäft. Hier wohnt niemand.« Sie sah wieder zur Tür, ging ein paar Schritte zurück und schaute prüfend nach nebenan. Beide Häuser waren mit Brettern vernagelt. »Oder war es doch da drüben? Sie sehen alle so gleich aus, und es war schließlich dunkel, als ich die Mädchen hierhin begleitet habe.«

»Wir wandern beide ins Gefängnis«, jammerte Wesley.

»Nein, tun wir nicht! Wenn wir in dem falschen Laden sind, sagen wir einfach, wir haben uns vertan.«

»Ja, Officer, es tut uns sehr Leid, wir wollten eigentlich nebenan einbrechen. – Das macht sich vor Gericht bestimmt sehr gut!«

»Entspann dich, Wesley!«, zischte Cordelia. »Ich bin zu neunzig Prozent sicher, dass sich der Eingang in diesem Gebäude befindet.« Sie rüttelte an der Tür. »Gut, zu achtzig Prozent. Ich kann mich nicht erinnern, dass die Tür verschlossen war.«

»Warum können wir nicht einfach durch die Bibliothek rein?«, fragte Wesley.

Cordelia blickte in den grauen Himmel. Es war erst früher Morgen. »Die hat noch nicht auf«, erklärte sie.

»Was haben wir denn eigentlich für einen Plan?«

»Du sollst deinen Sachverstand benutzen, um den Mädchen die Sache mit den Vampiren auszureden.«

»Meinen Sachverstand? Wenn du es nicht geschafft hast, warum sollten sie dann auf mich hören?«

Cordelia hatte nicht die leiseste Ahnung, warum auch nur irgendjemand das tun sollte, aber sie sagte: »Du kannst ihnen alles über den Rat der Wächter erzählen. Das habe ich bis heute noch nicht richtig begriffen.«

»Nun, also, manchmal kann ich recht überzeugend sein«, räumte Wesley ein. »Wenn ich meinen Verstand einschalte.«

»Tu das!«, ermutigte ihn Cordelia.

»Aber ich glaube immer noch, es wäre besser, auf Angel zu warten«, meinte Wesley.

»Vielleicht haben wir dafür nicht genug Zeit. Wer weiß, wann er aufzutauchen gedenkt! Gestern ist er zum Beispiel gar nicht nach Hause gekommen.«

»Das weiß ich, aber die Sonne ist schon aufgegangen, und vielleicht ist er doch schon da. Statt in einen Laden einzubrechen, der wahrscheinlich noch dazu der falsche ist, und ein paar Teenagern eine Sache auszureden, die sie sich in den Kopf gesetzt haben, sollten wir es meiner Meinung nach lieber den echten Vampir versuchen lassen.«

»Mach einfach die Tür auf, Wesley!«, sagte Cordelia. »Bevor uns jemand sieht …«

»Was willst du denn hier, Cordelia?«, fragte plötzlich jemand von hinten.

Cordelia wirbelte herum. »Kayley! Solltest du nicht schon irgendwo kopfüber an einem Dachsparren hängen?«

»Noch nicht«, entgegnete Kayley. »Ich dachte, ich nehme deinen Rat an. Ich wollte mal sehen, wie die Welt bei Sonnenschein aussieht.«

»Ist aber noch nicht viel Sonne da«, bemerkte Wesley.

»Immer schön langsam«, sagte Kayley und beäugte ihn misstrauisch. »Erstmal muss ich den Sonnenaufgang durchstehen, vielleicht schaffe ich es dann auch durch den Tag.«

»Wir sind ... ähm ... nur vorbeigekommen, um dich zu besuchen«, erklärte Cordelia.

»Wozu? Willst du mich diesmal zum Frühstück einladen?«

»Hast du Hunger?«, fragte Cordelia.

Kayley grinste. »Was glaubst du denn?«

Sie steuerten also ein Café um die Ecke an, und Cordelia stellte die beiden einander vor. »Das ist Wesley«, sagte sie. »Er weiß mehr über Vampire als jeder andere, der selbst noch keiner gewesen ist.«

»Kennst du Kostov?«, fragte Kayley.

»Nun, nein, ich hatte noch nicht das Vergnügen«, entgegnete Wesley.

»Hast du die Bücher von Anne Rice gelesen? Oder von Laurell Hamilton?«

»Ähm, also, das Thema ist sehr viel weitreichender als es diese Bücher vermuten lassen, Kayley«, sagte Wesley. Bevor er weiter ausführen konnte, kam eine Kellnerin und fragte nach ihren Wünschen. Die zarte Kayley überraschte Cordelia mit einer Bestellung bestehend aus Rührei, Bacon, Frikadellen, Toast und Haferbrei. Die Kellnerin schenkte ihnen Kaffee ein und brachte eine Tasse Tee für Wesley.

»Wenn du nicht mal die Grundlagenliteratur gelesen hast, kannst du ja wohl kaum behaupten, ein Experte zu sein«, sagte Kayley.

»Das tue ich auch gar nicht«, entgegnete Wesley. »Aber diese Schriftsteller sind erst recht keine Experten. Sie denken sich doch nur Geschichten aus. Die Realität sieht ganz anders aus.«

»Ich war nie davon überzeugt, dass es so etwas wie Realität überhaupt gibt«, bemerkte Kayley. Sie nippte an ihrer Kaffeetasse, die fast so groß war wie ihr Kopf. »Pat schon – und sie ist davon überzeugt, dass dieser Kostov echt ist, wisst ihr? Aber da wir anderen ihn bisher noch nicht kennen gelernt haben, bin ich nicht hundertprozentig überzeugt.«

»Ich sage dir das nur, weil Cordelia und ich uns Sorgen um dich machen«, erklärte Wesley. »Das mit den Vampiren ist eine reale Sache. Ob Kostov echt ist, weiß ich allerdings nicht. Wir konnten in der Literatur bislang noch keinen Hinweis auf ihn finden. Vampire an sich gibt es wirklich, und man spielt besser nicht mit ihnen.«

»Jetzt klingst du wie mein Vater, wenn er mir eine Predigt übers Saufen hält. Und als nächstes gehst du dann an die Bar und holst dir einen Martini!«

Cordelia lachte. »Manchmal kommt Wesley wirklich so rüber«, sagte sie. »Ich glaube, das liegt an seiner britischen Art. Aber er hat Recht. Mit Vampiren ist nicht zu spaßen. Sie sind da draußen – und ich bin sicher, du würdest so ein Leben gar nicht führen wollen.«

»Woher willst du wissen, was ich will? Du kennst mich doch gar nicht, Cordy.«

Cordelia sah Kayley an, die in der Sitzecke so klein und zerbrechlich wirkte. Ein bisschen entdeckte sie etwas von sich selbst in ihr. Nicht, dass sie je so ein schüchternes Pflänzchen gewesen wäre … Sie war immer schön und beliebt gewesen, der Liebling ihres Vaters. Die Schule hatte sie ohne Probleme hinter sich gebracht und Zusagen von diversen Top-Colleges und Universitäten bekommen – die sie sich nun nicht mehr leisten konnte, nachdem ihr Vater Probleme mit dem Finanzamt bekommen hatte. Sie hatte jedoch ihre guten schulischen Leistungen immer ausreichend verborgen, um das Rennen um die Popularität mühelos zu gewinnen.

Aber es gab Zeiten im Leben eines jeden Mädchens, da fühlte

man sich so, wie Kayley sich nun fühlen musste. Zum Beispiel, als Cordelia zu Ohren gekommen war, dass Xander Harris und Willow Rosenberg den Cordelia-Hass-Club gegründet hatten. Ihr war damals eigentlich egal gewesen, was Xander und Willow von ihr dachten, aber es hatte trotzdem wehgetan, dass jemand sogar einen extra Club gründete, weil er sie so mies fand.

Kayley erging es im Moment bestimmt ganz ähnlich. Sie war eine Außenseiterin, vernachlässigt von ihrem Umfeld, unerwünscht. Ob das tatsächlich so war, oder ob sie es sich nur einbildete, spielte dabei eigentlich keine Rolle.

»Ich glaube, ich kenne dich besser als du denkst, Kayley.«

»Natürlich!« Kayley zog eine Schnute. »Nun klingst du wie meine Mutter. Oder wie ihr Seelenklempner. Oder wie beide zusammen.«

»Wir zwingen dich ja nicht, uns zu glauben, Kayley«, meinte Wesley. »Aber wenn du schon hier sitzt und auf unsere Rechnung isst, kannst du auch die Ohren aufsperren und hören, was wir dir zu sagen haben. Vielleicht ist doch etwas Nützliches für dich dabei.«

»Okay, sorry.« Da kam die Kellnerin mit dem Essen und verteilte die Teller auf dem Tisch. Als sie gegangen war, fuhr Kayley fort: »Ich werde mal versuchen, nicht mehr so vorschnell zu urteilen. Es ist nur so: Ihr klingt beide ein bisschen verrückt, wisst ihr?«

»Das kann schon sein«, meinte Wesley kichernd. »Vielleicht sind wir es ja tatsächlich – vielleicht wissen wir aber auch, wovon wir reden. Und wenn das zuträfe, würdest du etwas verpassen, wenn du nicht zuhörst, oder?«

»Okay, dann fangt mal an«, sagte Kayley. »Es gibt also wirklich Vampire. Und ihr Leben ist scheiße.«

»Sozusagen«, meinte Cordelia.

»Sie haben prinzipiell kein Leben mehr«, korrigierte Wesley. »Denn sie sind gar nicht lebendig, sondern untot. Was bedeutet, dass sie erst mal sterben müssen. Und das ist wohl für jeden eine unangenehme Erfahrung.«

»Es ist nicht so sexy und aufregend wie in den Filmen«, sagte Cordelia. »Es gibt keinen gut aussehenden Vampir, der dir zärtlich die Zähne in den Hals bohrt und dir dann ganz sinnlich das Blut aussaugt mit seinen sagenhaften Saugkräften.«

»Das stimmt«, übernahm Wesley. »Folgendes geschieht nämlich tatsächlich, wenn ein Mensch in einen Vampir verwandelt wird: Er wird getötet, und fortan lebt in dem menschlichen Körper ein Dämon. Es bleibt dann nur noch sehr wenig von dir übrig, denn in erster Linie übernimmt der Dämon die Herrschaft über deinen leblosen Körper.«

»Zuerst wirst du das vielleicht alles noch schön und witzig finden«, schaltete sich Cordelia wieder ein. »Aber dann erkennst du dich selbst nicht wieder, denn eine uralte, böse und ekelhafte Kreatur läuft in der Hülle dessen herum, was früher einmal Kayley war.«

Das Mädchen fing in seinem viel zu großen Jeanshemd an zu zittern und schlang die Arme um sich.

»Keine angenehme Vorstellung, nicht wahr?«, meinte Cordelia.

»Ich glaube, ich will dieses Rührei nicht mehr«, sagte Kayley. »Ich denke zur Zeit darüber nach, Veganerin zu werden, wisst ihr?«

»Das wirst du schnell wieder vergessen, wenn du erst einmal verwandelt bist«, meinte Wesley. »Natürlich existierst du dann gar nicht mehr wirklich. Aber vielleicht bleibt noch eine Spur deiner selbst erhalten – gerade genug, um jedes Mal wieder entsetzt über dich selbst zu sein, wenn du ein weiteres Opfer überwältigst. Die meisten Opfer von Vampiren werden nicht verwandelt – sie sterben ganz einfach, weil ihnen das Blut bis auf den letzten Tropfen ausgesaugt wird. Vergiss den ganzen Quatsch mit der Auferstehung in drei Tagen! Das ist ein Märchen.«

Kayley sah die beiden abwechselnd an. »Ist das wirklich wahr? Ihr denkt euch das nicht bloß aus, um mir Angst einzujagen?«

»Wir sagen es dir in der Tat, um dir Angst einzujagen«, gestand Cordelia. »Aber erfunden ist es nicht. Und wir haben weiß Gott mehr Erfahrung mit Vampiren, als uns lieb ist.«

»Hört mal, ich muss jetzt weg. Ich muss über ein paar Dinge nachdenken. Vielleicht bespreche ich es auch mit den anderen. Pat wird gar nicht erst zuhören wollen, aber vielleicht Erin und Keri, und auch Amanda oder Jean.«

»Wenn sie mit uns reden wollen, weißt du ja, wie du uns erreichen kannst«, sagte Cordelia. »Und bitte tu nichts, ohne mir zuvor die Gelegenheit zu geben, mit dir zu reden.«

»Okay«, willigte Kayley ein.

»Versprochen?«

Kayley hob feierlich die Hand. »Versprochen.«

Angel konnte nicht mehr länger warten.

Der Himmel war zwar immer noch bedeckt, aber die Sonne drohte jederzeit herauszukommen. Er musste es riskieren, solange es noch kein direktes Sonnenlicht gab. Rasch warf er sich eine von Cordelias Decken über und flitzte zu seinem Auto. Er sprang in den GTX – froh, dass er das Dach offen gelassen hatte – und gab Gas. Nachdem er das Dach geschlossen hatte, schoss er wie der Blitz durch die Stadt Richtung *Flamingo*.

Als er dort ankam, fuhr er auf den Parkplatz und versteckte sich wieder unter der Decke. Das *Flamingo*, ein altes Motel, bestand aus vielen, in Reihen um eine holprige, unkrautbewachsene Zufahrt angeordneten kleinen Holzhütten.

Der Swimming-Pool in der Mitte hatte schon lange kein Wasser mehr gesehen, und manche Unkrautstauden wucherten sogar schon über den Rand hinweg. Vom Auto zur Tür von Haus C waren es nur ein paar Schritte, und die Sonne versteckte sich immer noch hinter den Wolken. Angel erreichte die Tür, ohne Schaden zu nehmen, lediglich die Decke schwelte ein wenig. Er klopfte einmal an, riss die Tür auf und stürmte hinein. Wieder einmal war er froh, dass man ihn nur beim ersten Besuch offiziell über die Schwelle bitten musste.

In der Hütte stand Carlos zitternd vor einem umgekippten Bett. Tränen liefen ihm über die Wangen. Als er Angel sah, zeigte er schluchzend auf das Bett.

»Isabel?«, fragte Angel.

Ein erstickter Ruf drang darunter hervor.

»Ist sie da drunter?«, fragte Angel. Der Junge nickte.

»Halt durch, Isabel!«, rief Angel. Er trat seitlich an das umgekippte Bett, beugte sich vor und hob es so weit an, dass sie darunter hervorkriechen konnte.

»Alles in Ordnung?«

»I-ich glaube schon«, entgegnete sie. Angel half ihr rasch auf die Beine.

»Ich habe mich ein wenig hingelegt«, berichtete Isabel. »Ich hatte den Eindruck, es sei jemand an der Tür, aber es kam mir wie im Traum vor. Und als Nächstes weiß ich nur, dass mein Bett umkippte und ich auf dem Boden lag. Dann ist es auf mich drauf gefallen.«

Carlos ging zu seiner Mutter und schlang seine dünnen Arme um ihre Hüften. »Alles wieder in Ordnung«, tröstete ihn Angel. Er drehte das Bett um und stellte es wieder an seinen alten Platz, der deutlich an den vier Abdrücken der Bettpfosten in dem alten blauen Teppich zu erkennen war.

»Was wollen Sie eigentlich hier?«, fragte Isabel und setzte sich auf das Bett. »Ich meine, ich bin ja froh, dass Sie gekommen sind. Aber warum? Haben Sie mit Rojelio gesprochen?«

»Das habe ich.«

»Wie geht es ihm?«

»Es wird ihm besser gehen, wenn er erst einmal aus dem Gefängnis ist.«

»Glauben Sie denn, Sie können ihn herausholen?«

»Ich weiß es nicht. Eigentlich bin ich gekommen, um mit Carlos zu sprechen. Ich möchte ein Experiment mit ihm machen.«

»Was? Was haben Sie mit ihm vor?«

»Ich will ihn nur beobachten«, sagte Angel. Er ging vor Carlos in die Knie. »Weißt du was?«, sagte er sanft. »Ich glaube, du und dein Dad, ihr habt beide eine ziemlich unglaubliche Fähigkeit. Aber keiner von euch weiß, wie er richtig damit umgehen soll. Man kann sie nur unter Kontrolle haben, wenn man trainiert, und ihr habt nicht trainiert, weil ihr ja nicht wisst, dass ihr diese Fähigkeit besitzt. Versteht du das?«

Carlos nickte schweigend.

»Ich möchte, dass du jetzt Folgendes tust: Versuch, das Kissen dort zu bewegen!«

Er zeigte auf ein Kissen, das auf den Boden gefallen war. Carlos wollte darauf zugehen, aber Angel hielt ihn fest.

»Nein, von hier aus! Nur mit deinen Gedanken! Denk daran, wie sich das Kissen bewegt. Stell es dir vor! Sieh dir vor deinem geistigen Auge an, wie es sich bewegt.«

Carlos schüttelte den Kopf und sah seine Mutter an. In seinen Augen standen Tränen.

»Ich habe Angst«, sagte er.

»Angel«, schaltete sich Isabel ein. »Ich glaube nicht ...«

»Es ist wichtig«, erklärte Angel. »Es kann deinem Vater helfen. Beweg einfach das Kissen! Es ist nicht schwer! Es ist nur ein Kissen.«

»Aber ...«

»Beweg es!«

Carlos starrte das Kissen an. Angel spürte, wie sich der ganze Körper des Jungen anspannte. Er ballte seine kleinen Hände zu Fäusten und presste die Lippen aufeinander.

Das Kissen bewegte sich.

Zunächst, kaum sichtbar, rutschte es ein paar Zentimeter von Carlos weg. Dann glitt es noch ein paar Zentimeter weiter, als hole es Schwung, und schließlich raste es regelrecht die letzten paar Meter bis zur gegenüberliegenden Wand.

Carlos schwitzte. Und lächelte.

»Du hast es geschafft!«, rief Angel und klopfte dem Jungen auf die schmächtigen Schultern.

»Carlos«, sagte Isabel. »Das war ganz erstaunlich!« Sie wandte sich an Angel. »Heißt das ...?«

»Dass er es die ganze Zeit gemacht hat? Ja, das glaube ich. Nur wusste er gar nichts von seiner Begabung, und daher konnte er seine Kräfte auch nicht kontrollieren. Die Festnahme seines

Vaters war sehr traumatisch für ihn, und er hat wohl unbewusst seinen Gefühlen auf diese Art Ausdruck verliehen.«

»Er stiftete Chaos im Haus, um das Chaos in seinem Herzen zu bekämpfen«, sagte Isabel sanft.

»Das ist richtig.«

Isabel fiel auf die Knie und schlang die Arme um ihren Sohn. »Es tut mir so Leid, dass das alles geschehen ist, Carlos«, sagte sie und fing an zu weinen.

»Sie können ja nichts dafür«, beschwichtigte sie Angel. »Und Ihr Mann auch nicht, denke ich. Wir werden das alles wieder in Ordnung bringen. Alles wird gut.«

»Danke, Angel«, sagte sie. »Hierfür und für alles andere.«

Angel lächelte. Er wusste, wie wichtig seine Entdeckung war. Auf dem Weg zur Tür warf er sich wieder Cordys Decke über.

10.

Die Reise nach L.A. verlief ereignislos, und das kam Willow sehr entgegen. Von aufregenden Ereignissen jeglicher Art hatte sie die Nase voll, und wenn es nach ihr ginge, konnte der Rest ihres Lebens ruhig absolut friedlich und unabenteuerlich dahinfließen, und sie wäre zufrieden.

Es gab weder unerklärliche Schatten, noch wurden sie im Auto angegriffen, und so erreichten sie bereits nach ein paar Stunden das feudale Anwesen in den Bergen von Laurel Canyon. Sie mussten ein elektronisch gesichertes Tor passieren. Nachdem Salma ihr Passwort eingegeben hatte, öffnete es sich und sie fuhren durch ein kleines Wäldchen. Fünfhundert Meter weiter konnten sie den ersten Blick auf das Haus werfen. Es war in dem mediterranen Stil erbaut, der sich in Südkalifornien so großer Beliebtheit erfreute, und es hatte drei Stockwerke und erhob sich regelrecht in den Himmel.

»Wow«, rief Willow voller Bewunderung. »Das ist wunderschön!« Das Haus war von mindestens einem Morgen Rasenfläche umgeben, die sorgfältig gemäht war, und lag auf einem Hügel. »Habe ich schon Wow gesagt?«

»Das ist mal ein Haus!«, pflichtete ihr Buffy bei.

»Danke«, entgegnete Salma leichthin. Sie hielten auf einem Hof mit Pflastersteinen an, der in der Mitte von zwei langgestreckten Gebäudeteilen lag. Die Holzfenster und -balkone standen im lebhaften Kontrast zu den schneeweiß verputzten Mauern. Zahlreiche Schornsteine ragten von dem rot gedeckten Dach auf.

»Wie ist es eigentlich, so reich zu sein?«, fragte Willow. »Gefällt es dir?«

»Manchmal ist es irgendwie nervig, aber es kann auch schön sein«, entgegnete Salma. »Ich glaube, meinen Eltern bedeutet es mehr als mir. Sie lieben es, sich schöne Dinge zu kaufen.«

»Das würde mir auch gefallen«, sagte Buffy. »Wenn ich nicht schon so beschäftigt mit anderen Dingen wäre.«

Als sie ausstiegen, eilten drei Dienstmädchen herbei, um das Gepäck zu holen. Salma wurde von ihnen mit Umarmungen und Küssen begrüßt.

Willow trat ganz dicht an Buffy heran und flüsterte ihr ins Ohr: »Schade nur, dass sie hier so wenig Liebe erfährt.«

»Ja«, entgegnete Buffy trocken. »Der Mangel an Liebe ist wirklich augenfällig.«

Nach der Begrüßung kam Salma zu Willow und Buffy zurück. »Ich denke, meine Großmutter wird dir gefallen, Willow«, sagte sie. »Doña Pilar. Sie ist eine *bruja*.«

»Eine was?«, fragte Buffy.

»Sowas wie eine Hexe«, erklärte Willow. »Auf alte mexikanische Art.«

»Das hier sieht ja auch wirklich aus wie eine alte Hütte irgendwo im mexikanischen Hinterland«, meinte Buffy.

»Mein Großvater hat viel Geld in der Industrie gemacht«, erzählte Salma. »Aber meine Großmutter und er stammen beide aus sehr armen Familien. Meine Großmutter lebte in einem Dorf tief im Landesinnern. Ihre Mutter war schon die *bruja* des Ortes und hat ihre Begabung an sie weitergegeben.«

»Ich kann es nicht erwarten, sie kennen zu lernen«, freute sich Willow.

»Ich werde euch miteinander bekannt machen. Wahrscheinlich ist sie in der Küche. Da ist sie fast immer.«

Nachdem sie eine Stunde lang Salmas Verwandte begrüßt und ein gigantisches Lunch eingenommen hatten, entschuldigte sich Buffy und ging in das Zimmer, das man für sie vorbereitet hatte. Sie war müde und wollte sich ein wenig ausruhen, bevor es dunkel wurde. Wenn überhaupt, dann würde sie nachts gebraucht werden.

Das Zimmer war ebenso prächtig wie das restliche Haus. Die Möbel waren, wie Salma gesagt hatte, allesamt Antiquitäten aus der spanischen Kolonialzeit, die nach L.A. verschifft worden waren. Sie hatten den reichsten Spaniern des Landes gehört, mächtigen Großgrundbesitzern. Buffy legte sich auf das Bett und schloss für eine Weile die Augen. Ein wenig machte ihr die Vorstellung zu schaffen, wie viel Geschichte sich hinter dem Bett, dem Schrank und all den anderen Möbeln im Zimmer verbarg.

Das erinnerte sie an Angel. Er konnte ebenfalls auf eine lange Vergangenheit zurückblicken, ... zu der auch Buffy gehörte – passé war sie deshalb natürlich noch lange nicht.

Ihr war schmerzhaft bewusst, dass sie nun in *seiner* Stadt war. Und wie schwer es ihr auch fallen mochte, sie musste ihn treffen, sobald sich eine Gelegenheit bot.

Als sie merkte, dass sie doch nicht schlafen konnte, beschloss sie, aufzustehen und sich das Haus anzusehen. Salma hatte gesagt, alle Räume stünden ihnen offen. Sie sollten sich wie zu Hause fühlen. Buffy wusste, dass sie sich in einem solchen Palast niemals zu Hause fühlen würde, aber ansehen konnte man ihn sich ja mal.

Abgesehen davon konnte sie vielleicht etwas über Nicky in Erfahrung bringen. Etwas, das ihr bei der Suche half. Er hatte den Großteil seines Lebens in diesem Haus verbracht, und vielleicht fand sie irgendwo eine Spur dessen, was ihn nun auf die falsche Fährte gelockt haben könnte. Giles hatte sie immer gelehrt, sich die Vergangenheit eines Menschen anzusehen, wenn sie Aussagen über seine Zukunft machen wollte. Sie verließ ihr Zimmer und trat in den weitläufigen Korridor, dessen Wände aus Ziegeln bestanden, und dicke Holzbalken unter der Decke dienten als Stütze.

Sie hatte das Gefühl, man könne sich in diesem Haus verlaufen, ohne jemals wieder herauszufinden. In dieser Hinsicht glich es einem alten Schloss – ganze Flügel schienen nicht genutzt zu werden, obwohl sie möbliert und blitzsauber waren. Als sie von einem Korridor in den nächsten ging und schwere Holztüren durchschritt, die wenigstens zwei Meter siebzig hoch waren, fühlte sie sich, als betrete sie irgendein fremdes Land und ihre Rückkehr sei ungewiss.

Bei der Suche nach Nickys Zimmer – oder seiner Suite oder seinem Flügel, oder wie auch immer man den Teil des Hauses nennen wollte, den er bewohnt hatte, stieß sie auf die Bibliothek. Der Raum war an die fünfzehn Meter lang und fast genauso breit. Regale bedeckten die Wände bis zu einer Höhe von sechs Metern. An einer Messingschiene, die oben an den Regalen verlief, konnte man eine lange Leiter entlangschieben, um die höheren Bretter zu erreichen. In der Mitte der einen Wand war ein großer Kamin – groß genug, dass Buffy aufrecht darin hätte stehen können. Nur die Außenwand war nicht mit Bücherregalen bedeckt. Dort befanden sich riesige Flügelfenster von fast vier Metern Höhe. Manche waren geöffnet und ließen frische Luft herein. Ledersessel standen im ganzen Raum verteilt, ein jeder war mit Leselämpchen und einem kleinen Seitentisch ausgestattet.

»Das würde Giles gefallen!«, dachte Buffy und ging an den endlosen Bücherreihen entlang. Eine ziemlich bunte Mischung bot sich ihr dar – aktuelle Bestseller standen neben ledergebundenen Gesamtausgaben von Shakespeare, Dickens und anderen Klassikern. Eine ganze Wand war für Sachbücher reserviert, einschließlich literarischer Biographien, Kochbüchern und Wildnis-Survival-Ratgebern.

»Miss Summers?«

Buffy drehte sich überrascht zur Tür um. Ein junger Mann, Mitte zwanzig vielleicht, war hereingekommen. Er trug ein rotbraunes Poloshirt – seine Bizepse sprengten fast die kurzen Ärmel – und Khaki-Hosen. Das dicke schwarze Haar hatte er zu einem Pferdeschwanz gebunden. Sein hübsches Gesicht mit dem kräftigen Kinn wirkte friedfertig und freundlich, wies aber markante Züge auf. Er lächelte Buffy an und kam mit ausgestreckter Hand auf sie zu.

»Ich möchte mich vorstellen«, sagte er. »Ich bin Elfredo. Ich arbeite für die Familie.«

»Buffy«, entgegnete Buffy. »Aber das wissen Sie vermutlich schon.«

»Ja«, sagte er und schüttelte ihr fest die Hand. »Ich bin für die Sicherheit zuständig. Mein Boss ist Ruben Velasco.«

»Es tut mir so Leid, was ihm geschehen ist.«

»Uns allen. Wir haben aber heute schon aus Sunnydale gehört. Er ist wieder bei Bewusstsein. Sieht aus, als würde er wieder ganz gesund. Er ist ein zäher alter Knabe.«

»Das ist gut.«

»Don Francisco, Miss de la Natividads Großvater, hat mich gebeten, in Ihrer Nähe zu bleiben, so lange Sie Gast der Familie sind. Ich bin überzeugt, hier im Haus sind Sie ganz sicher, aber da wir nicht genau wissen, was los ist, wollen wir kein Risiko eingehen.«

»Ich brauche wirklich keinen Bodyguard«, protestierte Buffy.

»Da bin ich sicher. Laut Salma sind Sie ja selbst einer. Aber Don Francisco besteht darauf, dass ich mich zu Ihrer Verfügung halte.«

Sie betrachtete ihn erneut. Er war ein sehr gut aussehender Mann, und zu anderen Zeiten in ihrem Leben wäre es sehr verlockend gewesen, ihn »zur Verfügung« zu haben. Im Augenblick jedoch nicht. Sie hatte Riley – und sie war in Angels Stadt. Noch mehr Komplikationen in Herzensangelegenheiten konnte sie wirklich nicht gebrauchen, nicht einmal solche, die nur in ihrem Kopf stattfanden.

»Das ist sehr freundlich von ihm.«

Elfredo verneigte sich. »Der Komfort und die Sicherheit seiner Gäste haben für ihn oberste Priorität. Ich werde Ihnen nicht im Weg sein, und sie können sich frei auf dem Anwesen bewegen. Aber ich werde da sein, wenn Sie etwas brauchen. Vielleicht kann ich Sie einstweilen ein wenig herumführen. Wie ich bereits sagte, bezweifle ich stark, dass wir hier in Gefahr sind. Aber für den unwahrscheinlichen Fall der Fälle sollten Sie sich hier ein wenig auskennen.«

Buffy glaubte ihm. Der alte Mister de la Natividad hatte schon beim Lunch bewiesen, was für ein guter Gastgeber er war. Der gut aussehende, grauhaarige Gentleman war in einem teuren Anzug mit Krawatte bei Tisch erschienen. Seine Gattin, die *bruja* Doña Pilar, und er hatten dafür gesorgt, dass Buffy und Willow sich wohl fühlten und beim Essen tüchtig zulangten und sich in Sicherheit wiegen konnten.

Die zierliche grauhaarige Doña Pilar, eine alte, ehrwürdige Dame mit verschrumpelter, faltiger Haut, war so klein, dass sie kaum über den massiven Tisch ragte, an dem sie gegessen hatten. Aber ihre Augen leuchteten, und sie sprühte vor Lebendigkeit und Energie. Während des üppigen Mittagessens hatte sie fortlaufend lustige Begebenheiten erzählt, über die sich alle köstlich amüsierten – trotz des ernsten Anlasses der Versammlung. Salmas Mutter Carolina, eine seriöse elegante Frau Mitte vierzig, war auch bei Tisch erschienen, nur Salmas Vater, der geschäftlich in der Stadt unterwegs war, hatte nicht nach Hause kommen können.

»Das wäre großartig«, sagte Buffy. »Personenschutz liegt ein bisschen außerhalb meiner sonstigen Aktivitäten, aber vielleicht können Sie mir ja ein paar Tipps geben.«

»Ich werde mich bemühen«, versprach Elfredo. »Die Bibliothek kennen Sie nun ja schon. Sollen wir draußen anfangen?« Buffy nickte und er nahm sie am Ellbogen und führte sie aus dem Raum.

»Ich fürchte, Sie werden sich mit mir langweilen«, sagte Buffy, als sie den langen Korridor zu einer Seitentür entlanggingen. »Ich denke nicht, dass ich in Gefahr schwebe.«

»So gefällt mir mein Job am besten«, entgegnete Elfredo. »Wenn nichts passiert.«

Und mir erst, dachte Buffy. Aber wenn sie es geschickt anstellte, konnte er ihr vielleicht doch nützlich sein. »Kennen Sie Nicky?«, fragte sie.

»Natürlich. Ich bin schon seit sechs Jahren bei der Familie. Ich kenne sie alle.«

»Was halten Sie von der Theorie, dass er vielleicht etwas mit einer Gang zu tun hat. Ein reicher Junge wie er, warum sollte er das tun?«

Elfredo entriegelte die Tür und hielt sie ihr auf. Buffy beobachtete genüsslich das Spiel seiner Muskeln. »Leider kommt das recht häufig vor«, sagte er betrübt. »Viele reiche mexikanische Kids fühlen sich hier in den Staaten zu kriminellen Banden und Straßengangs hingezogen. Ich weiß nicht, warum. Ob sie sich langweilen? Suchen sie nach einer Art nationaler Zugehörigkeit, die sie hier in den Staaten nicht bekommen?«

Vor der Tür tat sich ein Nebenhof auf. Gleich vor dem Haus wuchsen Kräuter, und dahinter lockte ein Blumengarten mit einer wilden verschwenderischen Pracht von Rot, Pink, Gelb, Grün, Violett und Weiß. Buffy stockte angesichts von so viel Schönheit der Atem.

»Das ist der Garten von Doña Pilar«, erklärte Elfredo. »Die Familie gibt sich zwar alle Mühe, nach mexikanischer Art zu leben, aber wir sind hier nun einmal den Vereinigten Staaten und nicht zu Hause. Vielleicht versuchen die Kids, mit Hilfe der Banden ein Stück Heimat zurückzugewinnen. Sie schließen sich mit anderen Mexikanern zusammen, die von ihren Familien nicht akzeptiert werden.«

»Man würde doch meinen, bei all den Vorteilen, die ein Junge wie Nicky genießt, könnte er gar nicht in so etwas hineingezogen werden«, überlegte Buffy laut, in der Hoffnung auf mehr Informationen.

Elfredo zögerte. Buffy begriff, dass er sich mit Rücksicht auf seinen Arbeitgeber zurückhalten musste ... und vor allem auch mit Rücksicht auf seinen Job.

»Das würde man meinen«, sagte Elfredo diplomatisch. Er führte Buffy durch den Blumengarten zu einer Mauer, die etwa hundert Meter vom Haus entfernt war. »Bestimmt ist es für einige der Bandenmitglieder – vielleicht sogar für die meisten – eine Frage des Überlebens auf hartem Pflaster. Aber nicht für alle. Reiche Jungen müssen nicht stehlen, um ihre Familien zu ernähren. Sie müssen keine Drogen verkaufen oder Geschäftsleute ausnehmen. Wenn ... jemand aus dem Umfeld von Don Franciscos Enkeln in solche Aktivitäten involviert ist ... und ich hoffe sehr, dass es nicht so ist ... kann ich mir nicht vorstellen, dass Nicky de la Natividad mit ihm befreundet bleiben würde.«

Buffy hörte zwar aufmerksam zu, aber Elfredo überzeugte sie nicht. Der Typ hielt sich strikt an die Parteilinie.

»Nicky ist ein großartiger Junge. Es sieht ganz so aus, als wachse er zu einem netten jungen Mann heran«, fuhr Elfredo fort.

An der Mauer blieben sie stehen. Sie war drei Meter hoch und umgab das ganze Anwesen. Aus ihr ragten alle zwei Meter Pfosten hervor, um die ringsherum zwei Drähte gespannt waren. »Der obere Draht ist Stacheldraht, wie Sie sehen«, sagte Elfredo. »Und der untere ist elektrisch. Oben auf der Mauer sind zusätzlich Glasscherben eingelassen. Niemand könnte hier eindringen, ohne nicht erheblich verletzt zu werden. Das ist die Umgebung, in der Nicky aufwuchs. Sehr gut behütet. Wahrscheinlich fühlte er sich eingeengt.«

»Armer reicher Junge«, bemerkte Buffy in der Hoffnung, den Mann aus der Reserve zu locken. »Vielleicht ist es gar nicht so einfach für Nicky, aus dem Schatten des großen Don Francisco herauszutreten und sich selbst einen Namen zu machen.«

»Vielleicht, vielleicht aber auch nicht«, entgegnete Elfredo loyal. Sein Gesicht blieb unbewegt. »Nicky ist ein aufgeweckter, cleverer junger Mann.«

Und genau das bereitete Buffy Kopfzerbrechen.

Tad Barlowe war mehr als strapaziert, dabei brauchte es einiges, bis er die Beherrschung verlor. Er trug schließlich eine Polizeiuniform und bewachte die Gefangenen im Polizeipräsidium auf der 77. Straße. Er hatte schon viel Übles in seinem Leben gesehen, sogar schon einen Mann, der sich in seiner Zelle erhängt hatte.

Aber dies hier war schlimmer.

Im Gefängnis des Polizeipräsidiums saßen Leute in Untersuchungshaft, die auf ihren Prozess warteten. Daher gab es nicht viele, die versuchten zu randalieren. Die meisten Insassen kamen schnell dahinter, dass es wenig Sinn machte, sich aufzuspielen, denn dann würden sie vor Gericht nur noch schlechter dastehen.

Zwei Tage zuvor war Tads Stift plötzlich wie von Geisterhand bewegt durchs Büro geflogen und hatte ihn am Arm verletzt. Der Stift war einfach vom Schreibtisch in die Luft gerast, hatte sich gedreht, wie der Kopf von dem Kind in diesem Film und ihm eine Stichwunde verpasst. Er hatte alle möglichen Erklärungen ersonnen, aber keine erwies sich letztlich als schlüssig.

Also sagte er sich, es sei nur ein einmaliger Vorfall gewesen, ein einmaliger Grenzfall der Physik. Das beruhigte ihn zwar nicht sonderlich, aber er hatte wenigstens etwas, an das er sich klammern konnte. Es war eben eine jener seltsamen Begebenheiten gewesen, die das Leben für einen bereithielt.

Aber dann war es nicht bei diesem einmaligen Vorfall geblieben. Seltsame Dinge geschahen in dem gesamten Zellenblock. Im restlichen Gebäudes jedoch nicht – und so konnten die Cops in den anderen Abteilungen nicht recht nachvollziehen, warum die Kollegen in Tads Abteilung so nervös waren. Am vergangenen Abend hatten ein paar von ihnen in einer Bar einen Stift an ein Seil gebunden, ihn über den Tisch von ein paar Gefängniswärtern tanzen lassen und sich dabei johlend auf die Schenkel geklopft.

Einer von ihnen beendete den Abend mit einem gebrochenen Kiefer und drei Cops wurden vom Dienst suspendiert, weil sie sich in der Öffentlichkeit geprügelt hatten.

Tad hätte sich fast krank gemeldet. Es wäre durchaus möglich gewesen – die Wunde am Arm bot eine prima Ausrede für ein, zwei Tage. Aber so schrecklich es sein mochte, den Dienst im Präsidium anzutreten – es war noch viel schrecklicher, zu Hause zu bleiben und zu ertragen, wie seine Frau Penny um ihn herumschlich, als läge er auf dem Totenbett. Also zog er seine Uniform an und ging zur Arbeit.

Er merkte gleich, dass die Stimmung noch schlechter war als an den Tagen zuvor, wenn das überhaupt noch möglich war. Nicht nur die Wächter machten einen nervösen Eindruck – die Insassen ebenso.

»Den ganzen Tag fliegt Zeug durch die Gegend«, erzählte ihm Henry Murson. Henry hatte seine Schicht gerade hinter sich, als Tad zum Dienst antrat. »Ein Typ wurde in seiner Zelle von seinem Bett an die Wand gedrückt. Kleider, Kissen, Schuhe fliegen durch die Gegend. Alle sind total durchgedreht. Es ist, als stünde die ganze Belegschaft auf einer Rasierklinge und warte darauf, dass einer ausrutscht.«

Super, dachte Tad. Die Katastrophe war geradezu vorprogrammiert. Vielleicht hätte er doch besser zu Hause bleiben sollen. Murson erzählte ihm, die Gemüter seien derart erhitzt, dass alle – Beamte wie Gefangene – sich nur noch anschrien, oder schlimmer noch.

»Ich kann nur sagen, Kumpel, ich bin froh, dass ich nach Hause kann«, fuhr Murson fort. »Besser du als ich, in diesem Fall.«

»Ja«, entgegnete Tad. »Ich werde an dich denken, wie du sicher in deinem warmen Bettchen liegst.«

»Im Ernst, Tad«, sagte Murson. »Du darfst nicht eine Sekunde unaufmerksam sein. Hier geht heute etwas extrem Übles vor.«

»Danke, Henry.« Tad klopfte Murson auf die Schulter und sah ihm nach, wie er das Gebäude verließ – unterwegs zu einem Ort, an dem es normaler zuging. Überall in der Stadt war es im Augenblick besser als im Polizeipräsidium auf der 77. Straße.

Es hatte Zeiten gegeben, da hatte es sich genau umgekehrt dargestellt: Die ganze Stadt war leicht reizbar, nervös und verrückt gewesen, und es hatte gut getan, ein Gebäude zu betreten, in dem jeder seinen Platz kannte und in dem nur die diensthaben den Wärter Waffen trugen.

Es hatte Zeiten gegeben, da hatte die Stadt regelrecht gebrannt. Bei diesen Gelegenheiten war Tad immer froh gewesen, im Gefängnis bei denjenigen Dienst zu tun, die bereits in Gewahrsam waren, statt in vorderster Front bei der Einsatztruppe, mit einem transparenten Plexiglas-Schild als einzigem Schutz gegen Steine oder andere Geschosse.

Er fürchtete, diese Zeiten waren ein für alle Mal vorbei.

Mit einem letzten Blick auf den Sonnenuntergang über der ruhigen Stadt ging er hinein.

In den Wahnsinn.

11.

Im Haus gab es, wie sich herausstellte, mehrere Küchen. Doña Pilar führte Willow in die Hauptküche, wo zwei Köche das große Lunch vorbereitet hatten, und von dort in eine andere, kleinere Küche.

Sie war nicht so modern eingerichtet und verfügte über weniger elektrische Geräte. Im Vergleich zu den anderen Räumen des Hauses war sie winzig, nicht viel größer als ein begehbarer Wandschrank. In der Mitte stand ein alter, verkratzter Kieferntisch. Unter einem Bein steckte ein gefaltetes Stück Karton, damit er nicht wackelte. Glasbehälter und Dosen standen auf den Arbeitsflächen, alle sorgfältig mit leserlicher, aber kleiner Handschrift etikettiert.

Die Hängeschränke hatten keine Türen, und man sah auf den ersten Blick, was sie enthielten. Über einem alten weißen Gasherd mit vier Brennern hingen diverse Töpfe und Pfannen an Haken. Am Fenster stand eine Spüle mit zwei Becken und Holzbeinen. Die Küche wirkte, als sei sie in einem Stück aus einem kleineren, ärmeren Haus nach Los Angeles gebracht worden.

»Hier fühle ich mich am wohlsten«, sagte Doña Pilar mit deutlich hörbarem mexikanischen Akzent zu Willow. »Es ist hier genauso wie in meiner alten Küche zu Hause in Oaxaca.«

»Hier führen Sie Ihre magischen Rituale durch?«, fragte Willow.

»Ja, das tue ich.« Doña Pilar drehte sich zu Willow um und umfasste mit knotigen Fingern ihre Hände. Trotz der runzligen Haut war es eine weiche, zarte Berührung. »Ich spüre große Fähigkeiten in dir, Willow Rosenberg«, sagte sie. »Großes Potential.«

Willow lächelte schüchtern. »Danke«, entgegnete sie. »Ich meine, ich gebe mir Mühe. Ich kann ein bisschen was. Ist manchmal ganz praktisch.«

»Unterschätze dich nicht, Willow«, sagte Doña Pilar und ließ Willows Hände los. »Deine Fähigkeiten sind eine seltene Gabe, aber es ist an dir, sie weise einzusetzen und sie zu pflegen wie einen großen Baum, den man aus einem kleinen Samenkorn heranzieht. Wenn du deine Begabung pflegst, wird sie dich nie verlassen.«

Willow folgte ihr an den Tisch. Es roch wunderbar in dieser Küche – nach Lavendel und Rosmarin, Kerzen aus Bienenwachs und Sandelholz. Getrocknete Kräuter baumelten in Sträußchen an Holzhaken unter den Hängeschränken. Willow saugte wissensdurstig alle Sinneseindrücke auf.

»Haben Sie schon immer von Ihren Fähigkeiten gewusst?«, fragte Willow die ältere Frau.

Doña Pilar wies auf ein kleines, bräunlich verfärbtes Foto in einem verzierten Silberrahmen. Darauf war eine hübsche junge Frau mit einem Schildpattkamm im Haar und einem Schleiertuch über einem schlichten Baumwollkleid zu sehen. Auf ihrem Schoß saß ein kleines Mädchen mit dunklen Augen und zwei langen schwarzen Zöpfen, ebenfalls in einfacher Kleidung.

»Seit ich ein junges Mädchen war. Zwölf, dreizehn. *Mi madre*, sie hat es mich gelehrt. Sie war auch eine *bruja*.«

Willow stand neben der Alten und betrachtete mit ihr das Foto. »Haben Sie Ihren Kindern die Zauberei beigebracht? Oder Ihren Enkeln?«

Die Alte seufzte und wandte sich von dem Bild ab. »Meinem Sohn? Nein. Als er jung war, durfte ich nicht offen praktizieren. Unser Priester war sehr dagegen eingestellt, und ich musste Francisco versprechen, es nicht zu tun.«

Sie griff an das Kreuz an ihrer Halskette. »Und meine Enkel haben nur Augen für die moderne Welt, fürchte ich. Für Computer- und Börsenmagie.« Sie lächelte traurig. »Ich habe versucht, es Nicky und Salma zu zeigen, aber sie waren nicht interessiert.«

Damals jedenfalls noch nicht, dachte Willow und erinnerte sich an Salmas Sorge über die Bücher, die sie in Nickys Zimmer gefunden hatte.

»Was können Sie alles?«, fragte Willow, um von den trüben Gedanken abzulenken.

»Es ist einfacher zu sagen, was ich nicht kann, mein Kind«, entgegnete Doña Pilar mit einigem Stolz. »Oder besser: was ich nicht tun würde.« Sie zählte es an ihren Fingern ab: »Ich würde nie jemanden verletzen. Ich bringe weder Reichtum noch Armut über jemanden und verkuppele niemanden. All das könnte ich tun, aber ich würde es als Missbrauch meiner Begabung ansehen.«

Willow hatte das Gefühl, sie könne wochenlang in dieser Küche bleiben. Monate! Tara und sie könnten so viel von Doña Pilar lernen!

»Diese Einschränkungen klingen ziemlich vernünftig«, sagte sie und beschloss, sie sich gut einzuprägen.

Mit deutlicher Zuneigung für ihre neue Schülerin legte Doña Pilar den Kopf schräg und faltete die Hände. Willow fühlte sich an die Heiligenstatuen in katholischen Kirchen erinnert, die mit ihren Posen Gelassenheit und Güte ausstrahlten.

»Jeder muss sich seine eigenen Grenzen setzen«, entgegnete Doña Pilar. »Und das sind meine.«

Willow trat an den Tisch. Zu gern hätte sie die kleine irdene Schüssel in die Hand genommen. Doña Pilar nickte und Willow fasste sie an. Sie war schwarz glänzend und ziemlich schwer.

»Haben Sie versucht, Ihren Enkel aufzuspüren?«, fragte Willow.

Doña Pilar schüttelte traurig den Kopf und trat neben Willow. »Diese Schüssel habe ich von einem Navajo-Schamanen bekommen«, erklärte sie. »Er sagte, sie übermittle gute Wünsche.«

Willow gab ihr die Schüssel zurück, und die Alte stellte sie nachdenklich auf den Tisch.

»Ich hätte sicherlich nach Nicky gesucht«, sagte sie. »Aber einige der dazu nötigen Kräuter und ein sehr kostbarer Talisman, den man braucht, um jemanden zu finden, wurden mir genommen. Seit über einer Woche sind sie verschwunden. Ich wollte mir neue besorgen, hatte bislang aber keinen Erfolg.«

Genommen? »Glauben Sie, man hat Ihnen die Kräuter und den Talisman gestohlen?«

Doña Pilar warf mit übertriebenem Schulterzucken die Hände in die Luft. »Wer weiß? Aber sie waren in dieser Küche, und nun sind sie es nicht mehr. Was glaubst du, was das bedeutet?«

»Klingt für mich nach Diebstahl.«

Doña Pilar blickte bekümmert drein. »Ich kann nicht glauben, dass ein Mitglied meiner Familie so etwas tun würde. Oder jemand vom Personal.«

»Hat denn sonst noch jemand Zugang zur Küche?«, fragte Willow höflich und übte sich in Zurückhaltung. Für sie war der Fall jedoch schon klar.

»Nein. Von Zeit zu Zeit haben wir Gäste, aber niemand kommt hier herein.« Doña Pilar wirkte leicht verwundert. »Warum auch?«

»Weiß jemand von den Gästen der Familie, dass sie eine *bruja* sind?«, fragte Willow.

Die Alte schien nachzudenken, und ihre runzlige Stirn wurde ganz faltig. »Es ist kein Geheimnis. Aber andererseits redet man auch nicht mit jedem darüber.«

»Also, dann fühle ich mich geehrt, weil Sie es mir erzählt haben«, sagte Willow.

»Meine Enkelin hat es dir doch erzählt! Aber nur, weil sie wusste, dass ich es sonst tun würde. Du hättest es sowieso bei unserer ersten Begegnung schon gemerkt.«

»Das stimmt wohl. Um eine Hexe zu erkennen, muss man selbst eine sein, nicht wahr?«

Doña Pilar lachte meckernd und es klang für Willow wie das »hexigste« Lachen, das sie je gehört hatte. Sie grinste über alle Backen.

»Ja, mein Kind, das stimmt. Aber lass uns nicht von Rätseln reden, die wir nicht lösen können, und von Problemen, die mir das Herz schwer machen. Ich war dabei, einige heilende Elixiere herzustellen.« Sie trat an den Herd. In einem Kupfertopf mit Deckel brodelte es sanft. Sie hob den Deckel und holte mit dem Holzlöffel etwas von der dicken braunen Flüssigkeit heraus. »Das schließt Schnittwunden und beugt Blutergüssen vor«, sagte sie.

»Na, das könnten wir in Sunnydale gut gebrauchen!«

Wie aufs Stichwort klopfte es an der Tür und Buffy steckte den Kopf herein. »Will, kann ich dich kurz sprechen?«

»Sicher, Buffy«, sagte Willow und dann, an Doña Pilar gerichtet: »Entschuldigen Sie mich bitte, ich bin gleich wieder da.« Sie folgte Buffy in die menschenleere Hauptküche.

»Was ist los?«

»Ich habe mit einem der Bodyguards geredet, Elfredo«, erzählte Buffy ein wenig verträumt. »Tolle Arme!« Aber dann besann sie sich wieder. »Jedenfalls hat er gesagt, dass sich viele reiche mexikanische Jungen hier in den Staaten mit diesen Straßengangs einlassen.«

»Großartig«, murmelte Willow und sorgte sich um die alte Dame. »Doña Pilar kann ihn nicht aufspüren, weil ihr jemand die Kräuter und einen Talisman geklaut hat, den sie dazu braucht.«

Buffy war verblüfft. »Dreimal darfst du raten, wer?«

»Glaubst du, es war Nicky?«, fragte Willow.

»Er verschwindet gleichzeitig mit den Mittelchen, die sie braucht, um ihn aufzuspüren. Was für ein Zufall!«

»Allerdings«, pflichtete ihr Willow bei.

»Ich denke also«, fuhr Buffy fort, »auf Nicky trifft beides zu: Was wir annehmen und das, worüber Salma sich Sorgen macht. Er hat mit einer Gang zu tun, aber er nutzt auch auf irgendeine Weise seine magischen Fähigkeiten. Vielleicht hat er das Schattenmonster erschaffen. Vielleicht hat er auf Großmutters Schoß doch ein bisschen was aufgeschnappt.«

Willow seufzte und fuhr sich mit den Fingern durchs Haar. Sie war müde, und sie sorgte sich um die de la Natividads. »Sie sagte, er habe nie Interesse gezeigt.«

Buffy warf ihr einen Blick zu. »Wie viele Jungs kennst du, die zugeben würden, dass sie an dem Hobby ihrer Großmutter interessiert sind?«

Willow nickte. »Stimmt. Aber wie viele Jungs kennst du, die sich die Chance entgehen lassen würden, Tricks zu lernen, mit denen sie sich eines Tages unsichtbar machen und in die Mädchenumkleide eindringen können?«

Sie schwiegen eine Weile und Buffy meinte: »Denkst du dabei an Xander?«

Willow grinste sie an.

»Mal sehen, was ihr beide auf die Beine stellen könnt«, sagte Buffy. »Vielleicht hat Doña Pilar noch andere Tricks auf Lager, mit denen man Leute findet. Was immer wir tun, wir sollten langsam voran kommen.«

»Dann drück uns die Daumen!«, sagte Willow und ging zurück zu Doña Pilar in die kleine Küche.

Buffy sah Willow nach, wie sie in der Tür verschwand. Sie war nicht hineingebeten worden, aber dafür hatte sie Verständnis. Willow setzte ihre Hexenkünste gern für Buffy ein, aber Buffy hatte nie wirklich Interesse gezeigt, es selbst einmal auszuprobieren. Ihre Methode war einfacher gestrickt: Schlag, Tritt, Holzpflock, Staub.

Also ging sie durch die Hauptküche zurück in das große Esszimmer mit dem dunklen Holztisch, an dem leicht zwei Dutzend Menschen Platz fanden, und dem alten Wandteppich über einem langen Sideboard; von dort aus schritt sie durch die elegante Empfangshalle, wo sie den Haupteingang gleichzeitig mit Elfredo erreichte.

»Oben alles in Ordnung?«, fragte sie lächelnd.

»Keine Klagen«, sagte er.

»Dann finden Sie mich dort«, sagte sie, »falls Sie mich brauchen.«

»Danke.«

Sie stieg die Treppe hoch und bog rechts zu ihrem Zimmer ab.

Als sie sich auf die Kante des massiven antiken Bettes setzte, betrachtete sie das Telefon auf ihrem Nachttisch. Sie musste unbedingt einen Anruf hinter sich bringen. Sie war in Angels Stadt und es bestand die Möglichkeit, dass sie etwas eingeschleppt hatten – etwas, das Menschen wie Walnüsse knackte und ihre Eingeweide fraß. Nun, das war vielleicht übertrieben – soviel sie wusste, war bislang kein Opfer gefressen worden. Allerdings hatte Angel Recht mit seiner Bemerkung gehabt, sie kenne sich in L.A. nicht mehr aus, jedenfalls nicht gut genug. Mit ein bisschen Glück war das, was Salma bedroht hatte, in Sunnydale geblieben und wurde so in L.A. nicht zum Problem. Aber wenn es zum Problem wurde, brauchte sie Angel an ihrer Seite.

Sie nahm den Hörer ab und wählte mit leicht zitternden Fingern die Nummer von Angels Büro. Es klingelte einmal und dann knackte es. Buffys Herz machte einen Sprung.

»Die Nummer, die Sie gewählt haben, hat sich geändert«, erklärte eine Computerstimme. »Bitte wählen Sie ...« Buffy suchte rasch nach Papier und Bleistift; beides lag griffbereit in der obersten Schublade des Nachtschränkchens. »Wie im Hotel«, dachte sie, notierte die genannte Nummer und legte auf.

Irgendwie kam ihr die Nummer bekannt vor. Sie musste sie eine Weile ansehen, bis es Klick machte. Es war Cordelias Nummer! Das war höchst merkwürdig. Angel und Cordelia? Das konnte doch nicht sein ...

Buffy nahm den Hörer erneut ab und wählte Angels Handy-Nummer. Nach ein paar Klingeltönen wurde sie von einer Computerstimme informiert, dass er nicht zu erreichen sei, und legte den Hörer wieder in die Gabel. Traurig sah sie sich in ihrem hübschen Zimmer um. Die Gemälde an den Wänden hätten sich in der Galerie ihrer Mutter großartig gemacht! Und der Teppich war so dick und flauschig, dass man darauf schlafen konnte.

Die de la Natividads besaßen ein großes Haus. In dem viele Menschen lebten.

Buffy fragte sich, warum sie sich trotzdem so einsam dort fühlte.

Keine einfache Frage!

Angel hielt mit quietschenden Reifen vor dem Polizeipräsidium. Greg Preston riss die Beifahrertür auf und kletterte mit aschfahlem Gesicht aus dem Wagen. »Fahren Sie immer so, Angel? Dann sollten Sie meine Karte besser immer griffbereit haben, denn Sie werden mich brauchen, damit ich sie bei Ihren Verkehrsdelikten verteidigen kann.« Der Anwalt strich seinen abgetragenen Anzug glatt und rückte die Krawatte zurecht. Der Kragen und die Manschetten seines ansonsten sauberen, weißen Hemdes waren durchgescheuert.

Angel warf ihm ein trockenes Lächeln zu, erwiderte aber nichts. Preston wischte sich den Schweiß von der Stirn und ging voraus.

Angel wollte Rojelio Flores noch einmal sehen, weil er nun eine genauere Vorstellung von dem hatte, was hier vor sich ging. Wenn Flores über telekinetische Fähigkeiten verfügte, musste er davon erfahren, damit er sie besser kontrollieren konnte, solange er im Gefängnis saß. Angel wollte versuchen zu beweisen, dass er den Mord nicht begangen hatte, dessen er bezichtigt wurde – und das konnte er nur, wenn der Mann seine U-Haft auch überlebte. Und wenn seine Fähigkeit, Gegenstände zu bewegen, so außer Kontrolle geriet wie bei Carlos, dann war das stark zu bezweifeln.

Also hatte Angel Preston in seinem Büro abgeholt, um erneut außerhalb der normalen Besuchszeiten das Gefängnis betreten zu können. Von unterwegs hatte er bei Cordelia angerufen, die ihn kurz über die Bibliotheksgeschichte informiert und dabei betont hatte, dass noch kein akuter Handlungsbedarf bestand. Der Flores-Fall jedoch war gewissermaßen mega-dringlich. Froh darüber, dass Cordy und Wesley keine schwierigeren Probleme hatten, schaltete Angel sein Handy aus, als er mit Preston das Gefängnis betrat.

Schon beim Hereinkommen spürte er förmlich, dass etwas in der Luft lag. Er watete förmlich durch die Spannung, die sich in den Korridoren ausbreitete. Der Beamte, bei dem sie sich anmeldeten und der sich beim letzten Mal noch äußerst geschwätzig gezeigt hatte, sprach kaum zwei Worte und presste die Lippen aufeinander. Die Ader an seiner Schläfe pochte. Er hielt den Stift in seiner Hand so fest, dass die Knöchel weiß hervortraten.

Ein anderer Wärter führte sie in den Besucherraum. Hektisch sah er sich immer wieder um, als erwarte er jeden Moment einen Angriff. Sein Kollege war geschickt worden, Rojelio Flores zu holen.

Als sie mehr oder weniger allein waren, wandte sich Preston an Angel. »Was ist denn heute los hier?«, flüsterte er. »Die sind ja alle so nervös wie meine Katze, wenn 'ne Fliege im Raum ist.«

Angel gab keine Antwort. Die Spannung kroch ihm in die Nase wie ein schlechter Geruch. Die Luft knisterte. Auf seiner Zunge hatte er den Geschmack von Kupfer, der ihn für einen Augenblick an seine bösen Zeiten erinnerte, als er aus reiner Lust am Töten gejagt und Blut getrunken hatte. Menschenblut.

Diese Erinnerung vermochte er zwar abzuschütteln, nicht aber das Gefühl der Vorahnung. Eine Katastrophe kündigte sich an. Im Gefängnis war an diesem Tag definitiv etwas nicht in Ordnung. Angel musste regelrecht gegen den Wunsch ankämpfen, schnell wieder zu verschwinden. Er musste mit Flores reden, und vielleicht war es ihm doch noch möglich, etwas abzuwenden, was aus dem Ruder zu laufen drohte.

Aber er kam zu spät.

Zu dieser abendlichen Stunde saßen viele Insassen in den Aufenthaltsräumen. Sie spielten Karten, diskutierten über Fernsehsendungen oder waren in Bücher vertieft. Andere waren noch mit ihrem Abendessen beschäftigt. Niemand hatte es besonders eilig, zurück in die Zelle zu gehen, aber sie wussten alle, dass es bald so weit war.

Den Leuten, die hier in Untersuchungshaft saßen, wurden die unterschiedlichsten Verbrechen zur Last gelegt, die meisten hatten aber ihren Prozess noch vor sich. Nur ein kleiner Prozentsatz von ihnen war bereits verurteilt worden und saß seine kurze Haftstrafe dort ab, statt mit einem aufwendigen Transport in ein richtiges Gefängnis überführt zu werden. Daher waren die Sicherheitsvorkehrungen streng, aber nicht so streng, wie es die Insassen nach ihrer Verurteilung andernorts erleben würden.

Rojelio Flores saß im Aufenthaltsraum und blätterte in einem Buch, das Isabel ihm geschickt hatte. Aber er konnte sich nicht darauf konzentrieren. Er biss die Zähne zusammen, massierte sich den Nacken und versuchte, sich zu entspannen.

Im Fernsehen war gerade eine Frau bemüht, Millionärin zu werden, indem sie eine Reihe Fragen beantwortete, die lediglich bewiesen, dass sie, was das Triviale anging, über ein großes Allgemeinwissen verfügte.

Rojelio schaute eine Weile auf den Bildschirm, dann wanderte sein Blick wieder auf das Buch in seinen Händen.

In diesem Augenblick riss das Fernsehgerät – das in einem massiven Kasten mit dicker Scheibe an der Wand festgeschraubt war – von selbst aus seiner Verankerung. Das Gerät brach mitsamt dem Kasten aus der Wand, als würde es von einer ungeheuren Kraft gezogen, und landete zwischen zwei Reihen Plastikstühlen auf dem Boden. Beim Aufprall explodierte das Fernsehgerät, und Glassplitter flogen durch die Luft. Einige der Inhaftierten wurden verletzt, und noch mehr bekamen bei dem plötzlich einsetzenden Ansturm auf die Tür von ihren Mithäftlingen etwas ab.

Rojelio wich schockiert zurück und wurde in den Strudel aus zu Tode erschreckten und wütenden Männern gezogen. Die Wut und die panische Angst um ihn herum waren für ihn an sich schon erschütternd, dazu kam noch das Trauma, für ein Verbrechen einzusitzen, das er nicht begangen hatte. Es war alles zu viel für ihn. Er fing an zu zittern und ihm kam die Galle hoch. Schwarze Punkte tanzten vor seinen Augen und seine Beine gaben unter ihm nach.

»Ich darf nicht umfallen«, dachte er. »Wenn ich zusammenklappe, werde ich niedergetrampelt.«

Mit einem Gefühl der Verzweiflung dachte er an seine Frau und seinen Sohn und bat Gott, er möge ihn verschonen, und sei es nur um seiner Familie willen.

Sunnydale

Alle wussten, dass es das reinste Selbstmordkommando war.

Es gab nur eine Möglichkeit, Del DeSola einzuschüchtern. Der Mann hatte keine Familie. Und er hatte keine Angestellten, die er besonders zu schätzen schien.

Er liebte Öl und alles, was er sich damit kaufen konnte.

Um zu Del DeSola durchzudringen, musste man ihn dort treffen, wo es ihm am meisten wehtat.

Er besaß ein paar Ölfelder draußen vor Sunnydale. Unermüdlich wie die Strandläufer, die im Sand nach Würmern suchen, förderten die Pumpen in den Bohrtürmen tagtäglich das schwarze Gold zu Tage. Schwer hing der Geruch von Rohöl in der Luft, die sich schmierig anfühlte.

Die Cobras waren in zwei schwarzen SUVs und einem braunen Cadillac Eldorado mit weißen Zierleisten angerückt.

Nicky de la Natividad stieg aus dem Cad. Die anderen sahen ihn an, als wäre er verrückt. Er war bemalt wie ein Indianer auf dem Kriegspfad: Er hatte Linien im Gesicht und auf der nackten Brust. Er trug schwarze Baggy-Jeans, aber keine Schuhe. An einer Lederschnur baumelte eine goldene Scheibe auf seiner Brust.

Er hatte während der ganzen Fahrt kein einziges Wort gesprochen.

Die anderen jedoch waren laut und ausgelassen gewesen. Es war eine große Nacht; eine Nacht von weit reichender Bedeutung für sie alle. Sie waren aufgeregt, nervös, angespannt, glücklich. Sie lachten und witzelten und tauschten Sticheleien und Seitenhiebe.

Nicky saß einfach nur da und blickte geradeaus. Er war mit seinen Gedanken schon woanders.

Das Ölfeld, eine staubige Ebene von mehreren Morgen Land, war von einem hohen Maschendrahtzaun umgeben. An dem Zaun wuchs hohes Gras, aus dem einige größere Pflanzen hervorragten, die sich bei Licht betrachtet als Sonnenblumen zu erkennen geben würden – falls sie bei Morgengrauen überhaupt noch da standen. Es gab keine ständigen Wachposten, nur eine Patrouille, die alle paar Stunden in unregelmäßigen Abständen vorbeikam. Hier gab es nichts, was irgendjemand stehlen wollte.

Aber zum Stehlen waren die Cobras auch nicht gekommen.

Los Angeles

Einer der Insassen, ein Mann namens Arthur Berndes, griff sich mit der Hand an den Hals, wo ihn eine lange Glasscherbe verletzt hatte. Blut lief zwischen seinen Fingern hindurch. Er beugte sich vor und hob die Glasscherbe vom Boden auf. Interessiert betrachtete er sie. Die Scherbe war an einem Ende fünf Zentimeter breit und hatte am anderen Ende eine richtige Spitze. Er stach damit in seinen Ärmel und trennte ein Stück Stoff ab, das er ein paarmal um das breite Ende wickelte.

Als der Fernseher zu Boden gekracht war, kamen sofort die Wachmänner in den Aufenthaltsraum gerast. Sie scheuchten alle zur Seite und brachten Besen und Mülltonne, um das Durcheinander zu beseitigen. Sie schienen wohl zu ahnen, dass keiner der Insassen dies verursacht haben konnte; jedenfalls vermieden sie, genauer nachzufragen, was geschehen war.

Arthur Berndes saß im Grunde genommen im Gefängnis, weil er ein waghalsiger Autofahrer war. Er handelte sich Strafzettel um Strafzettel ein. Geschwindigkeitsübertretung, rücksichtslose Fahrweise, Gefährdung anderer Verkehrsteilnehmer. Er steckte die Strafzettel in sein Handschuhfach und vergaß sie. Als er wieder einmal angehalten wurde, weil er von der linken Fahrspur nach rechts abgebogen war und den Autos auf zwei Fahrspuren den Weg abgeschnitten und einigen Blechschaden verursacht hatte, ließ der Polizist, der ihn anhielt, seinen Führerschein überprüfen, entdeckte die lange Liste nicht bezahlter Strafzettel und nahm ihn auf der Stelle fest.

Nun saß er bereits seit drei Tagen ein. In dieser Zeit hatte er nicht mehr als dreißig Minuten geschlafen. Er hatte kaum etwas gegessen. Er war verängstigt, erschöpft und hungrig. In der schlafsaalähnlichen Zelle, die er mit sechzehn anderen Männern teilte, hatten sich Gegenstände von allein bewegt. Arthur Berndes, dessen Verfolgungswahn bereits ans Psychotische grenzte, war überzeugt, er allein sei das Ziel dieser merkwürdigen Vorkommnisse.

Arthur wollte raus.

Auch bei den anderen hatten die bizarren Phänomene diesen Wunsch geweckt. Niemand aß oder schlief mehr richtig. Alle waren angespannt, nervös und kurz davor zu explodieren, wie die Bildröhre des Fernsehers beim Aufprall auf dem Betonboden.

Arthur trat dicht neben einen Wächter, der mit einer Kehrschaufel Glassplitter und Plastikteile zusammenschob, und bohrte dem Mann das spitze Ende seines gläsernen Messers in die Rippen.

Der Wärter schrie auf.

Die anderen vier Wachmänner im Raum zogen ihre Waffen.

Jemand warf einen Stuhl.

Die Insassen begannen, die Wärter anzugreifen, bewaffneten sich mit Möbeln und Glasscherben oder nahmen einfach ihre Fäuste und Füße zu Hilfe.

Zwei Schüsse wurden abgefeuert, die in dem Geschrei und Getöse fast untergingen. Ein Insasse stürzte zu Boden.

Dann wurden die Wärter überwältigt und man nahm ihnen die Pistolen ab. Nun waren die Gefangenen bewaffnet.

Im ganzen Gebäude heulten die Alarmsirenen.

12.

Angel und Preston befanden sich plötzlich allein im Besucherraum.

Sämtliche Cops in Sichtweite zogen die Waffen und rannten in Richtung der Zellenblocks. Nur einer blieb da und überwachte die elektronisch gesicherten Türen. Er machte einen reichlich nervösen Eindruck.

»Was ist denn jetzt los?«, fragte Preston.

»Ein Ausbruchsversuch«, mutmaßte Angel. »Vielleicht eine Meuterei.«

»Was machen wir dann hier?«

Angel nickte in Richtung des Zellentraktes. »Wären Sie lieber da drin?«

Preston sah sich um. Nur ein Cop war in der Nähe, keine Insassen, also bestand keine unmittelbare Gefahr. »Ich vermute, hier ist es genauso gut wie anderswo auch.«

»Dann bleiben Sie hier«, sagte Angel. »Ich muss zu Flores.«

»Angel, Sie können doch nicht ...«

Aber Angel war schon aus der Tür.

Nur ein Wärter war in Sicht, und der war vollauf mit der elektronischen Schließanlage beschäftigt. Er musste verhindern, dass jemand aus dem Gefängnis floh, andererseits hatte er aber auch dafür Sorge zu tragen, dass die Türen offen gehalten wurden, damit die Kollegen vordringen konnten.

Sechshundert Beamte arbeiteten im Polizeipräsidium. Als sich rumgesprochen hatte, dass im Gefängnis der Aufstand tobte, bewaffneten sich viele der diensthabenden Polizisten, zogen ihre kugelsicheren Westen und Schutzhelme über und gingen los, um für Ordnung zu sorgen.

Angel folgte ihnen. Unterwegs sah er in einer Wachstube eine LAPD-Windjacke an einem Haken hängen. Er schnappte sie sich und zog »verkleidet« weiter.

Flores war der Schlüssel zu dieser Geschichte, davon war Angel überzeugt. Mit seinen telekinetischen Fähigkeiten hatte er alle in den Wahnsinn getrieben. Aber das machte die Sache nur noch schlimmer, und wenn der Aufruhr weiter eskalierte, standen die Chancen, dass der Mann die Nacht überlebte, mehr als schlecht.

Angel hatte Angst, jemand könne Rojelio Flores als den Verursacher der ganzen Aufregung ausfindig machen. Irgendjemandem musste früher oder später auffallen, dass die Gegenstände nur verrückt spielten, wenn er in Reichweite war. Jemand würde schließlich auf die Idee kommen, dass man dem Spuk nur ein Ende setzen konnte, indem man Flores aus dem Verkehr zog.

Dazu musste er allerdings erst einmal die Maßnahmen der Polizisten überleben, die eingeleitet wurden, um den Aufruhr zu stoppen. Angel befürchtete, Flores steckte irgendwo mittendrin und würde sich so in direkter Schusslinie befinden.

Er hatte Isabel und Carlos Flores versprochen, Rojelio zu helfen.

Um das zu tun, musste er dafür sorgen, dass der Mann am Leben blieb.

Im Zellentrakt ging alles sehr schnell.

Die frisch bewaffneten Insassen nahmen die Wärter im Aufenthaltsraum als Geiseln. Einige begannen sofort damit, eine Liste von Forderungen zu erstellen, die zu ihrer Freilassung erfüllt werden sollten. Andere zogen los, um ihre Mithäftlinge zu befreien. Sie waren bewaffnet, und einer nahm zur Sicherheit einen gefesselten Wärter mit.

Unterwegs legten sie Feuer in den Mülleimern.

Sie strömten in eine Wachstube, leerten den Inhalt der Aktenschränke und Schreibtische auf dem Boden aus und zündeten das Papier an.

Rauch drang in die Korridore.

Die unter der Decke montierte Sprinkleranlage schaltete sich ein und löschte einen Teil des Feuers, durchnässte allerdings alle, die sich im Gebäude aufhielten.

Das allgegenwärtige Sirenengeheul war ohrenbetäubend.

Auch die Insassen, die sich nicht an dem Aufstand beteiligen wollten, reagierten zunehmend panisch, der Sicht beraubt, nass und verwirrt von dem Radau, wie sie waren.

In der Wachstube hatten sich die Insassen noch mit weiteren Waffen und anderen nützlichen Dingen ausgerüstet.

Niemand von ihnen hätte erklären können, warum sie überhaupt den Aufstand probten. Die Bedingungen in der U-Haft waren nicht so schlecht wie in den Staatsgefängnissen. Die Einschränkungen, denen sich die Gefangenen in der U-Haft ausgesetzt sahen, waren nur minimal. Das Präsidium war kein Vergleich zu San Quentin. In dem neuen modernen Gebäude gab es nur minimale Restriktionen für die Insassen. Die tagelange Angst und Spannung, unter der sie gelitten hatten, schwappte einfach in Wahnsinn über. Massenhysterie.

Und einmal in Gang gebracht, war sie nicht so leicht zu stoppen.

Angel drängte sich durch eine schwere Glastür. Hoffentlich bemerkte niemand, dass er keine Waffe trug. Er hatte nicht vor, jemanden zu töten; er wollte lediglich Rojelio Flores in Sicherheit bringen.

Einige Wachmänner mit Helmen kamen durch den verqualmten Korridor auf ihn zu. Der beißende Rauch konnte Angels Augen nichts anhaben, und er sah die Männer ziemlich deutlich. Die grimmige Entschlossenheit stand ihnen ins Gesicht geschrieben. Angel konnte ihre Angst und Wut riechen. Rasch verschwand er in einer Tür, um sie vorbei zu lassen.

Von seinem Versteck aus beobachtete er die Beamten. Sie waren bewaffnet und trugen kugelsichere Westen über ihren Uniformen.

Aber als sie an ihm vorbeiliefen, fiel Angel auf, dass ihre Uniformen blau waren.

Das waren gar keine Cops, sondern verkleidete Insassen!

Und sie waren in Richtung des Besucherraums unterwegs, in dem Greg Preston wartete.

Angel war hin- und hergerissen. Er musste zu Flores, wenn er ihn lebendig hier rausholen wollte.

Aber er hatte Preston in dieses Gefängnis geschleppt und ihn allein und schutzlos zurückgelassen. Ihn der Gefahr ausgesetzt.

Flores oder Preston?

Angel traf seine Entscheidung und rannte los.

Sunnydale

Nicky spähte durch den Zaun auf die Fördertürme, in denen sich die Pumpen im Mondschein auf- und abbewegten. Einen Augenblick lang zögerte er. Was, wenn es nicht funktionierte? Was, wenn etwas schief ging? Aber dann dachte er an den Talisman, die Brandwunde, die fast völlig verschwunden war und die heiße Flüssigkeit, die er geschluckt hatte wie Eiswasser, und beruhigte sich wieder.

Alles, was er wissen musste, hatte er in einem alten Buch gefunden, das er unter dem doppelten Boden eines Schrankkoffers auf dem Speicher im Haus seiner Eltern entdeckt hatte. Seine *abuelita* Doña Pilar hatte ihm und Salma einmal erzählt, sie habe den Koffer von ihrer Mutter bekommen. Offenbar hatte sie nie den doppelten Boden bemerkt und wusste nicht, dass ihre Mutter zahlreiche alte Beschwörungsformeln, die auf die Azteken zurückgingen, in diesem Buch zusammengetragen hatte ... darunter auch die, die Nicky verwendet hatte.

Und nun begann Nickys Nacht der langen Messer. Er war unverwundbar.

Die Jungs kamen zu ihm herüber. Enrique, Paco, Dom, Jose und Luis und Mace, Shotgun und Little King, Jorge und CG. Alle sprachen ein, zwei Worte, gaben ihm einen Klaps auf die Wange oder boxten ihn auf den Arm. Dann die Ladys, Luisa zuerst, dann Cissy und Sally und DeeCee. Sie umarmten ihn und küssten seine bemalten Wangen. Er wusste, sie sagten ihm Lebewohl.

»Keine Sorge«, versicherte er ein Dutzend Mal. »Keine Sorge, Leute. Alles in Ordnung, alles cool. Das ist meine Nacht, wisst ihr? Entspannt euch!«

Schließlich kam Rosalie zu ihm. Sie küsste ihn auf die Wangen, dann auf den Mund und hielt seine Hand fest.

»Das musst du nicht tun«, sagte sie.

»Doch, muss ich.«

»Du bist neu, Nicky. Natürlich musst du dir noch einen Namen machen, aber nicht unbedingt auf diese Art.«

»Ich sagte doch schon, ich tu's.«

»Das ist ganz egal. Keiner würde dich einen Feigling schimpfen, wenn du jetzt noch aussteigst. Wirklich keiner!«

»Aber ich würde mir wie ein Feigling vorkommen, Rosalie«, sagte Nicky. Er befreite seine Hand aus ihrem Griff und wies mit dem Daumen auf sich. »Ich mache es. Keine Sorge, es wird schon alles gut gehen.«

»Ich glaube, ich fange an, dich zu mögen, Nicky«, sagte sie lächelnd. »Vermassel das nicht, indem du stirbst!«

»Niemals!«, entgegnete er. »Auf keinen Fall.«

Sie gab ihm noch einmal einen Kuss, den er gierig erwiderte. Sie nahm eine ihrer langen Halsketten ab und reichte sie ihm. Ein großes Goldkreuz baumelte an der geflochtenen Goldkette.

»Sie soll dir Glück bringen«, sagte sie. »Gib sie mir zurück, wenn du es erledigt hast, okay?«

»*Gracias, mi amor*«, sagte er und legte sich die Kette um den Hals. Erneut küsste Rosalie ihn leidenschaftlich. Dann löste sie sich von ihm, drehte sich um und ging zu Enriques Wagen, ohne sich noch einmal umzuschauen.

Nicky schlüpfte durch den Zaun.

Little King hatte mit dem Bolzenschneider einen Schlitz für ihn gemacht. Als er sich durch den dicken Draht schob, riss er sich an einem abgeknipsten Ende die Haut an der Schulter auf. Es blutete.

Nicky sah das Blut und wurde nervös.

»Das soll aber nicht sein«, dachte er.

Er wollte sich schon umdrehen und das Gelände wieder verlassen. »Das ist es nicht wert«, dachte er. »All das, und wozu? Um irgendeinem reichen *cabron* eine Botschaft zu schicken?«

In diesem Augenblick trocknete das Blut jedoch, und die Wunde schloss sich. Nach einer kleinen Weile war sie völlig verschwunden. Keine Spur mehr von einer Verletzung.

Nicky warf einen letzten Blick auf seine Freunde, seine Familie, auf der anderen Seite des Zaunes. Einige gingen schon zu den Autos zurück. Sie durften nicht in der Nähe sein, wenn das Ding hochging. Sie würden später wiederkommen, um sich das Ergebnis anzusehen.

Nicky sammelte die Ausrüstung ein, die man ihm durch den Zaun gereicht hatte, und marschierte auf den nächstgelegenen Bohrturm zu.

Nachdem die Autos verschwunden waren, herrschte Stille. Nur das gleichmäßige Pumpgeräusch der Maschinen, der entfernte Gesang der Nachtvögel und das Zirpen der Grillen auf den Feldern war zu hören. Nicky ignorierte all das und machte sich an die Arbeit.

Am Fuß des ersten Bohrturms setzte er die Sporttasche ab und holte vier lange Stangen aus einem weißen kittähnlichen Material heraus, die in olivefarbenes Packpapier gewickelt waren. Er knetete und drückte den C-4 Plastiksprengstoff aus Armeebeständen um den Fuß des Bohrturms, legte die Zündschnur zehn Meter weit aus und ließ das Ende auf dem Boden liegen. Dann ging er an ein paar Bohrtürmen vorbei und blieb an dem stehen, den er sich zuvor ausgeguckt hatte. Dom hatte Sprengstoff für fünf Bohrtürme besorgt und Nicky hoffte, das genügte.

Alles an dieser Operation war auf Effektivität ausgerichtet. Er wählte rasch die fünf Bohrtürme aus und bestimmte den schnellsten Weg, sie nacheinander zu erreichen. Dazu brauchte er etwas mehr als eine Stunde. Nicky arbeitete ruhig und mit großer Sorgfalt und achtete darauf, dass der Sprengstoff ganz fest saß. C-4 konnte man ohne große Gefahr anfassen und kneten, solange man nicht zu grob damit umging. Es war nicht leicht zur Explosion zu bringen, eine offene Flamme reichte dazu nicht aus. Darauf herumzutrampeln ließ man jedoch besser bleiben.

Als er den Sprengstoff überall befestigt hatte, nahm er eine Rolle Zündschnur und zog sie über das ganze Feld. An dieser Schnur befestigte er die fünf kürzeren Schnüre, deren Enden mit Sprengkapseln versehen in dem C-4 steckten. An das Ende der Hauptleitung schloss er die Zündmaschine mit der Batterie an.

Nicky sorgte sich viel weniger um seine eigene Sicherheit als darum, unbeabsichtigt die Sprengung auszulösen, bevor alles bereit war.

Nachdem er eine Stunde gearbeitet hatte, geriet er trotz der nächtlichen Kühle ins Schwitzen. Er betrachtete die Zündschnüre, die im Mondlicht wie Spinnweben glänzten.

Dabei hatte er kein besonderes Gefühl. Er wollte nur einen richtig großen Knall. Er wollte Del DeSola begreiflich machen, dass es nicht gut war, die Cobras zu enttäuschen. Er dachte wirklich nicht über die Tatsache nach, dass hier Menschenleben auf dem Spiel standen. Nur kurz kam ihm in den Sinn, dass Feuerwehrleute, die zu dem Brand ausrücken würden, verletzt werden könnten. Aber diesen Gedanken wischte er rasch fort. Jeder, der auf ein brennendes Ölfeld ging, um ein Feuer zu bekämpfen, hatte seiner Meinung nach nichts anderes verdient. Die Cobras gaben hier ein Statement ab.

Er sah sich ein letztes Mal um. Niemand beobachtete ihn. Niemand war in der Nähe, aber die Wachpatrouille konnte jederzeit auftauchen.

Er schloss die Batterie an die Zündmaschine an und betätigte den Auslöser.

In Sekundenschnelle explodierten die PETN-Sprengkapseln.

Fast gleichzeitig flogen die fünf Bohrtürme in die Luft.

Der Lärm war ohrenbetäubend.

Ein greller weißer Blitz schoss in den Himmel.

Nickys Hose entzündete sich und schmolz dahin. Im gleichen Augenblick verbrannten alle Haare auf seinem Körper.

Die Bohrlöcher fingen Feuer und stießen riesige Flammen in den Nachthimmel, und Nicky schritt durch den Funkenregen, als bewundere er das Feuerwerk am vierten Juli. Es war taghell auf dem Gelände. Nicky spürte die heißen Flammen dicht auf seinem Gesicht. Aber weder schlug sein Fleisch Blasen oder pellte sich, noch kochte und verdampfte sein Blut, wie es eigentlich hätte geschehen müssen.

Es war Nickys Nacht der langen Messer.

Brennende Ascheklumpen flogen durch die Luft und streiften ihn.

Und Nicky schritt ganz ruhig und gelassen durch das flammende Inferno.

Los Angeles

Angel hatte keine andere Wahl.

Greg Preston war noch am Leben – und in Schwierigkeiten, in die er ihn gebracht hatte.

Er drehte sich um und folgte den bewaffneten Gefangenen. Wenn sie in Richtung Ausgang wollten, mussten sie direkt an Preston und dem Wachmann vorbei, der vor dem Besucherraum stand. Vielleicht nahmen sie an, Preston ließe sich von ihren gestohlenen Helmen und Jacken täuschen.

Vielleicht aber auch nicht.

Im Innern des verglasten Besucherraums stand Preston mit dem Rücken zur Wand. Vor ihm hatten sich vier Insassen aufgebaut, von denen einer mit der Waffe auf seinen Bauch zielte. Angel sprang mit einem Riesensatz durch die Tür – nicht weil sie verschlossen war, sondern weil er einen spektakulären Auftritt brauchte. Und es funktionierte. Drei der vier Gefangenen wirbelten herum und einer zog seine Pistole.

Angel ging auf sie los und der Gefangene drückte ab. Eine

Kugel konnte Angel nicht töten, aber sie konnte ihn bremsen. Also sprang er hoch in die Luft und der Schuß traf die Scheiben hinter ihm, die klirrend zersprangen.

Mit einer Drehung im Flug landete er dicht vor den Insassen. Er riss dem, der auf ihn geschossen hatte, die Waffe aus der Hand und schleuderte sie quer durch den Raum. Dann verpasste er dem Typen zwei Tritte in Brust und Kopf. Er ging wie ein nasser Sack zu Boden.

Ein anderer zog seine Waffe, und Angel stürzte sich auf ihn und verpasste ihm einen schnellen rechten Haken. Der Mann klappte keuchend zusammen. Angel sprang über ihn hinweg und nahm Kurs auf den, der Preston immer noch mit der Pistole bedrohte. Er sah, wie der Finger des Mannes sich um den Abzug krümmte, und schlug ihm mit der Hand auf die Schulter.

Aber da trat der vierte Mann von hinten an Angel heran und hielt ihm seine Pistole an den Kopf.

»Es ist vorbei«, murmelte er.

»Angel ...«, setzte Preston an.

Angel drehte sich zu dem Mann mit der Pistole um – so weit es der Lauf der Waffe gestattete – und verwandelte sich. Sein Gesicht nahm vampirische Züge an.

Nur der Mann und Preston konnten es sehen, und Preston kannte den Anblick bereits.

»Für dich ist es vorbei«, entgegnete Angel und sah die Angst in den Augen des Mannes. Unvermittelt schlug er ihm die Waffe aus der Hand. Der Insasse wich mit verzerrtem Gesicht zurück und hob verteidigend die Hände. »Ich ... Ich wollte nicht ...«, schluchzte er.

»Hau ab!«, befahl ihm Angel. Der Mann drehte sich um und lief weg.

»Angel ...«

Angel nahm wieder menschliche Gestalt an und wandte sich Preston zu, dem der andere Gefangene immer noch die Waffe vor den Bauch hielt. Er hatte sich ein wenig gedreht, um Preston und Angel gleichzeitig im Visier zu haben.

»Noch einen Schritt und Tubby ist tot«, drohte er.

»Wenn du ihn erschießen willst, warum hast du es nicht schon längst getan?«, fragte Angel.

»Ich will eine Geisel«, entgegnete der Insasse. »Er schien dafür sehr geeignet.«

»Wie wäre es mit mir?«

»Einer reicht mir schon«, entgegnete der Typ. »Du machst zu viel Ärger. Der Tubby hier ist nett und leicht zu handhaben.«

»Unterschätz ihn nicht«, sagte Angel. »Das ist kein Fett, alles nur Muskeln.«

Der Insasse piekste mit dem Gewehrlauf in Prestons weichen Bauch. »Glaube ich nicht«, entgegnete er.

Angel drehte sich um und betrachtete die beiden Häftlinge, die immer noch auf dem Boden lagen.

»Tut mir Leid wegen deinen Freunden«, sagte er.

»Die brauche ich nicht«, entgegnete der Gefangene und sah Angel unverwandt an.

»Jeder braucht Freunde.«

»Hör mal«, sagte der Gefangene wütend. »Halt einfach die Klappe! Tubby und ich, wir gehen jetzt, aber wenn ich noch ein Wort von dir höre, erschieße ich ihn einfach.«

Angel trat mit erhobenen Händen einen Schritt zurück, als wolle er sich ergeben. Er sagte nichts.

»Angel, das können Sie doch nicht zulassen«, flehte Preston mit vor Angst zitternder Stimme.

Aber Angel fuhr sich nur mit den Fingern über die Lippen, als schließe er einen Reißverschluss, und wich noch einen Schritt zurück.

»Gehen wir, Tubby!«, sagte der Gefangene. Er nickte mit dem Kopf Richtung Tür und ließ Preston mit dem Gewehrlauf genug Spielraum, damit er sich bewegen konnte.

In diesem Augenblick trat Angel in Aktion. Er angelte mit dem Fuß nach einem Plastikstuhl und schleuderte ihn auf den Mann. Der Typ drückte ab, aber die Kugel zerfetzte lediglich den Stuhl, und seine Waffe verhakte sich in dem Metallrahmen des Stuhls. Angel stürzte sich auf ihn und ging mit ihm zu Boden.

Er verpasste ihm drei schwere Schläge. Als der Vampir sich wieder erhob, blieb der Mann liegen.

Preston starrte ihn mit offenem Mund an. Er zitterte.

»Danke, Angel«, sagte er. »Wo haben Sie so zu kämpfen gelernt?«

»Man schnappt hier und da etwas auf«, antwortete Angel leichthin.

Preston beschloss, lieber nicht nachzuhaken.

»Verschwinden Sie von hier!«, befahl ihm Angel. »Draußen wird es vor Polizisten nur so wimmeln. Gehen Sie raus! Ich muss mich um Flores kümmern.«

Preston nickte. »Seien Sie vorsichtig, Angel. Hier herrscht ein tödliches Klima.«

Aber Angel war schon wieder unterwegs in den Gefängnistrakt.

Sunnydale

»Guckt euch mal das Feuer an!«, rief Enrique. Er war mit seinem Jeep so dicht herangefahren wie eben möglich. Rosalie saß auf dem Beifahrersitz. Ihr Gesicht glänzte im Schein des Flammenmeeres. Nervös kaute sie auf ihrer Unterlippe.

»Das kann er unmöglich überleben«, sagte sie.

»Er hat doch gesagt, er kann es. Er hat einen Trick.«

»Und was für ein Trick soll das sein, der ihn vor dem Verbrennen schützt?«, fragte sie. »Ich hoffe, es ist die Sache wert, denn Nicky ist ein toter Mann.«

»Ist es«, versicherte ihr Enrique. »DeSola wird die Latin Cobras nie wieder vergessen.«

Ein brennendes Trümmerteil schoss in den Himmel und knallte mit einem Funkenregen direkt vor dem Wagen auf die Erde. Enrique startete den Motor. »Wir müssen hier weg!«

»Nein, warte!« Rosalie griff nach seinem Arm, aber er machte sich los.

»Worauf denn?«

Als Rosalie nicht antwortete, sah er zu ihr hinüber. Sie zeigte von Ehrfurcht ergriffen auf den Zaun.

Die Feuersbrunst war so hell, dass man kaum hinsehen konnte.

Aber als Enrique mit zusammengekniffenen Augen in die Flammen spähte, sah er plötzlich, wie sich eine dunkle Gestalt davor abzeichnete.

Es war schwer zu sagen, auf welcher Seite des Zauns sie sich befand. Enrique beobachtete gespannt, wie sie beim Näherkommen immer deutlicher wurde und immer mehr Form annahm.

Er war nackt und mit Dreck und Ruß beschmiert.

Rosalies Kreuz baumelte an seinem Hals.

Ein breites Grinsen zog sich über sein Gesicht.

Es war Nicky.

13.

Sunnydale

Als eine Explosion den Wohnwagen erschütterte, sah Spike von dem Frauenhals auf, an dem er gerade saugte und rief: »Verdammt, was war das denn?«

»Ist doch egal! Irgendwas Menschliches«, sagte das Objekt seines Vorspiels. »Mach weiter, Süßer! Du bringst mich aus dem Takt.«

Mit rasiermesserscharfen Acrylnägeln schob Spikes Geliebte seinen Mund wieder an ihren makellosen weißen Hals. Die Laken waren blutverschmiert; mehr war von ihrem leckeren Snack nicht übrig geblieben ... abgesehen von der Leiche, die sie unters Bett geschoben hatten. Der Mann hatte den Fehler gemacht, ihr an der Tür etwas verkaufen zu wollen. Eine Lexikonreihe oder so, vermutete Spike. Aber Cheryce wusste mit Vertretern nicht viel anzufangen, außer sie als Snacks zu verwenden. Sie hatten das Blut – Spike beschränkte sich dabei auf Blut aus der Metzgerei – mit einem Sixpack *Coors-Longnecks* hinuntergespült. Cheryce liebte diese Bierflaschen mit den langen Hälsen.

Sie war einsachtzig groß und alles andere als ein zartes Pflänzchen. Sie war eine Vampirin. In ihrem früheren Leben hatte sie in Las Vegas als Showgirl gearbeitet, und Spike hatte sich die ganze Geschichte, wie sie als Vampirin dazu gekommen war, im *Sunnydale Mobile Home Park* zu wohnen, nicht merken können. Es genügte zu wissen, dass ein böser Mann und ein noch viel böserer Vampir damit zu tun gehabt hatten; und nun war sie hier, und sie liebte seinen englischen Akzent.

Und wenn Spike der Meinung gewesen war, Dru, die große Liebe seiner vampirischen Existenz, habe eine abartige Veranlagung gehabt, so musste er nun zugeben, die tatsächliche Bedeutung des Wortes »abartig« bislang gar nicht ausreichend erfasst zu haben.

Ketten, Peitschen, Handschellen, Rasierklingen – das gehörte alles noch zur klassischen Ausrüstung, aber es war erstaunlich, wie viel anderen Kram dieser Ausbund an Verderbtheit in seinem fahrbaren Zuhause verstaut hatte. Spike kam sich vor wie beim Besuch des Kerkermuseums unter den Docks zu Hause in London. Apropos – Cheryce sparte für eine Folterbank mit demselben Eifer wie andere Frauen auf eine neue Essecke. Sie brütete leidenschaftlich gern über den Katalogen. Mahagoni, Teak oder doch lieber ein Modell aus Stahl?

Spike saugte weiter, aber die Explosion hatte ihn aus dem Konzept gebracht. Ein schwarzes Samtgemälde von Elvis als Vampir lächelte Spike an, als der untote Brite immer noch lauschend den Kopf hob. Neben Elvis hing Cheryces gerahmtes Abschlussdiplom in Mikrobiologie von der *Southern Methodist University*. Sie hatte ursprünglich, wie sie sagte, Medizin studieren wollen, doch das akademische Leben war wohl eher doch nicht nach ihrem Geschmack gewesen.

Und daher rührte auch Spikes Interesse für sie.

Sicher, auch er genoss ihre Spielchen. Ein bisschen Vergnügen konnte nie schaden, und er hatte grundsätzlich nichts dagegen einzuwenden. Aber was als banale körperliche Erleichterung begonnen hatte, entwickelte sich alsbald zu einem Streben nach Erleichterung ganz anderer Art.

Denn in einem der Gespräche, das manche Leute – und da machten Vampire keine Ausnahme – sich nach einem Schäferstündchen zu führen befleißigt fühlten, hatte Cheryce einen ihrer Professoren erwähnt. Einen gewissen Dr. Lionel Woodring. Und Spike hatte einmal mitbekommen, wie Maggie Walsh seinerzeit in der Initiative jemanden namens Lionel Woodring erwähnte. Sie hatte als Forschungsstipendiatin bei ihm gearbeitet.

Wenn Cheryce Kontakt zu Woodring aufnehmen konnte und Woodring Walsh unterrichtet hatte, dann bestand die Möglichkeit, dass Woodring Spike helfen konnte, den verdammten Chip wieder loszuwerden.

Bislang aber war Cheryce nicht auf seine subtilen und weniger subtilen Andeutungen eingegangen. Noch deutlicher wollte er nicht werden, denn sie war nicht gerade die berechenbarste Kreatur, der er je begegnet war, und wenn er sie vergraulte, dann verwirkte er seine größte Chance auf ein normales Untotendasein.

Nun heulten draußen die Sirenen, ein vertrautes Geräusch Sunnydaler Nächte.

»Beiß mich«, flüsterte Cheryce und schlängelte sich unter ihm. »So fest du kannst! Reiß mich einfach auf, Süßer!«

Spike seufzte. Sie wusste doch, was dazu nötig war! Sie brauchte ihn bloß mit Woodring bekannt machen. Aber er hatte den Namen bereits einmal erwähnt, vor weniger als zwanzig Minuten, und sie hatte nur mit Augenrollen darauf reagiert. Es war zu früh für einen erneuten Versuch.

Er erhob sich von den Knien, ging ans Fenster und schob den Vorhang zur Seite.

Der Himmel stand in Flammen. Grellorangene und blutrote Flammen loderten am Himmel wie im süßesten Höllentraum.

»Wow«, murmelte Cheryce angetan.

»Das muss dieses Feld mit den Ölquellen sein«, sagte Spike. »Das ganze verdammte Ding fliegt in die Luft. Was hältst du davon, wenn wir hinfahren und uns den Spaß mal ansehen, hm?«

Als er keine Antwort bekam, drehte er sich um.

Völlig desinteressiert lag Cheryce in ihrem roten zerknautschtem Satinbett auf dem Rücken und untersuchte ihr weißblondes Haar auf gespaltene Spitzen. Die langen, makellosen Beine hatte sie übereinandergeschlagen. Sie trug schwarze hochhackige Schuhe, aus denen ihre knallrot lackierten Zehennägel hervorblitzten.

»Cheryce, hör mal«, sagte er und suchte nach Zigaretten und Feuer. Er steckte sich eine an und sah in die Flamme des Feuerzeugs. »Feuer und Zerstörung. Das ist absolut wunderbar.«

»Baby, das hat doch nichts mit uns zu tun«, nörgelte sie, riss sich ein Haar aus und ließ es auf den schwarzen Teppich fallen. Sie zeigte ihm ihr Vampirgesicht, das noch tausendmal schöner war als ihr menschliches, und streckte ihre Arme nach ihm aus. »Mir ist langweilig.«

Spike sah wieder aus dem Fenster. »Lust auf ein kleines Barbecue?«, fragte er.

Sie kicherte anerkennend. Dann gurrte sie: »Komm schon, Spike. Du weißt, was ich will. Mit dir zu spielen ist schön und gut, aber ich will mit dir jagen.«

»Und wie du weißt, kann ich dir das nicht geben.«

Sie schob schmollend die Unterlippe vor, keine leichte Übung, wenn man Vampirzähne hatte. »Bist du sicher, dass du nicht doch eine Seele hast? Vielleicht kannst du deshalb keine Menschen beißen?«

Er seufzte erneut. Diese Braut wusste wirklich, wie sie einen Mann verletzen konnte. »Cheryce, ich habe es dir doch schon erklärt: Ich habe einen verdammten Chip in meinem Kopf. Wenn ich versuche, einen Menschen zu beißen, bekomme ich entsetzliche Schmerzen. Und die füge ich lieber anderen zu.«

»Dann solltest du dir mal überlegen, wie du ihn wieder aus deinem Kopf rauskriegst«, drängte sie. Sie rollte sich auf den Bauch, stützte ihr Kinn auf die Hände, hob die Unterschenkel und legte die Fesseln spielerisch übereinander. »Oder magst du mich nicht, Spike?«

»Du weißt, ich mag dich, Baby«, sagte er. »Vielleicht kann mir ja dein Freund Woodring helfen.«

»Spikie, du willst doch wohl nicht, dass ich denke, du liebst mich nur wegen meiner Kontakte?«

Spike starrte aus dem Fenster und biss sich auf die Zunge. Die Flammen auf dem Ölfeld loderten immer höher. Ein großer Spaß für alle, die das Chaos liebten!

Dru hätte es sich ansehen wollen, dachte Spike düster. Leider nur hätte auch sie sich nicht länger mit einem Mann abgegeben, der nicht gemeinsam mit ihr auf die Jagd gehen konnte.

»Komm schon, Liebling«, flüsterte Cheryce und lockte ihn mit ihren langen roten Nägeln. »Komm her zu mir!«

Spike entsprach ihrem Wunsch. Der samtene Vampir-Elvis grinste ihn an.

Verdammter Bastard!

Cheryce öffnete einladend ihren Mund und rollte sich von Spike weg. Er begriff, was sie spielen wollte und bewegte sich mit nacktem Hintern über das kuschelige Bett, das nicht nur glatt und schlüpfrig, sondern auch ausgestattet war mit einer Vielzahl von »Gerätschaften« in enormer Formen-, Größen- und Farbenvielfalt. Spike verblüffte nicht allein die Anzahl, sondern noch mehr, wie viel Geld Cheryce für Batterien ausgeben musste, um die Geräte betriebsbereit zu halten.

Verspielt biss sie ihm ins Ohr und zog daran.

Weitere Sirenen heulten draußen, die Straße hinunter.

Nach einer Weile folgte Spike ihnen.

Los Angeles

Rojelio Flores hatte der Aufstand schreckliche Angst eingejagt. Rauch und Schreie, gelegentliche Schüsse, die Sirenen – alles summierte sich zu einem ausgewachsenen Chaos, in das er nicht hineingezogen werden wollte. Er drückte immer noch das Buch an sich, in dem er gelesen hatte, und versuchte, in seine Zelle zu gelangen. Dort hoffte er sicher zu sein. Die Mitgefangenen kamen bestimmt nicht in die Zellen – sie wollten ja hinaus. Und wenn er auf seiner Pritsche wartete, bewies er den Wärtern, dass er nicht zu den Aufständischen gehörte.

Hoffte er.

Der Rauch brannte ihm in Augen und Nase, und er konnte nichts sehen. Mit einer Hand tastete er sich im Korridor an der Wand entlang und zählte im Vorbeigehen die Zellen.

Noch zwei Türen. Er machte einen vorsichtigen Schritt und tastete sich mit dem Fuß voran, wie er es auf dem ganzen Weg vom Aufenthaltsraum bis hierhin getan hatte.

Als er kein Hindernis spürte, setzte er den Fuß ab.

Und rutschte aus.

Flores stürzte und tastete den Boden ab, um den Grund herauszufinden. Irgendeine Flüssigkeit. Sie war klebrig.

Vorsichtig roch er an seinen Fingern.

Es war Blut! Eine ganze Lache.

Schaudernd zwang er sich aufzustehen und weiterzugehen. Seine Füße blieben bei jedem Schritt auf dem Boden haften und seine Häftlingshosen klebten blutdurchtränkt an seinen Beinen.

Noch eine Tür.

Für Tad Barlowe war das Maß voll. Die Insassen hatten sich nicht nur bewaffnet, sondern auch noch das ganze Gebäude in Brand gesetzt. Alles ging in Flammen auf, und das Chaos nahm kein Ende.

Irgendwie hatte das alles mit Flores zu tun.

Tad konnte nicht einmal genau erklären, wie er darauf gekommen war. Es war eine Theorie, die er in den letzten Tagen entwickelt hatte. Er hatte sich alle Orte angesehen, an denen die unerklärbaren Vorfälle geschahen, und versucht, sie miteinander in Verbindung zu bringen. Sie schienen alle in einem bestimmten Radius von einem Punkt entfernt zu liegen, und dieser Punkt war die Zelle, die Flores mit drei anderen Insassen teilte. Sie waren nicht in einer der größeren Schlafsaal-Zellen untergebracht, weil man sie schwerwiegenderer Vergehen beschuldigte.

Aber seit die merkwürdigen Vorkommnisse eingetreten waren, hatten die anderen drei Zelleninsassen ständig gewechselt. Flores war der einzige dauerhafte Gast.

Er musste es sein!

Barlowe hatte keine Ahnung, wie oder warum. So etwas ging über seinen Verstand, obwohl er sich selbst nicht als Ungläubigen oder Skeptiker bezeichnen würde. Sein Onkel James hatte einmal einen Geist gesehen. Und seine Frau Penny redete unentwegt von UFOs und manche der Zeitungsartikel, die sie ihm zeigte, klangen ganz vernünftig. In einigen Fällen schien die Regierung sehr bemüht, die Fakten zu vertuschen. Roswell, Area 51 … Es war eine lange Liste.

Und wenn es so etwas gab, warum dann nicht auch das, was Flores da machte? Schließlich bewies Barlowes Stichwunde am Arm, dass irgendetwas vorging.

Nun war ihm klar, wie dem Chaos ein Ende zu setzen war: Er musste Flores ein Ende setzen.

Und schon machte er sich zu seiner Zelle auf.

Eine Metalltür versperrte ihm den Weg. Er berührte sie – glühend heiß. Er riss sich ein Stück von seinem T-Shirt ab, wickelte es sich um die Hand und versuchte es wieder.

Als er die Tür aufschob, drangen Rauchschwaden heraus. Barlowe holte tief Luft und ging hinein.

Als er noch keine sechs Schritte in dem dunklen, rauchgefüllen Korridor gemacht hatte, stieß er mit jemandem zusammen. Es war ein Häftling. Der hustende, strauchelnde Mann stürzte mit einem langen Messer auf ihn zu. Barlowe trat es ihm aus der Hand, und es flog im hohen Bogen durch die Luft. Dann packte er den Gefangenen an den Schultern und warf ihn gegen die Wand. Der Typ wehrte sich, aber Barlowe packte ihn am Kinn und schlug ihn wieder und wieder mit dem Kopf gegen die Wand.

Als er sich nicht mehr regte, ließ Barlowe ihn los und tastete nach dem Messer.

Es war besser, Flores damit zu erledigen als mit seiner Dienstwaffe.

Er kämpfte sich weiter durch den Rauch.

Von überall drangen Stimmen und Sirenengeheul zu ihm. Einen derartigen Gefängnisaufstand hatte er noch nie erlebt. Und er entwickelte sich ganz anders als erwartet. Es war das nackte Chaos. Tad hatte sich immer vorgestellt, ein Haufen Gefangener nähme einen Haufen Geiseln und dann verhandele man über die Forderungen.

Dies hier war anders. Die Gefangenen waren nicht organisiert genug, um überhaupt Forderungen auszusprechen. Niemand hatte Geiseln genommen, soweit Barlowe wusste. Hier kämpfte jeder für sich selbst. Mittlerweile war der Rauch in den Korridoren so dicht, dass die größte Gefahr für alle wahrscheinlich von dem herunterbrennenden Gebäude selbst ausging.

Dennoch bahnte er sich seinen Weg zu Flores' Zelle, ohne auch nur einer Menschenseele zu begegnen.

Flores kauerte zum Glück verschreckt auf seiner Pritsche.

Barlowe lächelte.

Er würde ein leichtes Spiel haben.

Angel kämpfte sich durch den Rauch und sah, wie ein Wärter Rojelio Flores mit dem Messer bedrohte.

»Du bist der Teufel! Der Leibhaftige!«, schrie der Uniformierte. »Du hast das Ganze angezettelt! Du sollst in der Hölle landen!«

Jetzt waren alle verrückt geworden, dachte Angel und hechtete durch die Luft.

Er rammte den Cop und warf ihn zu Boden. Mit einem » Uff« brach er zusammen. Angel griff nach seinem Arm und legte ihn sich übers Knie. Es knackte, als der Arm brach. Das Messer, das er noch in der Hand gehalten hatte, fiel klappernd zu Boden.

Der Mann schrie auf. Erst jetzt wurde Angel klar, dass er sich verwandelt hatte und Barlowe in das Gesicht eines Vampires blickte. Völlig durchgedreht zeigte der Cop auf Angel und brüllte: »Teufel! Alle beide! Direkt aus der Hölle!«

Angel achtete darauf, dass Flores ihn nicht von vorn sah, und schaltete den Wärter mit zwei gezielten Schlägen aus.

Als er den bewusstlosen Körper auf Rojelios Pritsche warf, starrte Flores den Beamten fassungslos an.

»Das ist Barlowe«, sagte er und lachte hysterisch. »Er war immer cool. Netter Typ, wissen Sie?«

»Jetzt nicht mehr«, entgegnete Angel und merkte, dass sein Gesicht wieder menschliche Züge annahm. Eindringlich sah er Flores an. »Wir müssen reden, Rojelio.«

14.

»Das reinste Irrenhaus«, dachte Buffy und schnalzte mit der Zunge. Dabei fiel ihr ein, dass sie Riley schon lange etwas Kurioses hatte erzählen wollen: Im vergangenen Jahr war im Psychologie-Einführungsseminar ein Kommilitone mit den Nachnamen Ernenhaus gewesen, und der war mit den Nerven völlig am Ende. Ernenhaus – Irrenhaus, und das bei seinem Geisteszustand! Bestimmt hätte Riley dieses Wortspiel auch amüsiert.

Aber sie hatte schon lange wieder vergessen, es ihm zu erzählen. Nun war es ihr plötzlich wieder eingefallen, aber aus einem ganz anderen Grund: Das Haus der de la Natividads glich im Augenblick nämlich einem Irrenhaus. Vielleicht war die Furcht, die sich überall ausbreitete, für den unbeteiligten Beobachter farb- und geruchlos, aber als Jägerin konnte Buffy sie praktisch riechen, wenn sie so dick wie an diesem Abend in der Luft lag.

Sie trat ans Fenster ihres Zimmers und sah hinaus. Es war dunkel. War die Nacht nicht ein wenig schneller über den Familiensitz gekommen als normal? Gerade noch war die Sonne zu sehen gewesen, hatte Buffy den Eindruck, und im nächsten Augenblick war das Haus schon von der Nacht geschluckt worden.

Aber ganz sicher war sie nicht, denn sie hatte schließlich zu tun gehabt.

Sie warf einen Blick auf die Uhr und sah wieder aus dem Fenster. Es gab keinen Grund, warum es nicht dunkel sein sollte. Aber war die Dunkelheit immer so undurchdringlich? Sollten nicht wenigstens die Sterne zu sehen sein?

Da implodierte plötzlich das Fenster und es regnete Scherben. Buffy warf sich zu Boden und legte schützend die Hände über den Kopf.

Irgendwo im Haus schrie eine Frau.

Buffy rappelte sich auf und flüchtete aus dem Zimmer. Sie nahm drei Stufen auf einmal, aber plötzlich erstarb das Schreien.

»Oh, oh!«, dachte sie.

In der Eingangshalle lag eines der Hausmädchen auf dem Boden. Auch hier war ein Fenster implodiert, und die arme Frau blutete aus dutzenden von Schnittwunden. Die gute Nachricht: Sie atmete noch. Wahrscheinlich war sie bewusstlos, vermutete Buffy. Sie ging an das zerbrochene Fenster und sah hinaus.

Mittlerweile kamen Don Francisco, Salma und ihre Mutter die Treppe hinuntergeeilt und ihr Vater Armando erschien mit einem Glas Rotwein in der Küchentür. In der anderen Hand hielt er ein Stück Knoblauchtoast.

»Was ist passiert?«, rief er.

Draußen vor dem Fenster sah Buffy die samtschwarze, unerbittliche Finsternis. Es war wie ein Blick auf das Ende der Welt.

»Elfredo, gehen Sie nach draußen!«, befahl Armando. »Sehen Sie nach, was los ist!«

»Sí, señor«, entgegnete Elfredo. Ohne zu zögern verschwand er durch die Haustür und schloss sie hinter sich ab.

In diesem Augenblick führte ein anderer Wachmann Doña Pilar und Willow hinunter, die sofort zu dem Hausmädchen eilten.

»Sie braucht einen Arzt«, rief Doña Pilar.

Willow sah Buffy ängstlich an. »Was ist los?«, fragte sie.

Aber Buffy war selbst schon halb aus der Tür.

Elfredo stand mit einer Pistole auf der Veranda. Stirnrunzelnd sagte er: »Miss Summers, bitte gehen Sie wieder hinein!«

Sie schüttelte den Kopf. »Ich kann Ihnen helfen.«

»Für mich wäre es wirklich einfacher, wenn ich mich nicht noch um Sie kümmern müsste«, erklärte er.

»Ich kann auf mich selbst aufpassen«, entgegnete sie. »Und auf ein paar andere gleich mit.«

»Bitte, Miss, ich bin für Ihre Sicherheit verantwortlich«, drängte er.

»Nein, das sind Sie wirklich nicht.«

Sie versuchte, es höflich zu sagen, aber es war nun wirklich nicht der richtige Zeitpunkt für Nettigkeiten. Sie machte ein paar Schritte hinein in die vollkommen schwarze Nacht.

Als sie sich umblickte, war Elfredo verschwunden.

Ebenso das Haus.

Sie war umhüllt von Finsternis.

»Miss Summers!«, hörte sie Elfredo rufen. Er klang, als wäre er kilometerweit entfernt.

»Okay, ich glaube, das ist definitiv nicht normal«, dachte sie. Typisch Los Angeles! Immer eine Spur gruseliger als anderswo! Hier war etwas anderes am Werke als das Schattenmonster, das sie bei Salma gesehen – oder gespürt – hatte und das als einzelner Schatten aufgetaucht war. Hier herrschte nur eine einzige überwältigende, undurchdringliche Schwärze. Es fühlte sich nicht wie ein Wesen an, sondern ... etwas anderes. Etwas, das sie nicht einordnen konnte.

Sie drehte sich um, weil sie zurück ins Haus wollte.

Aber hatte sie sich auch in die richtige Richtung gedreht? Sie konnte nichts sehen und Elfredo war auch nicht mehr zu hören.

»Elfredo!«, rief sie.

Seine Antwort klang entfernt und gedämpft, und sie konnte die Richtung nicht bestimmen, aus der sie kam.

Sie machte ein paar Schritte geradeaus.

Nichts.

Sie wedelte mit den Armen. Als sie den Arm ganz weit vorstreckte, verschwand ihre Hand in der dicken schwarzen Nacht und war nicht mehr zu sehen.

Sie ging weiter und versuchte, die steigende Gewissheit abzuschütteln, in die falsche Richtung zu laufen. Sie hatte das Gefühl, irgendwie umgedreht worden zu sein und immer weiter weg von allem zu treiben.

Sie verbannte die wachsende Panik in eine Kiste und ging weiter.

Nach ein paar Schritten spürte sie ein Wesen, das ihr sanft

über den Kopf strich – zu sehen oder zu hören war allerdings nichts.

Plötzlich zersprang ein weiteres Fenster.

Elfredo rief etwas. Näher diesmal. Buffy rannte los und stieß mit ihm zusammen. Er stand immer noch mit der nutzlosen Waffe in der Hand vor der Tür des nun wieder sichtbaren Hauses.

»Nichts wie rein!«, rief sie und stürmte zusammen mit Elfredo in die Empfangshalle. Sie knallten die Tür zu und verriegelten sie sorgfältig.

Ein weiteres Fenster zerbarst.

Willow und Doña Pilar kamen aus der Küche geschossen.

»Was ist los?«, fragte Willow besorgt.

»Ich weiß es nicht, Will«, sagte Buffy. »Irgendetwas, so viel ist sicher. Draußen ist die Nacht so dick wie Erbsensuppe, oder besser wie schwarze Erbsensuppe. Schwarze Bohnensuppe. Und das Haus wird von etwas angegriffen, das da draußen in der Dunkelheit ist. Ich kann nicht beurteilen, ob es ins Haus eindringen oder nur ein bisschen Ärger machen will. Vielleicht hat es ein ähnliches Problem wie die Vampire, vielleicht kann es ohne Einladung nicht herein. Aber ein Vampir ist es definitiv nicht, so viel ist sicher.«

»Und was dann?«

»Ich habe keine Ahnung«, entgegnete Buffy. »Das ist eher eine Frage für Giles. Ich kümmere mich nicht so sehr um die Artenvielfalt, ich mache die Biester nur fertig.«

»Richtig«, bemerkte Willow.

»Ich habe eine Idee«, schaltete sich Doña Pilar ein. Sie zog Buffy und Willow zur Seite, weg von dem finster dreinblickenden Elfredo.

»Was ist?«, fragte Willow sie leise.

»Es ist nur so ein Gefühl«, erklärte die Alte flüsternd. »Allerdings ist in meinem Alter und mit meiner Erfahrung Verlass auf meine Gefühle. Ich habe versucht, Nicky zu finden, auch ohne die richtigen Zutaten für meine Formel. Und ich bin auf etwas gestoßen … auf einen Widerstand. Also bin ich zurückgewichen. Aber ich glaube …« Sie sprach nun noch leiser und Buffy musste sich vorbeugen, um sie verstehen zu können. »Ich glaube, es ist mir gefolgt.«

»Wie denn?«, fragte Willow.

»Ich verstehe es ja selbst nicht«, sagte Doña Pilar. »Es ist, als hätte ich eine Spur hinterlassen, wie Hänsel und Gretel mit ihren Brotkrumen. Und nun ist es mir hierher gefolgt.«

»Was immer dieses ›Es‹ ist«, ergänzte Buffy.

»Ja«, sagte Doña Pilar. »Was immer es ist.«

»Wenn es magischer Natur ist, müssen wir es auch auf magische Weise bekämpfen können«, sagte Willow.

Doña Pilar nickte begeistert. »Sollen wir uns an die Arbeit machen?«

»Keine gute Idee«, bemerkte Buffy. »Wenn es Ihnen hierher gefolgt ist, verschlimmert sich die Lage durch Zauberformeln vielleicht nur noch.«

»Ich weiß nicht«, sagte Doña Pilar. »Möglich. Aber ich glaube es eigentlich nicht.«

»Ich würde lieber einen Weg finden, ihm auf meine Art den Marsch zu blasen.«

»Vielleicht können wir es mit unterschiedlichen Methoden bekämpfen – jede auf ihre Art«, sagte Willow.

Buffy wusste, was sie meinte. Willow verstand sich am besten auf Zauberformeln und Beschwörungen.

Buffy verstand sich am besten auf direktere Methoden.

Wenn das Monster da draußen war, würde sie es vernichten.

Sunnydale

Riley fuhr auf den Seitenstreifen und hielt an. Er und Tara sahen staunend zu dem Feuerball auf, der sich plötzlich über den Kiefern erhob. Ihm folgten weitere. Dann stiegen dicke Rauchschwaden auf und verhüllten den Himmel.

»Wow!«, sagte Tara.

»Muss eine Explosion gewesen sein«, sagte Riley. »Vielleicht eine Massenkarambolage auf der Autobahn.« Er sah Tara an. »Ich denke, wir sollten es uns ansehen.«

»Ja.«

Es war kühl draußen geworden und wie jeder, der in Südkalifornien lebte, hatten sie immer mehr Schichten übereinander angezogen, je kälter es wurde. Tara hatte den Tag in einem langen Rock und einem kurzärmligen T-Shirt begonnen und trug nun marineblaue Jogginghosen und eine dicke Jacke mit falschem Pelz an Ärmel und Kragen. Riley trug schwarze Hosen und einen schwarzen Kapuzenpullover. Auf dem Kopf hatte er eine schwarze Strickmütze.

Er hatte Tara eigentlich gerade nach Hause bringen wollen, als sie in der Ferne den ersten Feuerball gesehen hatten. Riley fühlte sich dafür verantwortlich, in Sunnydale aufzupassen, während Buffy unterwegs in L.A. war. »Ich denke, ich sollte das überprüfen.«

»Glaubst du, es hat mit dem Schattenmonster zu tun?«, fragte Tara und beobachtete fassungslos die unglaublich großen Rauchschwaden.

»Tara, in dieser Stadt ist alles möglich«, entgegnete er grinsend. »Soll ich dich erst zu Hause absetzen?«

Sie schüttelte den Kopf. »Nein, nein«, sagte sie. »Damit solltest du keine Zeit verlieren!«

Er griff nach hinten und reichte ihr ein Kreuz, das sie in ihre Tasche schob. Er hatte auch Weihwasser und Holzpflöcke dabei. Ohne die ging er nicht aus dem Haus.

Tara hatte zwischen ihren Beinen einen schwarzen Rucksack, in dem sich die Standard-Hexen-Notausrüstung befand – ein Handlexikon mit Zauberformeln, Kräuter, ein Spiegel und einige andere nützliche Dinge.

Riley fuhr auf die rot glühenden Flammen zu, die vor dem Nachthimmel loderten.

»Mein Gott, es ist riesig«, sagte er halb zu sich selbst. Er dachte an Explosionen, die er in seiner Initiative-Zeit gesehen hatte, live oder im Film, und revidierte seine frühere Vermutung. »Das ist kein Verkehrsunfall.«

Tara schloss die Augen und intonierte einen Heilspruch für alle, die verletzt worden waren. Sie sprach auch eine Beschwörung, um sich und Riley zu schützen. Und Willow, dachte sie. Hoffentlich ging es ihr gut.

Riley sah vom Steuer auf und blickte sie prüfend an.

»Alles in Ordnung?«, fragte er freundlich.

Tara nickte.

»Soll ich dich nicht doch irgendwo absetzten? Das wird vermutlich ziemlich heftig.«

Sie schüttelte wieder den Kopf und spähte zu dem rot glühenden Himmel hinauf. Dahinter verbarg sich bestimmt etwas Magisches, etwas Böses. In dieser Stadt war das meistens der Fall.

Sunnydale – Komm zum Studieren und erlebe einen aufregenden, dämonenreichen Sommer!

Sie fuhren noch fünf bis zehn Minuten, ließen den verlassenen Sunnydaler Drive-In hinter sich und fuhren hinauf in die Berge. Plötzlich erhob sich das Feuer direkt vor ihren Augen.

Es war das Ölfeld draußen vor der Stadt! Öliger schwarzer Rauch war überall, den man auch bei geschlossenen Fenstern riechen konnte. Bohrtürme waren in die Luft geflogen, Autos, Arbeitsschuppen, alles. Der Zaun war ringsherum eingerissen worden, und Feuerwehrwagen holperten über den am Boden liegenden Maschendraht hinweg. In der Luft kreisten Hubschrauber mit eingeschalteten Suchscheinwerfern. Kamerateams schwärmten im Gelände aus und wurden eilends von den Polizisten wieder hinter die gelbe Absperrung verbannt.

Riley war so dicht an die aufgebrachte Menge herangefahren wie möglich, wies Tara an zurückzubleiben und kletterte aus dem Wagen. Er erinnerte sich daran, wie er vor noch nicht allzu langer Zeit in Sunnydale in jeder Situation das Kommando angeführt hatte – mit Betonung auf jeder. Als Spezialagent der Regierung hatte er rangmäßig höher gestanden als alle örtlichen Gesetzeshüter und sogar höher als die FBI-Agenten. Nun war er einfach nur Riley Finn, ohne Rang, ohne Nummer … und besaß nicht einmal mehr die Hälfte der Rechte, um die Hälfte der Dinge zu tun, die er früher getan hatte.

Aber alte Gewohnheiten waren nur schwer abzulegen. Die beiden Polizisten, denen er sich näherte, erkannten ihn, nahmen eine respektvolle Haltung ein und beantworteten ihm alle seine Fragen. Was nicht besonders hilfreich war: Keiner von beiden hatte auch nur die geringste Ahnung, was geschehen war.

Als nächstes suchte Riley den Hauptmann der Feuerwehr auf, einen rundlichen alten Knaben, der Polizeichef Wiggins von den Simpsons bis hin zu seinem schweineartigen Aussehen ähnelte. Wie jemand, der so dick war, bei der Feuerwehr sein konnte, gab Riley zu denken, aber er nahm sich nicht viel Zeit für dieses Problem.

»Ich sehe, Sie haben ihre Einheiten in V-Formation aufgestellt«, bemerkte Riley. »Gute Arbeit.«

Der Hauptmann warf ihm rasch ein anerkennendes Lächeln zu und sah wieder weg.

»Schon etwas über die Ursache erfahren?«, bohrte Riley weiter.

»Wir vermuten Brandstiftung«, sagte der Feuerwehrchef, nachdem er Riley gemustert hatte, als habe er ihn schon irgendwo gesehen, wisse aber nicht genau, wo er ihn einordnen sollte. »So wie das in die Luft geflogen ist, so wie das brennt ...«

Der Captain machte eine vielsagende Miene und überließ es dem Sachverständigen, den Satz zu beenden.

»Aber wer würde denn ein ganzes Ölfeld in Brand stecken?«, fragte Riley skeptisch. »Und warum?«

»Umweltfreaks oder so«, entgegnete der Hauptmann und hakte die Daumen in seinen Gürtel. »Diese Solarenergie-Typen. Greenpeace, irgendsowas, wissen Sie?«

Riley – der Mitglied nicht nur einer, sondern mehrerer Umweltschutzgruppen war – zog die Augenbrauen hoch. »Warum sollten die sich für ein Ölfeld in einer so kleinen Stadt wie Sunnydale interessieren?« Er verschränkte die Arme und schaltete unbewusst auf Verhörmodus um. »Dieses Ölfeld gehört doch einer Privatperson? Könnte vielleicht jemand etwas gegen diese Person haben und nicht gegen das Öl?«

Dem Captain gefiel diese Idee. »Klassenhass? Natürlich. Del DeSola gehört all das hier. Aber er hat den neuen Softball-Platz bezahlt, als der alte bei einem Erdrutsch zerstört wurde. Der Mann ist ganz in Ordnung.«

Riley bezweifelte das und sah schon die Mitglieder des Stadtrats rotieren, um erneut eine Katastrophe mit dämonischem Hintergrund zu vertuschen. Danach musste er Buffy unbedingt später einmal fragen. Er war gespannt, wie sie es diesmal wieder hinbiegen wollten. Eine Zigarettenkippe, die jemand achtlos aus dem Auto geworfen hatte?

Der Feuerwehrhauptmann schüttelte den Kopf. »Ich gehe aber davon aus, dass es jemand mit einem ›Anliegen‹ ist.« Er sprach das Wort aus, als wäre es extrem schlüpfrig und schmutzig.

Tara trat zu den beiden und mischte sich ein. »Warum?«

»Das war garantiert ein Selbstmordkommando.« Der Hauptmann blickte mit besitzergreifener Miene in die Flammen. Seine Leute standen rund um das Gelände und bewässerten den Boden, damit sich das Feuer nicht weiter ausbreiten konnte. Um den Brand auf dem Ölfeld selbst zu löschen, brauchte man jedoch, wie Riley wusste, eine Spezialausrüstung und speziell ausgebildete Leute – und manchmal musste man das Feuer auch einfach ausbrennen lassen. Schon bald würden die Spezialisten anrücken. »Das kann niemand überlebt haben.«

Tara und Riley wechselten Blicke. Übernatürliche Wesen konnten so etwas überleben, dachte Riley. Es gab zwar immer noch keinen Hinweis darauf, dass sie es hier mit einem solchen zu tun hatten, aber in Sunnydale fuhr man immer am besten, wenn man erst einmal vom Schlimmsten ausging. Riley wünschte, er hätte ein Atemgerät – seine Lungen brannten von dem dicken, beißenden Rauch.

»Wurden schon Leichen gefunden?«, fragte er.

Da kam ein Feuerwehrmann in voller Ausrüstung – mit

Schutzweste, Helm und Atemgerät – auf den Hauptmann zu. Dieser winkte ihm und ging ihm entgegen. Über die Schulter antwortete er: »Bislang nicht. Ein Mann vom Sicherheitsdienst wurde vermisst, aber er ist wieder aufgetaucht. Ich fürchte, das Feuer ist so heiß, dass wohl nicht viel übrig bleiben wird. Wir können uns glücklich schätzen, wenn wir hinterher noch ein paar goldene Zähne finden.«

»Stimmt.« Riley hob zum Abschied die Hand und sah sich nach Tara um, die sich von ihm entfernt hatte. Sie bückte sich gerade nach etwas, das auf dem Boden lag. Die Hände hatte sie in den Ärmeln ihres Sweatshirts versteckt. Als Riley näherkam, sah sie auf und winkte ihn heran.

»Ich habe da etwas glitzern sehen«, erklärte sie. »Ich weiß nicht, ob es okay ist, es aufzuheben. Es ist auch ein bisschen heiß.«

Es war ein goldenes Kreuz an einer Kette. Riley hob es vom Boden auf und entdeckte, dass ein Teil der Kette weggeschmolzen war.

»Was wir hier haben«, sagte Riley und imitierte *Strother Martin* in *Cool Hand Luke*«, »ist ein Beweisstück.« Er zeigte auf die Gravierung auf der Rückseite. Eine zum Angriff aufgerichtete Cobra mit den Initialen L.C. darunter. Seitlich davon die Initialen R.L.

»Die Latin Cobras«, sagte Riley. »Eine Straßengang.«

»Ich habe schon von ihnen gehört. Willow hat mir erzählt, dass Nicky de la Natividad vielleicht etwas mit ihnen zu tun hat.«

»Hmm.« Riley betrachtete das Kreuz, dann sah er zu dem Captain hinüber. »Soll ich es nun behalten oder Chief Wiggins aushändigen?«

»Das habe ich mich auch gefragt, als ich es sah.« Tara lächelte. »Ich finde, wir sollten es behalten«, sagte sie und ihr Lächeln verschwand. »Wir halten uns ja ohnehin unbefugt hier auf. Und wenn die Polizei …«

»Dann wird es nur noch schwieriger«, pflichtete er ihr bei.

»Also gut.« Rasch steckte er das Kreuz in die Tasche seines Kapuzenpullis. »Und nun fahre ich dich wirklich nach Hause.«

Enttäuscht strich sich Tara eine Haarsträhne hinter die Ohren und erhob sich. Sie hatte gehofft, gemeinsam mit Riley auf die Jagd gehen zu können. »Wenn Willow anruft, erzähle ich ihr davon, okay?«

»Oh?« Rileys Augen leuchteten auf. »Wann will sie sich bei dir melden?« Eigentlich hätte er schon längst von Buffy hören sollen.

»W-wir haben nichts ausgemacht«, stotterte Tara.

Riley war aufgefallen, dass sie nur dann stotterte, wenn sie aufgeregt oder gestresst war. Er fragte sich, ob bei den zwei Hexen in Sachen Beziehung alles in Ordnung war. Aber nette Typen aus dem mittleren Westen mischten sich nicht in anderer Leute Angelegenheiten.

»Hast du Salmas Nummer in L.A.?«, fragte er.

»Ja.« Tara wirkte verlegen. »Aber ich wollte nicht stören. Oder sie belästigen.«

»Das ist es aber wert, sie zu belästigen«, entgegnete Riley. »Die Cobras haben Verbindungen nach L.A. Wir müssen sie anrufen!«

Taras Miene erhellte sich sichtlich. Riley fand ihre offensichtliche Zuneigung für Willow rührend. Er war dabei gewesen, als Oz wieder aufgetaucht war, und wäre jede Wette eingegangen, dass es Oz gelingen würde, Willow zurückzuerobern.

Da zeigte sich wieder einmal, dass es im Leben meistens anders kommt, als man denkt.

»So wie bei mir zum Beispiel«, dachte Riley, denn er war mit einem Mädchen zusammen, das nicht nur Dämonenjägerin war, sondern auch noch prophetische Träume und alle möglichen seltsamen Verbindungen zu Dimensionen hatte, die er sich gar nicht vorstellen konnte.

»Wir sollten zuerst zu Giles fahren«, sagte Tara. »Das mit der Explosion wird ihn interessieren.«

Sie gingen zu Rileys Wagen zurück, stiegen ein und betrachteten noch einmal die Feuersbrunst.

»Ich glaube, wir denken beide dasselbe«, sagte Riley langsam.

Tara sah in die Flammen. »Dass Nicky de la Natividad vielleicht in diesem Feuer umgekommen ist?«, fragte sie frei heraus.

Riley nickte. »Falls ein Haufen Cobras aus irgendeinem Grund das Feuer gelegt hat.«

»Ein Streich?«, fragte sie.

»Dieser Abschaum hat mit Streichen nichts im Sinn«, entgegnete Riley. »Sie wollen einschüchtern, tyrannisieren und töten.« Er sah sie stirnrunzelnd an. »Ich hatte mal einen Soldaten unter meinem Kommando, der mit ihnen Schwierigkeiten bekam. Er kehrte mit einer Stichwunde zurück, die von seiner linken Schulter zur rechten Hüfte verlief. Er hätte fast eine Niere verloren.«

Taras Gesicht wurde aschfahl.

Sie macht sich Sorgen, erkannte Riley.

Er auch.

Sie fuhren eine Weile schweigend weiter, bis Tara plötzlich auf eine Gestalt zeigte, die an der Straße entlangstolperte. Die schwarze Lederjacke kam ihr bekannt vor. »Hey, das ist doch Spike.«

Riley fuhr rechts ran, und Tara öffnete die Tür und steckte den Kopf heraus.

»Spike?«

Der Vampir blickte sie finster an. »Was ist?«

»Wo willst du denn hin?«, fragte Tara.

»Wüsste nicht, was dich das angeht«, entgegnete er. »Ich kann tun und lassen, was ich will. Ich habe niemandem etwas getan. Ich habe niemanden gebissen.« Er stolperte ein Stück weiter, strauchelte und brach in Tränen aus.

»Cheryce!«, jaulte er. Er hob eine fast leere Flasche Tequila und schüttete sich den Rest in den Rachen.

»Ärger mit den Frauen. Wie immer«, sagte Riley zu Tara.

Sie nickte und fragte den Vampir: »Sollen wir dich irgendwohin mitnehmen?«

Spike ließ sich auf die Knie fallen. »Man bietet mir an, mich mitzunehmen!«, stöhnte er. »Ihr solltet vor lauter Panik vor mir flüchten und nicht das Taxi für mich spielen!« Er wischte sich mit dem Jackenärmel über den Mund.

»Sie ist genau wie alle anderen. Frauen sind so gemein.« Kläglich sah er Tara an. »Findest du nicht?«

Bevor sie antworten konnte, wirbelte er im Halbkreis herum und streckte die Arme aus. »Ich tu's!«, verkündete er. »Ich bleibe einfach hier stehen, bis die Sonne aufgeht, und dann gehe ich in Flammen auf.«

»Spike, steig jetzt ein!«, sagte Tara geduldig.

»Spike, steig jetzt ein!«, äffte er sie nach und grinste sie höhnisch an. »Findest du es nicht ätzend, so gut zu sein? Geht dir das nicht auf den Wecker, tagein, tagaus dasselbe? Oh, Gott, ich bin so unglücklich!«

»Du weißt doch, dass es dir immer so geht, wenn du trinkst«, sagte Tara.

»Ja und! Verdammt!« Er warf die Flasche auf den Boden, aber sie blieb heil. »Sieh dir das an! Sieh nur!«, schluchzte er. »Nichts gelingt mir. – Oh, Dru!« Er wischte sich die Augen trocken. »Sogar die süße Harmony kann Menschen beißen. Aber ich nicht! William der Blutige, die Geißel Europas, kann es nicht!«

Tara sah Riley an. »Was sollen wir machen?«

»Hoffen, dass die Sonne schnell aufgeht«, murmelte Riley. Er beugte sich über den Sitz. »Wir bringen dich nach Hause, Spike. Sonst bist du ganz auf dich gestellt.«

Spikes Schultern zuckten ein paar Mal. »Sie hat mich rausgeworfen. Sie sagt, ich wäre nur wegen ihrer Kontakte mit ihr zusammen. Weil ich was von ihr will. Also, Entschuldigung! Natürlich will ich etwas! Das will ja wohl jeder!«

Schließlich nickte er resigniert.

»Fahrt mich nach Hause«, sagte er.

Und dann kippte er aus den Latschen.

Buffy pirschte in Begleitung von Elfredo durch die Korridore des Familiensitzes der de la Natividads.

Innerhalb der letzten Minuten waren weitere Fenster zersprungen.

Warum nur?, fragte sich Buffy. Da das Wesen Fenster zerstörte, musste es eine feste Form haben. Aber warum kam es dann nicht ins Haus? Warum zerstörte es nur noch mehr Fenster? Was wollte es damit bewirken?

Fragen über Fragen – und keine Antworten. Ihr kamen wieder Vampire in den Sinn, aber hier hatten sie es eindeutig nicht mit einem Vampir zu tun. Dennoch fragte sie sich, ob dies ein weit verbreitetes Phänomen in der dämonischen Welt war.

Doch es gab immer noch keine Antworten, nur noch mehr Fragen.

War das Wesen nur bösartig oder wirklich gefährlich?

Das Hausmädchen – war es tatsächlich angegriffen worden, oder war es bloß ein Unfall? Fiel sie ihn Ohnmacht, weil sie zufällig von umherfliegenden Glassplittern getroffen wurde, oder steckte eine üble Absicht dahinter?

Keinen greifbaren Gegner zu haben, machte Buffy total nervös und zappelig.

Elfredo sah aus, als ginge es ihm genauso. Er blickte mit zusammengekniffenen Augen in die Welt und bewegte sich wie eine zusammengedrückte Springfeder, die jederzeit losgehen konnte. Sein hübsches Gesicht war von Sorgen gezeichnet.

Das Wesen hatte sich nun eine Zeit lang still verhalten, und Buffy beschloss, noch einmal nach draußen zu gehen.

Das Wesen kam nicht ins Haus. Es konnte Fenster einschlagen, aber nicht durch sie hereinkommen.

Also musste sie es in seinem Revier bekämpfen, wenn sie alle das Haus jemals wieder verlassen wollten.

Unvermittelt blieb Buffy stehen und sagte zu Elfredo: »Ich gehe raus.«

Er nickte. Wahrscheinlich war er zu demselben Schluss gelangt. Nachdem er sie von oben bis unten gemustert hatte, lächelte er sie an. »Sie sind kein ganz normales College-Girl, nicht wahr?«

Buffy lächelte. »Nicht mal im Entferntesten.«

»Dachte ich mir.«

»Wollen Sie mitkommen oder hierbleiben?«

»Ich wäre draußen wohl nur im Weg, oder?«, fragte er.

»Ich bin froh, dass Sie es mit meinen Augen sehen. Ich rede noch kurz mit Willow und dann gehe ich. Wenn ich in dreißig Minuten nicht zurück bin, können Sie anfangen, sich Sorgen zu machen.«

»Wenn Sie in dreißig Minuten nicht zurück sind«, entgegnete Elfredo, »wird wohl keiner von uns die nächsten fünfundvierzig überleben.«

»Da könnten Sie Recht haben«, sagte Buffy. Sie ließ ihn im Korridor zurück und ging in die Küche.

Sunnydale

In kriminellen Kreisen verbreiteten sich Neuigkeiten rasch, und die Echo Park Band hatte den Latin Cobras befohlen, Nicky nach L.A. zu bringen. Sie wollten mit ihm darüber reden, wie er das Feuer überlebt hatte. So ein Trick konnte sich als sehr hilfreich erweisen.

Nicky hatte bei Rosalie geduscht, und die Jungs hatten ihm ein paar Kleider gebracht. Mit dem braunen Tuch um den Kopf, dem langärmligen Hemd und den Baggy-Jeans sah er viel eher wie ein Cobra aus als zuvor bei seiner Mission.

Er war nun einer von ihnen, daran bestand kein Zweifel mehr. Er hatte sein Leben für die Gang riskiert, und niemand würde je seine Loyalität in Frage stellen.

Wenn er nicht vergaß, wer seine Freunde waren, natürlich.

Keiner der Cobras hatte Lust, nach Hause zu gehen, nachdem Nicky, Enrique und Paco nach L.A. aufgebrochen waren. Zuerst drehte sich das ganze Gespräch um Nicky und wie er, zum Teufel, das Feuer hatte überleben können. Rosalie trank Tequila mit den Jungs und träumte davon, Nickys Freundin zu werden, wenn er zurückkehrte. Sie war froh, immer nett zu ihm gewesen zu sein. Nach seiner bewundernswerten Tat waren die anderen Mädels bestimmt auch auf ihn scharf.

Nach zahlreichen Drinks ratterten sie in ihren aufgemotzten, tiefer gelegten Autos und frisierten Trucks an den Strand. Little King machte ein Feuer und die Gangmitglieder versammelten sich darum und tranken Bier. Die Sunnydaler Cops sollten nur kommen und versuchen, sie zu vertreiben! Wie bei jedem anderen Latin Cobra-Treffen tauchte wie aus Zauberhand Essen auf und immer mehr Alkohol.

Rosalie begann, für sich allein zu tanzen, dann machte Luisa es ihr nach und nutzte die Gelegenheit, ihr eine Menge Fragen über Nicky zu stellen.

»Lass die Finger von ihm!«, entgegnete Rosalie knapp.

Luisa lachte. »Der gehört dir nicht, Rosa!«, spottete sie. »Ihr seid ja nicht verheiratet oder so.«

Rosalie ignorierte ihre Worte.

Als sie nach einem weiteren Dos Equis griff, fiel ihr das Kreuz wieder ein, das sie Nicky gegeben hatte.

Als er nackt aus den Flammen gekommen war, hatte er es noch getragen.

Aber als er ins Auto gestiegen war, nicht mehr.

Es musste zu Boden gefallen sein.

»*Ay, Dios!*«, murmelte sie.

Vor Angst schnürte sich ihr die Kehle zusammen und sie beäugte die betrunkenen Cobras. Wie würden sie reagieren, wenn sie herausfanden, dass ihre Kette am Tatort zurückgeblieben war?

»Hey, Rosa, hab' dich mit Nicky gesehen«, nuschelte Little King und kam auf sie zugetorkelt. »Ist er dein Neuer?« Er nahm einen großen Schluck Bier und wischte sich den Mund ab. Dann blinzelte er ihr zu. »Du könntest was Besseres haben!«

Er war schon eine Weile hinter ihr her; ungefähr seit ihr Ex-Freund Nando wegen bewaffneten Raubüberfalls im Knast saß. Sie hatte sich ihm gegenüber immer freundlich, aber distanziert verhalten. Little King machte ihr Angst. Er war so kräftig wie ein Samoaner und hatte einen erbärmlichen Charakter.

Und er hatte ein Auto.

Hier am Strand.

Sie holte tief Luft. »Vielleicht, vielleicht auch nicht«, entgegnete sie und wich nicht zurück, als er näher kam, sondern reckte ihr Kinn in die Höhe, um ihn anzusehen. Seine Nase war so oft gebrochen, dass sie aussah wie ein Akkordeon. Die paar Zähne, die er noch hatte, waren braun. Noch dazu kaute er Tabak, was sie ekelhaft fand.

Aber er mag mich, dachte sie. Ihr Herz raste und ihre Hände zitterten.

Mochte er sie auch genug, um ihr zu helfen?

»*Oye, mamacita*«, sagte er stirnrunzelnd. »Was ist los mit dir? Vermisst du ihn schon?«

Rosalie bekam weiche Knie. Wenn Dom es herausfand oder Jose … Sie waren die *majordomos* der Gang. Sie hielten die Disziplin aufrecht und sorgten dafür, dass alle spurten.

»Was ist los, Rosita?« Little King nahm sie an der Hand und führte sie zu dem Liegestuhl, den er gerade freigemacht hatte. Der Geruch der Hotdogs im Feuer drehte ihr den Magen um. Sie hatte Angst, sich übergeben zu müssen.

»Oh Gott«, flüsterte sie, beugte sich vor und atmete tief durch.

»Soll ich dich nach Hause fahren?«, fragte er.

»Ja!« Sie nickte eifrig. »Bitte! Mir ist wirklich schlecht.«

»Kein Problem! Hey, Dom!«, rief er und ging zu Dom hinüber, einem großen, stämmigen Kerl, der ein ziemliches Übergewicht mit sich herumtrug.

Little King sprach kurz mit ihm, nickte dann und winkte Rosalie zu. Völlig benommen stand sie auf und schlingerte auf ihn zu. Er schien jedoch nicht zu bemerken, dass sie kaum gehen konnte und griff in eine Kühltasche, um einen Sixpack herauszuholen.

»Es wird dir besser gehen, wenn du noch ein Bier trinkst«, riet er ihr lächelnd, als sie in seine Karre stiegen.

Sobald sie auf der Straße waren, fragte er: »Bist du schwanger oder was?«

Sie schluckte angesichts des nun größten Risikos seit all den Jahren – abgesehen davon, dass sie bei dem Raubüberfall, nachdem Nando im Knast gelandet war, das Fluchtauto gefahren hatte. Damals war ihr nichts passiert. Vielleicht hatte sie einfach die nötige Portion Glück.

»Little King«, sagte sie. »Du musst mir helfen.« Er zog die Augenbrauen hoch. »Ich meine, bitte hilf mir!«

Er wartete. Hoffnungsvoll fasste sie ihn am Arm.

»Ich habe Nicky mein Kreuz gegeben, als er aufs Ölfeld gegangen ist«, fing sie an. »Und es muss ihm runtergefallen sein oder so. Ich habe es noch an seinem Hals gesehen, als er zurückkam, weißt du? Aber es war nicht mehr da, als er mit uns ins Auto gestiegen ist.«

Er brauchte eine Weile, bis er begriff, was sie meinte. Dann legte er den Kopf schief und fragte: »Ist da was drauf, was auf uns hinweist?«

Rosalie schluckte. »Meine Initialen«, gestand sie. »Auf der Rückseite. Nando hatte es mir geschenkt.«

»Deine Initialen sind was? R.L.? Rosalie Lopez? Da kommt doch keiner drauf. Mach dir keine Sorgen! Nichts wird geschehen.« Er sah sie an. »Ist dir deshalb schlecht, oder was?«

Sie nickte. »Little King«, fuhr sie fort. Ihr Mund war ganz trocken. »Nando ließ noch eine kleine Cobra auf der Rückseite eingravieren. Wie das Tattoo, das wir beide uns in dieser Nacht haben machen lassen. Darunter stehen die Initialen L.C.« Sie zeigte auf ihre rechte Hüfte.

Little King blinzelte. Dann fuhr er an die Seite und stellte den Motor ab.

»*Idiota!*«, brüllte er und schlug ihr ins Gesicht.

Rosalie war erleichtert, dass es nun passieren würde, was auch immer es war. Wenigstens war es dann vorbei.

Wie ein Verrückter raste Little King Richtung Ölfeld los und brüllte sie unentwegt an. Das Feuer brannte noch und überall waren Polizei- und Feuerwehrwagen. Es gab keine Möglichkeit, an das Kreuz heranzukommen.

»Bist du sicher, dass er es im Auto nicht mehr hatte?«, fragte er, mittlerweile völlig nüchtern. Das Feuer spiegelte sich in seinen braunen Augen, als brenne es in ihm.

»Ja.« Heiße Tränen liefen ihr übers Gesicht und vermischten sich mit dem Blut, das ihr aus dem Mundwinkel lief. »Er war völlig nackt, das wäre mir aufgefallen.«

Little King machte eine Kehrtwendung. Rosalie wischte sich das Blut vom Kinn und fragte ängstlich: »Wo fahren wir hin?«

»Zurück zum Strand«, sagte er. »Du wirst es ihnen sagen.«

»Nein, bitte nicht!« Sie streckte die Hände aus. »Ich gefalle dir doch, nicht wahr? Ich … Ich könnte deine Freundin sein, wenn du willst.« Sie schluchzte. »Bitte, bring mich nicht zurück. Sie sind alle betrunken. Sie werden mich umbringen!«

Er schüttelte sie ab. »Du hast uns alle in Gefahr gebracht, und warum? Weil du Nicky auf dich aufmerksam machen wolltest; du wolltest was Besonderes für ihn sein. Nun, jetzt hat er sich einen Namen gemacht und kann jede Frau haben, die er will. Und ich verspreche dir, Rosalie, dich wird keiner mehr haben wollen, wenn wir mit dir fertig sind.«

»Nein, *por Dios*, bitte!«, weinte sie.

Mit versteinertem Gesicht fuhr Little King weiter.

15.

Los Angeles

Die Sirenen heulten, Rauch quoll in die Zelle, und Angel drängte Rojelio Flores, ihm seine Geschichte zu erzählen. Aber Flores starrte nur wie hypnotisiert auf Barlowes reglosen Körper, der ausgestreckt auf seinem Bett lag. Er atmete ganz gleichmäßig und war nur bewusstlos. Angel wusste, dass er wieder in Ordnung kam und lediglich ein bisschen Kopfschmerzen und einen Bluterguss davontragen würde. Wahrscheinlich war er in seinem Zustand in der Zelle sicherer aufgehoben als draußen bei der Meute.

»Reden sie schon«, forderte Angel ihn auf. »Wenn die Polizei hier erst einmal Ordnung schafft, fliege ich raus.«

Flores fuhr sich mit den Fingern durch seine kurzen Haare und schloss die Augen, als wolle er seine Gedanken sammeln. »Ich bin spazieren gegangen«, fing er schließlich an. »Ich tue das ungefähr viermal die Woche nach dem Abendessen.«

Er klopfte sich auf den Bauch. »Auf Anordnung des Arztes. Manchmal laufe ich nur durch die Nachbarschaft, und manchmal fahre ich an den Strand, nach Santa Monica oder Venice Beach zum Beispiel. Ab und zu auch mal in den Griffith Park, aber das mache ich lieber am Wochenende und nicht abends. Jedenfalls war ich an diesem Abend in unserem Viertel unterwegs, die Seventh Avenue rauf und über den Broadway runter zum Olympic und dann wieder zurück.«

»Ein langer Spaziergang«, meinte Angel.

»Ja, ich gehe gern zügig. Dabei kann ich gut nachdenken. Aber an besagtem Abend, da bin ich gerade auf der Siebten, und da merke ich, dass mein Schnürsenkel lose ist. Ich bleibe vor diesem Mietshaus stehen und stelle meinen Fuß auf die Bank an der Bushaltestelle, um den Schuh wieder zuzubinden. Da höre ich etwas, vielleicht Schüsse. Aber das geht mich nichts an, denke ich. Und es hat auch niemand geschrien oder so.«

Er seufzte, als erschöpfe ihn der Bericht. Angel drohte der Geduldsfaden zu reißen, aber er hielt den Mund.

»Ich gehe also einfach weiter und denke, wenn es Schüsse waren, wird bestimmt jemand die Cops rufen und die kümmern sich um die Sache. Es ist ein bewachtes Gebäude, ich könnte da ja nicht mal rein, wenn ich wollte. Und ich bin keine Kämpfernatur und besitze keine Waffe. Sehen Sie mich an!« Er streckte seine schmächtigen Arme aus. »Was kann ich gegen einen Bewaffneten schon ausrichten?«

»Und schließlich sind wir hier in L.A.«, bemerkte Angel verdrießlich.

»Wir sind in L.A.«, pflichtete ihm Rojelio bei. »Dann, einen Block weiter, will ich über die Straße und drehe mich um. Ein Polizeiwagen kommt von dem Gebäude direkt auf mich zugefahren. Zuerst dachte ich, die sind wegen der Schießerei gekommen. Eine Schießerei! Das machte mir Angst, wissen Sie? Aber da der Wagen nicht an dem Gebäude hielt, dachte ich dann, es war nur ein Zufall.«

Angel nickte und gab sich Mühe, nicht über seine Schulter zu schauen. Flores musste einen Zahn zulegen, sonst bekam er das Ende der Geschichte vielleicht nie zu hören.

»Gerade als ich die Straße überqueren wollte, blieb der Streifenwagen vor mir stehen, und die Cops sprangen mit gezogenen Waffen heraus. Ich legte mich hin, wie sie es verlangten. Sie kamen rüber, einer kniete sich auf meinen Rücken und legte mir Handschellen an. Dann schleppten sie mich zum Wagen.«

Angel dachte nach. »Hat man Ihnen einen Grund dafür genannt?«

»Da noch nicht.« Flores schwitzte mittlerweile und verrenkte sich die ganze Zeit den Hals und spähte in den Korridor, als würde jemand hereinkommen. Angel konnte sehr gut nachvollziehen, dass man in einem solchen Bau schon nach kurzer Zeit völlig paranoid wurde.

»Ich saß gefesselt hinten im Wagen und wir fuhren in die Gasse hinter diesem Mietshaus. Für etwa zwanzig Minuten saß ich ganz allein im Wagen. Alles war ruhig, keine Sirenen heulten, kein Lärm. Dann kamen sie aus dem Gebäude zurück, stiegen ein und fuhren mich hierher. Es dauerte noch einige Stunden, bis ich überhaupt herausfand, was ich getan haben soll.«

»Mord«, warf Angel ein.

»Die Polizei nennt es Totschlag«, entgegnete Flores bitter. »Sie sagten, ich könne einen Anwalt anrufen, aber ich habe keinen. Anwälte kosten Geld. Also bestimmte das Gericht jemanden, und schließlich tauchte Mister Preston auf, drei Minuten vor der Anklageerhebung.«

Seine Stimme kippte vor Angst und Wut. Angel verstand das nur zu gut. Dieser Mann hatte allen Grund, empört zu sein, wenn es stimmte, was er erzählte.

»Keine Kaution! Ich soll diesen Typen erschossen haben, diesen Nokivov, und habe angeblich bei der Festnahme Widerstand geleistet. Sie sagten, sie hätten bei mir die Waffe gefunden, mit der er getötet wurde. Dabei habe ich ja nicht einmal eine Waffe!« Seine Stimme brach, und er schluckte ein paar Mal, denn er war innerlich völlig aufgewühlt. Angel tat der Mann Leid. Das Gefängnis war kein Ort für Unschuldige. »Ich habe noch nie von Nokivov gehört, bin ihm nie begegnet und habe ihn ganz gewiss nicht erschossen.«

»Ich glaube Ihnen«, sagte Angel.

Flores hielt inne. »Sie glauben mir? Warum?«

»Weil Ihre Geschichte überzeugend klingt«, erklärte Angel. »Sie haben keine Vorstrafen; Ihre Frau sagt, sie haben nie eine Waffe besessen, und Sie haben nichts mit Drogen zu tun. Warum sollten Sie einen russischen Drogendealer erschießen?«

»Schade, dass Sie nicht der Richter sind.« Flores lachte heiser. »Ich nahm an, er würde meinen Fall in einer Minute abhandeln, aber das tat er nicht. Ordnete Untersuchungshaft ohne Freilassung gegen Kaution bis zum Prozess an. Ich habe mich ein paar Mal mit Preston getroffen, aber in meinen Augen ist er nicht gerade ein begnadeter Anwalt.«

Angel ging zur Tür und blickte den Korridor hinunter. Die Situation schien sich zu beruhigen, und der Rauch zog allmählich ab. Es sah aus, als hätten die Wärter den Aufstand unter Kontrolle gebracht. Aber da kam ein Insasse mit der Dienstwaffe eines Cops vorbei, erblickte den Beamten auf dem Bett und blieb stehen.

Angel trat ihm entgegen. »Kann ich Ihnen helfen?«

»Aus dem Weg!«, sagte der Insasse und bedrohte ihn mit der Waffe.

Angel packte ihn am Handgelenk und drückte fest zu. Der Typ ließ schreiend die Waffe fallen. Angel fing sie ab und schob sie in die Tasche der Windjacke, die er immer noch trug.

»Nichts da«, sagte Angel. »Hauen Sie ab, und seien Sie froh, dass ich Ihnen nicht den Arm gebrochen habe.«

Das Gesicht des Häftlings war schneeweiß. Er machte auf dem Absatz kehrt und rannte davon. Seine Schritte hallten im Korridor, bis sie sich im Geheul der Sirenen und dem Stimmengewirr verloren.

Angel ging zu Flores zurück. »Uns bleibt nicht viel Zeit«, sagte er. »Ihnen wurde die Sache also angehängt, glauben Sie.«

»Das ist richtig.«

»Haben Sie eine Ahnung von wem? Oder warum?«

»Aus dem, was ich mitbekommen habe«, sagte Flores und senkte seine Stimme, »kann ich nur schließen, dass die Cops es selbst getan haben. Ich habe gehört, wie einer von ihnen etwas über eine illegale Waffe sagte, und die anderen machten Witze über den Toten und lachten. Dann sprachen sie wieder leiser, als hätten sie Angst, ich könne etwas mitkriegen.«

Angel nickte. »Eine illegale Waffe.«

»Was soll das sein?«, fragte Flores.

»Cops führen manchmal eine unlizenzierte, nicht registrierte

Waffe bei sich, für den Fall, dass sie etwas damit machen wollen, was hinterher vertuscht werden soll.«

Flores nickte. »Sie behaupten, es sei meine.«

»Ihrer Meinung nach sind also die Polizisten, während Sie im Auto saßen, reingegangen, um den Tatort so herzurichten, als seien Sie dort gewesen. Vielleicht haben sie sogar Haare oder Fasern von ihrer Kleidung reingeschmuggelt! Und sie haben alle ihre Spuren verwischt, die nichts mit der Untersuchung des Tatortes zu tun haben.«

»Das befürchte ich.«

»Wenn sie clever vorgegangen sind, ist das natürlich schwer zu beweisen«, erklärte Angel grimmig.

»Sie wollen also im Grunde sagen, ich bin geliefert«, entgegnete Flores niedergeschlagen. »Sie haben Beweise dafür, dass ich dort war; sie haben eine Waffe, die sie mir angeblich abgenommen haben; sie sind zu viert und ich bin allein, und es gibt keine weiteren Zeugen.«

Angel schüttelte den Kopf. »Oberflächlich betrachtet sieht es schlecht aus. Aber vielleicht kann ich doch etwas tun. Besonders, da ich nun weiß, wo ich anfangen muss zu suchen. In der Zwischenzeit verhalten Sie sich ruhig, und machen Sie keinen Ärger!«

Flores sah durch die Gitterstäbe. »Ich dachte, das täte ich bereits«, murmelte er.

Angel rannte die Zeit davon, und er hatte immer noch nicht das Thema angeschnitten, weswegen er eigentlich gekommen war. »Rojelio, ich denke, Sie und Ihr Sohn haben beide enorme telekinetische Fähigkeiten«, sagte er. »Begreifen Sie, wovon ich spreche?«

Flores blinzelte. »Wenn man mit Hilfe der Gedanken Gegenstände bewegen kann?«

»Genauso ist es. Wussten Sie von dieser Fähigkeit?«

Einen Augenblick lang befürchtete Angel, der Mann würde es abstreiten. Aber dann ließ er die Schultern hängen und sagte: »In letzter Zeit sind komische Sachen passiert. Ich war nicht sicher, aber ich habe gedacht ... vielleicht ... etwas in dieser Richtung.«

Angel nickte. »Also, ich bin ziemlich sicher, dass Sie diese Fähigkeit besitzen. Sie müssen sie trainieren! Nehmen Sie Gegenstände in ihrem direkten Umfeld und bewegen Sie diese! Es ist wie mit der Körperkraft – sie müssen trainieren und üben. Nur so bekommen Sie es unter Kontrolle. Ich denke, der Stress, hier eingesperrt zu sein, hat Ihre Fähigkeit plötzlich aktiviert, aber wenn Sie das nicht in den Griff kriegen, verängstigen Sie die Menschen um sich herum.«

»Ich werde es versuchen«, versprach Flores.

Der Wachmann, den Angel bewußtlos geschlagen hatte, stöhnte laut und wälzte sich auf dem Bett. Angel trat zu ihm und half ihm auf die Beine.

»Sind Sie …?«

»Ich bin der Typ, der Ihnen eine verpasst hat«, sagte Angel. »Sie waren dabei, einen Gefangenen grundlos zu attackieren.«

»Er … Er ist derjenige …«

Angel sah auf sein Namensschildchen. »Denken Sie darüber nach, Barlowe. Wollen Sie wirklich diesem Mann den Prozess verwehren, der ihm zusteht, und mitten in einem Aufstand durchdrehen und ihn umbringen? Wenn Sie ihm etwas beweisen können, dann tun Sie's. Aber wenn Sie einen unschuldigen, unbewaffneten Mann hier drin töten, landen Sie auf dem elektrischen Stuhl.«

Barlowe rieb sich übers Kinn und zuckte dabei vor Schmerz zusammen.

»Vermutlich haben Sie Recht«, sagte er. »Ich war mir nur so sicher.« Er sah Rojelio Flores an und blinzelte irritiert, als blicke er in ein grelles Licht, und als hätte sich an Flores etwas geändert, aber Angel erkannte, dass sich in Barlowe selbst etwas verändert hatte. Er sah Flores mit neuen Augen. »Sorry, Flores«, sagte er. »Ich bin wohl einfach durchgedreht.«

»Kein Problem«, entgegnete Flores ehrlich.

»Warum holen Sie sich nicht eine Kompresse für ihr Kinn?«, sagte Angel. »Flores läuft Ihnen nicht weg.«

Barlowe sah Angel an. »Wer sind Sie überhaupt?«

»Sondereinheit«, sagte Angel. »Ich bin fast fertig hier.«

Barlowe stand schwankend auf. »Mir gefällt das nicht«, sagte er. »Aber in einer solchen Situation gelten andere Regeln. Wenn Sie nicht in zehn Minuten von hier verschwunden sind, sperre ich Sie ein!«

»Abgemacht«, sagte Angel und Barlowe wankte aus der Zelle.

»Schnell!«, drängte Angel. »Wie heißen die Polizisten, die Sie festgenommen haben?«

Flores antwortete ohne zu zögern. »Doug Manley, Bo Peterson, Luis Castaneda und Richard Fischer.«

»Okay«, sagte Angel. »Ich denke, Sie sind hier vorläufig sicher. Trainieren Sie, wie ich schon sagte, und versuchen Sie, Ihre Fähigkeit unter Kontrolle zu bekommen, damit es keine weiteren Zwischenfälle gibt. Carlos übt zu Hause ebenfalls.«

»Ich vermisse ihn«, sagte Flores und bekam feuchte Augen. »Und Isabel.«

»Ich weiß. Die beiden vermissen Sie auch, glauben Sie mir. Bleiben Sie sauber, dann sind Sie vielleicht bald schon wieder zu Hause bei Ihrer Familie.«

Sunnydale

Als Riley und Tara hereinkamen, hockte Giles vor seinem Radio und hörte den Polizeifunk ab. Er horchte angestrengt auf das Knacken und Knistern, das aus dem Lautsprecher kam. Er war offenbar in großer Unruhe, aber da ging es Riley nicht anders. Vierzig Minuten hatten sie gebraucht, um Spike zurück in seine Gruft zu bringen. Vierzig Minuten, die sie Rileys Meinung nach gar nicht hatten. Er persönlich hätte den Vampir ja am Straßenrand rausgeschmissen, aber Tara hatte auf Buffys Wunsch hingewiesen, dass Spike anständig behandelt werden sollte. Riley begriff das nicht – es schien, als habe sie eine Art Kampagne zur Rettung von Spikes Seele gestartet, obwohl es dafür definitiv zu spät war.

Danach hatte er endlich Tara nach Hause bringen wollen, aber sie hatte erneut protestiert. Angesichts der neuen Sachlage könne es bei Giles einiges zu erledigen geben, argumentierte sie. Sie wollte lieber zu den anderen, um da zu sein, wenn jemand ihre Hilfe benötigte. Riley fand, sie konnte ziemlich überzeugend sein – für jemanden, der ansonsten so schüchtern war.

Zwischenzeitlich hatten sie versucht, Buffy und Willow zu erreichen, aber bei den de la Natividads war niemand ans Telefon gegangen. Vermutlich lagen sie alle schon im Bett. Aber beunruhigt war Riley dennoch.

Er erzählte Giles von dem Feuer, erwähnte, dass sie Spike nach Hause gebracht hatten, und reichte ihm das goldene Kreuz, das sie auf dem Ölfeld gefunden hatten. Giles sah es sich mit dem Vergrößerungsglas an, das er in der Schublade seines Schreibtischs aufbewahrte.

»Es gibt zwei unterschiedliche Initialen auf der Rückseite«, verkündete er. »Und die eher missratene Darstellung einer Schlange.«

»Wissen wir schon«, sagte Riley. »Wir glauben, L.C. steht für die Latin Cobras. Bei den anderen Buchstaben habe ich keine Ahnung.«

»R.L. – Oh je ... Es gab kürzlich ein Tötungsdelikt unten an der Bucht«, stammelte Giles und zeigte auf das Radio. »Noch nicht lange her, dem Zustand der Leiche nach zu schließen. Sagt die Polizei. Der Name des Opfers ist Rosalie Lopez, und sie war Mitglied der Latin Cobras.«

Mit eisernem Gesicht sagte Riley: »Tara, du bleibst hier bei Giles. Ich werde das überprüfen.«

»Ich kann dir helfen«, sagte sie. »Wenn eins von diesen Schattenwesen auftaucht ...«

Aber Riley war schon aus der Tür.

Ungefähr eine Stunde später kehrte er wieder zurück. Giles und Tara, die unruhig auf seine Rückkehr gewartet hatten, eilten gemeinsam zur Tür.

Xander und Anya waren inzwischen auch da. Sie saßen auf der Couch.

Rileys Gesicht sah reichlich demoliert aus, und sein rechtes Auge war zugeschwollen. Als Tara ihn entgeistert anstarrte, grinste er halbherzig und sagte: »Du solltest den anderen sehen!«

»Überflüssig«, entgegnete Anya. »Es ist schon scheußlich genug, dich anzusehen.«

Xander ließ resigniert den Kopf sinken.

»Riley, was ist geschehen?«, rief Tara.

»Ich hole was zum Desinfizieren«, sagte Giles.

»Ich habe einige Neuigkeiten«, meinte Riley und ließ sich vorsichtig in Giles' Sessel gegenüber der Couch sinken. Er schnitt eine Grimasse und sagte zu Tara: »Es ist, wie wir vermutet haben. Nicky hat das Feuer gelegt.«

»Oh mein Gott!« Tara schlug die Hände vor dem Mund zusammen.

»Und er ist unversehrt wieder herausgekommen«, fügte Riley hinzu. »Die Anführer der Cobras – nein, das ist falsch ... Die Anführer einer Gang, mit der die Cobras zusammenarbeiten – sie heißt Echo Park Band –, wollten wissen, wie er das gemacht hat, und haben ihn nach Los Angeles bestellt.«

»Unversehrt?«, fragte Giles aus dem Badezimmer, wo er im Medizinschränkchen herumsuchte.

»Er hätte tot sein müssen. Mein Informant sagte, niemand wisse, wie er es angestellt hat.« Riley sah Tara an. »Hast du eine Vermutung?«

Langsam fragte sie: »Ist er das Schattenmonster?«

»Und was jetzt?«, fragte Xander. »Neutralisieren wir ihn mit fetten, fluoreszierenden Scheinwerfern?«

Alle sahen Riley an.

»Wir gehen folgendermaßen vor: Ich versuche, ihn in Los Angeles aufzuspüren. Ihr bleibt hier, geht auf Patrouille und prüft nach, ob sich das Schattenmonster wirklich nicht mehr hier herumtreibt.«

»Also, das klingt ja total spannend«, ertönte eine Stimme aus der Küche.

Die Mikrowelle klingelte. In dem Durchgang zwischen Wohnzimmer und Küche tauchte Spike auf. Böse blickte er Riley an. »Was zum Teufel starrst du mich so an?«

»Ich dachte, wir hätten dich heimgebracht?«

»Xander und Anya haben ihn gefunden, wie er draußen umherirrte«, sagte Tara.

Knurrend ging Spike zur Mikrowelle, nahm eine Kaffeetasse heraus und trank einen Schluck.

»Ich glaube, er ist einsam«, meinte Anya. »Er hat nur wenig Freunde. Von den anderen Dämonen wird er nicht akzeptiert, und um seine sozialen Kontakte zu Menschen ist es auch nicht sonderlich gut bestellt.«

Spike verzog das Gesicht. »Hey, ich dachte, wir wären Kumpel, du und ich! Abteilung für kastrierte Dämonen und so.«

Anya blinzelte. »Ich bin kein kastrierter Dämon. Ich bin ein perfekt funktionierender weiblicher Mensch. Im Augenblick. Wenn ich meine Kräfte zurück bekomme, sieht das natürlich ganz anderes aus.«

»Kastriert«, wiederholte Spike mit Nachdruck. »Genau wie ich.«

Anya rutschte unbehaglich hin und her. Xander legte einen Arm um sie und sagte: »Ist schon okay, Ann. Ich mag dich so wie du bist.«

Triumphierend sah sie Spike an.

»Ihr beiden sagt jetzt am besten gar nichts!«, bemerkte Spike in Richtung von Tara und Riley.

»Also, nach Los Angeles«, meinte Giles und kam mit einem Fläschchen Jod und ein paar Wattetupfern wieder.

Riley nickte. »Der Rest von euch bleibt hier und patrouilliert«, sagte er noch einmal.

»Ja, ja«, nörgelte Xander.

Tara blinzelte. »Ich sollte dich begleiten.«

Riley schüttelte den Kopf. »Wenn wir falsch liegen und Nicky nicht das Schattenmonster ist, wirst du hier gebraucht.«

»Das ist wohl wahr«, sagte Giles. »Alle Mann an Deck, wie es so schön heißt.«

»Hey, vielleicht sollten wir gleich die Rettungsbote nehmen«, bemerkte Xander fröhlich.

»Nein, nehmen wir den Kampf auf! Ich kann Monster jagen! Ich bin bereit!«, rief Spike und zeigte zum ersten Mal an diesem Abend ein wenig Begeisterung.

»Mir gefällt die Vorstellung, mich als unentbehrlich erweisen zu können«, sagte Anya nachdenklich. »Dann fühle ich mich nicht so ... behindert.«

Riley sah Tara an. »Probier noch mal, Buffy und Willow zu erreichen! Sag ihnen, ich bin unterwegs! Sie sollen versuchen, etwas über diese Gang dort herauszufinden.«

Tara nickte. »Okay.«

»Pass gut auf dich auf, Riley«, sagte Anya. »Es wäre furchtbar, wenn du von dieser Kreatur in Stücke gerissen würdest.«

»Ich werde dich auch sehr vermissen«, entgegnete Riley trocken.

»Ja, gute Reise! Oh, und vergiss nicht, Angel von mir zu grüßen«, bemerkte Spike mit spitzer Zunge. »Ich bin sicher, du wirst ihm begegnen, wenn du die Jägerin triffst.«

Riley sah ihn nur an und ging hinaus. Er hörte noch, wie Xander sagte: »Spike, du hast wirklich keinerlei Taktgefühl!«

»Überhaupt keins«, entgegnete der weißhaarige Vampir zufrieden.

16.

Los Angeles

Cordelia hatte einen Leinenbeutel voller Holzpflöcke über die Schulter geschlungen und hielt einen Pflock in jeder Hand. An ihrer Brust baumelte ein großes Metallkruzifix an einer Lederschnur. Derlei Accessoires hatte sie zwar noch nie in der *Vogue* gesehen, hoffte aber, dass sie sich bei einer Begegnung mit einem Vampir als nützlich erweisen würden.

Wesley war noch umfangreicher ausstaffiert. In der rechten Hand hielt er eine Armbrust, an der ein Holzbolzen befestigt war. Weitere Bolzen steckten in einem Schulterpatronengurt, und um den Hals trug er an einer Samtkordel ein Fläschchen Weihwasser.

Die beiden warteten in dem Labyrinth unter der Bibliothek und waren vollkommen eingehüllt von der Finsternis. Sie hatten sich in zwei einander gegenüberliegenden Eingängen im Hauptkorridor postiert, der sich durch das unbenutzte Kellergeschoss der Bibliothek zog, und saßen mehr oder weniger schweigsam und in Alarmbereitschaft da. Cordelia konnte Wesley kaum auf der anderen Seite erkennen. Die Mädchen wussten nicht, dass sie da waren – wenigstens hoffte Cordelia das.

Aber sicher war es nicht.

Sie waren gekommen, weil Kayley mit angsterfüllter Stimme angerufen hatte.

»Es passiert heute Nacht«, hatte sie gesagt, kaum dass Cordelia am Apparat gewesen war.

»Was ist los?«, hatte Cordy gefragt, bevor ihr die Bedeutung von Kayleys Worten klar wurde. »Oh, okay, heute Nacht? Bist du sicher?«

Kayley konnte nicht sprechen und schniefte nur ins Telefon.

»Okay, Kayley«, sagte Cordelia. »Wir werden da sein. Hab' keine Angst!«

Als Cordelia aufgelegt hatte, sah Wesley sie mit aschfahlem Gesicht an.

»Wir wissen doch gar nicht, wo Angel steckt«, meinte der ehemalige Wächter. »Ich habe noch mal versucht, ihn zu erreichen, erst vor ein paar Minuten. Was sollen wir denn nur tun?«

»Uns Sorgen machen«, antwortete Cordelia.

»Nein!«, rief er plötzlich mutig. »Wir werden unsere Lenden gürten und kühn in die Bresche springen!«

Cordelia zögerte. »Ich glaube nicht, dass ich das möchte, Wesley«, sagte sie. »Ich meine, mit dir kann man gut recherchieren und so, und ich gehe auch gern mit dir shoppen. Aber ich denke, dabei sollten wir es belassen, weißt du?«

Wesley blinzelte, während er verarbeitete, was sie gesagt hatte. »Ach, Cordelia! Ich meinte, wir sollten uns bewaffnen und Kostov erledigen, ohne auf Angel zu warten.«

»Oooh«, machte Cordelia erleichtert. »Warum hast du das nicht gleich gesagt?«

Dann hatten sie sich auf die Schlacht vorbereitet und den Waffenschrank geplündert, den Angel und Wesley bei Cordelia eingerichtet hatten, nachdem Angels Ausrüstung bei der Explosion seines Büros zerstört worden war. In voller Montur zogen sie in die Stadt zur Bibliothek und verschafften sich Einlass durch das leer stehende Geschäft, wie Cordelia es von den Mädchen gelernt hatte. Diesmal war die Tür nicht verschlossen, und sie fanden ihren Weg problemlos durch die zahlreichen Gänge unter der Bibliothek.

Der Anruf musste Kayley Moser einiges an Mut gekostet haben, dachte Cordelia. Ihre Freundinnen – nun ja, die Mädchen jedenfalls, denen sie sich auf der Straße angeschlossen hatte – erwarteten fieberhaft Kostovs Ankunft. Der Vampir hatte schließlich versprochen, sie alle zu verwandeln. Cordelias Meinung nach hatten die Mädchen keine Ahnung, auf was sie sich einließen. Sie flirteten mit einer romantisch verklärten Vorstellung vom Vampirleben, ohne sich mit der Realität auseinander zu setzen. Cordelia wusste schon genauer, was ihnen bevorstand, aber sie war eine Außenstehende, und die Mädchen würden ihrer Version der Realität niemals Glauben schenken.

Der Plan war also, Kostov zu pfählen, sobald er eintraf.

Wesley hatte nach langem Suchen endlich eine kleine Information über Kostov in der Literatur gefunden. Der Vampir war erst achtzig Jahre zuvor in den dichten Wäldern Ungarns aufgetaucht. Europa war damals in einen schrecklichen Krieg verwickelt gewesen, in den »Krieg zur Beendigung aller Kriege«, wie man ihn zuversichtlich genannt hatte.

Kostov war zu jener Zeit Soldat gewesen, und patrouillierte, wie üblich, vor Sonnenaufgang. Er marschierte über den gefrorenen Boden, bis er zu einer Lichtung mit kahlen, schneebedeckten Bäumen, der Grenze seines Rundgangs, kam.

Kostov umwanderte die Lichtung, so hieß es, das Gewehr in den eiskalten Händen, und sah auf einem breiten, mit Raureif überzogenen Baumstumpf, wo die Waldarbeiter zuvor einen alten Baum gefällt hatten, eine hübsche junge Dame sitzen, die kaum mehr als einen hauchdünnen Schleier am Körper und ein Lächeln in ihrem hübschen Gesicht trug.

Er hatte zunächst angenommen, er halluziniere. Nun hatte ihn die Kälte doch übermannt, oder das Senfgas aus den unzähligen Schlachten hatte sein Gehirn zerfressen! Er trat näher und erwartete mit jedem Schritt, die Feengestalt würde verschwinden.

Aber das tat sie nicht. Sie lockte ihn sogar an: Sie stellte sich auf den Baumstumpf und strich sich mit den Händen über ihren Körper, als wolle sie ihn verführen. Als er ganz dicht bei ihr war, nahm er ihren Duft war, süß und blumig. Keine Halluzination. Er streckte die Hände nach ihr aus.

Sie schlüpfte in seine Arme, legte den Kopf an seine Schulter und schmiegte ihr Gesicht an seinen Hals.

Und schlug ihre Zähne hinein.

Zwei Tage später war Kostov in der Nacht ins Lager zurückgekehrt. Es hatte einigen Aufruhr wegen seines Verschwindens gegeben – keine feindlichen Truppen weit und breit; der Wachposten war einfach im Wald verschwunden. Aber Kostov kehrte nicht als Held zurück, als er sich in den Kreis der am Feuer schnarchenden Männer schlich, sondern als Vampir.

Er labte sich an Soldaten, die einst seine Freunde gewesen waren, seine Waffenbrüder, und ein paar Ausgewählte verwandelte er. Am Morgen war der Schnee um das Lager rot verfärbt. Über die Hälfte der Soldaten, allesamt kampferprobte Profis, war tot.

Weitere fünfzehn Männer folgten Kostov in die Nacht, und sie bauten zusammen mit der Frau, die sie unter dem Namen *Inge mit den dünnen Schleiern* kennen lernten, ihre eigene kleine Truppe auf. Die restlichen Soldaten verließen gleich nach Sonnenaufgang fluchtartig das Lager, nachdem sie die leblosen, blutleeren Hüllen ihrer Kameraden gefunden hatten, und von diesem Zeitpunkt an gehörte der Wald Kostov und Inge.

Nun war er nach Kalifornien gekommen und hatte sich mit einer jugendlichen Ausreißerin namens Pat angefreundet. Und Pat hatte ihn eingeladen, ihre Freundinnen kennen zu lernen.

Also warteten Cordelia und Wesley. »Richtige Spielverderber sind wir!«, dachte Cordelia.

Angel stand in einem dunklen Eingang und wartete.

Er hatte die Polizeibeamten Bo Peterson und Luis Castaneda ausfindig gemacht. Peterson war ein großer, fleischiger blonder Typ. Er sah recht jung aus und hatte die Figur eines Gewichthebers. Sein großer Kopf mit dem Bürstenhaarschnitt schien kaum unter seine Mütze zu passen. Castaneda war knochig und drahtig und hatte dunkelolivefarbene Haut und halblange schwarze Haare. Sie trugen beide Uniform. Während des Tumults im Präsidium hatte sich Angel, der immer noch seine geliehene LAPD-Windjacke trug, Zugang zu einem Computer verschafft und herausbekommen, wo sich die beiden aufhielten.

Er beschattete sie nun schon seit einer Stunde und beobachtete alles, was sie taten. Das war nicht viel, denn außerhalb des Präsidiums herrschte Ruhe.

Sie fuhren mit dem Streifenwagen kreuz und quer durch ihr Einsatzgebiet und hielten Ausschau nach Ärger, aber besonders strengten sie sich dabei nicht an. Schließlich hatten sie dann doch an einer dunklen Straßenecke angehalten. Angel war mit seinem Plymouth Belvedere rechts rangefahren und hatte gewartet, bis sie ausstiegen.

Dann sah er, warum sie stehen geblieben waren. Ein großer, schlaksiger junger Mann lungerte lässig an der Straßenecke, die Hände tief in den Taschen seiner ausgebeulten Hose vergraben. Er hatte offenbar keine Angst vor den näherkommenden Cops und begrüßte sie nur mit einem trockenen Lächeln. Sie eskortierten ihn in eine Gasse. Sobald sie außer Sicht waren, sprang Angel aus dem Wagen und bezog in dem nächstliegenden Eingang Deckung.

Und lauschte.

»... nichts los heute Abend«, sagte der Mann gerade. »Das ist alles, was ich heute geschafft habe.«

»Ist das nicht traurig?«, entgegnete einer der beiden Cops.

»Es bricht mir das Herz«, fügte der andere hinzu.

»Ihr könnt doch nicht ...«, sagte der junge Mann.

»Wirst du schon sehen.«

»Mann, ihr habt kein Recht ...«

»Du verkaufst Dope an der Straßenecke und willst uns sagen, was für Rechte wir haben?« Die Cops lachten. »Dann mal her damit!«

Angel riskierte einen Blick in die Gasse. Der junge Mann grub in seinen Taschen und händigte Peterson und Castaneda ein Bündel Geldscheine aus.

Also hatten sie wirklich Dreck am Stecken.

Demnach schien Flores' Geschichte zu stimmen, auch, dass sie Dealer ausnahmen.

Wahrscheinlich hatte der russische Dealer die Schnauze voll, sich noch länger erpressen zu lassen und sich gewehrt – und sie nutzen die Gelegenheit, ein Exempel zu statuieren, oder hatten ihn im Gefecht erschossen.

Und dann hatten sie sich, weil sie einen Sündenbock brauchten, den unschuldigen Mann geschnappt, der nur seinen Spaziergang machte.

Sie hatten es sehr geschickt angestellt, sich Rojelio Flores auszusuchen, denn er war wegen seiner Nähe zum Gebäude ein möglicher Zeuge für die Schüsse. Was er außerdem gesehen oder gehört hatte, wussten sie nicht, und indem sie ihn zum Hauptverdächtigen machten, war sichergestellt, dass man ihm nicht glauben würde, was er auch erzählte.

Angel ging zurück zum Wagen.

Er wollte sich die Cops einzeln vorknöpfen, also zockelte er weiter hinter ihnen her, bis sie gegen Schichtende zurück zum Präsidium fuhren, und dann folgte er Peterson nach Hause.

Peterson fuhr mit seinem neuen Chevy-Truck in eine ruhige Wohngegend der unteren Mittelklasse im Valley. Er parkte den Truck in der Einfahrt eines kleinen dunklen Hauses und kaufte in dem Eckladen gegenüber ein bisschen Junkfood und ein paar Tiefkühlgerichte. Dann kam er zurück und betrat das kleine Haus. Angel konnte beobachten, wie in einem Zimmer nach dem anderen das Licht anging.

In der Einfahrt stand kein anderes Auto, und keine weiteren Lichter gingen an. Peterson war allein.

Das einzige Problem war nur, dass er sich in seinem Haus aufhielt. Angel musste den Cop dazu bringen, ihn über die Schwelle zu bitten. Das konnte schwierig werden.

Vielleicht aber auch nicht.

Er kam zu dem Schluss, dass ein Typ wie Peterson, ein großer, starker Mann, der es gewohnt war, anderen Angst einzujagen, vielleicht selbst nicht ganz unempfänglich dafür war. Angel verwandelte sich, hob einen Stein von Petersons Einfahrt auf und warf damit die Windschutzscheibe des Trucks ein. Sie zersprang mit einem lauten Klirren.

Eine Sekunde später kam Peterson mit seiner Dienstwaffe in der fleischigen Hand aus dem Haus geeilt.

Angel hatte sich neben die Tür gestellt. Als Peterson herauskam, trat er ihm fest vors Knie.

Der Cop ächzte und knickte ein.

Angel trat noch einmal zu, diesmal in den Solarplexus.

Peterson brach zusammen.

Angel ging ganz dicht mit seinem Vampirgesicht an ihn heran und wartete darauf, dass er die Augen aufschlug. Als er es tat, sprach Panik aus Petersons Blick. Aber das war Angel gleichgültig. Angesichts dessen, was der Cop Flores angetan hatte, war jeglicher Respekt verflogen. Peterson mochte ruhig wissen, dass Angel ein Vampir war, denn niemand würde ihm noch zuhören, wenn seine Verbrechen erst einmal offen gelegt waren. Angel zeigte Menschen sein zweites Gesicht nur ungern, aber wenn er, wie in diesem Fall, damit auf effektive Weise etwas erledigen konnte, zögerte er nicht lange.

»Wir müssen reden«, sagte Angel. »Hier draußen oder drin, wie Sie wollen.«

»Oh Gott«, keuchte Preston.

»Draußen oder drin?«, wiederholte Angel.

»Wer sind Sie?«

Angel zeigte seine Vampirzähne. »Draußen oder …«

»Drin«, grunzte Peterson.

Sie gingen ins Haus.

»Rojelio Flores«, sagte Angel, als er in Petersons unaufgeräumtem Wohnzimmer stand. »Erzählen Sie mir von ihm!«

»Hat einen Drogendealer erschossen.« Peterson kauerte sich auf sein niedriges braunes Sofa. Einige Minuten waren vergangen, in denen er wieder Luft geschöpft hatte, und er konnte fast schon wieder aufrecht sitzen.

Er zitterte so heftig wie ein Junkie auf Entzug und sah aus, als würde er gleich losschreien. Aber er stellte keine weiteren Fragen zu Angels Gesicht.

»Die Wahrheit!«, befahl Angel. »Falls Sie nicht wieder als Sandsack herhalten wollen.«

Peterson sah ihn flehend an. »Was wollen Sie?«, fragte er. »Soll ich gestehen oder was? Soll ich in den Knast? Sie haben alle Trümpfe in der Hand, Mann. Ich sage Ihnen, was immer Sie hören wollen. Aber das ist Nötigung. Das gilt nicht als Geständnis.«

»Ich will nur, dass Sie mir die Wahrheit sagen«, forderte Angel. »Hier gibt es keinen Richter und keine Jury, nur Sie und mich.«

»Okay, die Wahrheit. Er hat einen Drogendealer erschossen und wir haben ihn verhaftet.«

Angel stand auf, ging mit geballten Fäusten auf Peterson los und zeigte wieder sein Vampirgesicht.

Der Cop brach in Tränen aus. »Was! Wer Sind sie? Oh Gott!«

»Der hilft Ihnen jetzt auch nicht weiter, Kumpel«, sagte Angel. »Wenn ich Sie beiße, sind Sie tot.«

»Nein, bitte nicht, okay?«, schluchzte der Mann. Angel verspürte kein Mitleid. Nicht das kleinste bisschen.

»Das liegt ganz bei Ihnen.«

Angel kam Petersons Hals mit seinen Vampirzähnen ganz nahe. Er konnte sein Blut riechen und spürte seinen Herzschlag. Die Verlockung war nicht zu leugnen.

Peterson krümmte sich und hob verteidigend die Hände, aber Angel bedrängte ihn weiter und ließ ihm keinen Platz.

»Okay! Okay!«, rief Peterson. »Manley hat diesen Nokivov abgeknallt. Okay? Er war ein Dreckskerl, wissen Sie, gehörte zur russischen Drogenmafia. Ein eiskalter Killer. Manley hat der Welt einen großen Gefallen damit getan.«

Er sah Angel mit tränenüberströmtem Gesicht an. »Okay? Aber bringen Sie mich nicht um! Bringen Sie mich nicht um, verdammt!«

Er bekam einen hysterischen Heulkrampf. Angel setzte sich hin und wartete ab. Als es so aussah, als würde sich Peterson gar nicht mehr beruhigen wollen, suchte er in den Regalen, bis er eine halb leere Flasche *Ronrico* fand. Er schraubte sie auf und reichte sie dem Cop.

Peterson nahm einen großen Schluck und wischte sich mit

dem Handrücken über den Mund. Dann nahm er noch einen und barg die Flasche schützend an seiner Brust.

»Davon wird mein Berater bei den Anonymen Alkoholikern nicht sonderlich begeistert sein«, bemerkte er sarkastisch.

»Doug Manley«, soufflierte Angel.

»Ja, richtig.« Peterson mimte den Tapferen. Lag wahrscheinlich am Alkohol, vermutete Angel. »Manley und dieser Typ, Nokivov, sie hatten miteinander zu tun. Manley hatte ihn beim Dealen erwischt und wollte ein Stück vom Kuchen abhaben. Das ist ganz normal.«

»Normaler als ihn direkt festzunehmen?«

»Hey, darüber können Sie sich nur ein Urteil erlauben, wenn Sie selbst mal jeden Tag da draußen auf der Straße sind«, fuhr Peterson auf.

»Das bin ich«, entgegnete Angel ruhig. »Weiter!«

»Aber der Typ fing an, Ärger zu machen. Zog eine Waffe. Und Manley hat ihn erschossen.«

»Und warum haben Sie es nicht einfach als Notwehr dargestellt?«, fragte Angel.

»Das ist nicht so einfach«, entgegnete Peterson und nahm noch einen Schluck. »Was machte er ohne Durchsuchungsbefehl in der Wohnung des Mannes? Und ohne erklärbaren Grund? Und er hat ihn mit einer nicht registrierten Waffe erschossen. Die Ballistiker hätten herausgefinden, dass die Kugel nicht aus Manleys Dienstwaffe stammt. Wie soll Manley den Besitz einer illegalen Waffe erklären?«

»Hätte er nicht sagen können, es sei die von Nokivov?«

»Hätte er. Aber wir waren nervös, ein wenig in Panik. Es war ja nicht geplant gewesen, jemanden zu erschießen. Wir waren zu viert in der Wohnung von dem Typen und wussten nicht, wer uns hatte hereinkommen sehen oder wer uns beim Verlassen der Wohnung sehen würde, nach den Schüssen.«

Sein Gesicht verfärbte sich rot. »Fischer sah aus dem Fenster und sah diesen Flores da stehen, wie er sich den Schnürsenkel zuband und peng, da hatten wir unseren Sündenbock!«

In Angel stieg eine solche Wut auf, dass er fast unfreiwillig sein Vampirgesicht gezeigt hätte. Er dachte an Carlos Flores und seine Mutter, die sich um Rojelio sorgten. Er dachte an Rojelio und die Hölle, die er durchmachte.

»Dass Flores unschuldig ist und nie ein schlimmeres Vergehen begangen hat, als bei Rot über die Ampel zu gehen, war Ihnen wohl egal.«

»Jeder hat eine Leiche im Keller«, entgegnete Peterson. »Niemand ist unschuldig. Vielleicht hat er noch nie jemanden umgebracht, aber deshalb hat er noch lange keine weiße Weste.«

»Das ist ein perverses Wunschdenken«, sagte Angel. »Allerdings dachte ich immer, Cops glauben an die Gerechtigkeit. Sie sind doch da, um die Gesetze zu wahren, nicht um Ihre eigenen zu schreiben!«

»Und was wollen Sie tun?«, fragte Peterson. »Sie können mir gar nichts!« Er schob das Kinn vor. Mittlerweile war er reichlich betrunken. »Nichts von dem, was ich gesagt habe, hat vor Gericht Bestand. Wir werden es alle abstreiten. Und wenn Sie irgendetwas unternehmen, werde ich denen von Ihnen erzählen – dass sie ein ... ein ... was immer Sie sind.«

»Ein Vampir«, sagte Angel. »Und das wird man Ihnen glauben, meinen Sie?« Er sah den korrupten Cop voller Verachtung und Abscheu an. »Sie werden in den Knast wandern, Peterson. Alle vier!«

17.

Buffy war in die undurchdringliche Finsternis abgetaucht. Elfredo stand irgendwo hinter ihr, ausgerüstet mit Pistole und Taschenlampe, die vermutlich beide nutzlos waren. Er hatte sich doch entschieden mit nach draußen zu gehen, war aber an der Tür stehen geblieben und nicht in die Dunkelheit vorgedrungen. Buffys größte Angst war, dass er im Dunkeln auf etwas schoß und sie unbeabsichtigt dabei traf.

Aber er hatte sich geweigert, die Waffe abzulegen.

Und so zog sie alleine los, weg von dem Haus und der Waffe.

»Wo bist du?«, rief sie. »Was willst du?«

Keine Antwort. Buffy hatte den Eindruck, ihre Stimme werde von etwas erstickt. Sie hatte einmal irgendwo gelesen, das Brüllen eines Löwen könne man in einer klaren Nacht bis zu fünf Kilometer weit hören. In nebeligen Nächten werde der Schall jedoch derart gedämpft, dass man das Brüllen nur zwei Kilometer weit oder so hören könne. Die Löwen hatten offenbar ein Gespür dafür, und schonten in nebeligen Nächten ihre Kräfte, da man sie ohnehin nicht hören konnte.

Buffy hatte nun ebenfalls das Gefühl, ihre Stimme sei nur ein paar Meter weit zu hören. Nachdem sie ein paarmal laut gerufen hatte, gab sie auf und kam sich ein wenig albern dabei vor, es überhaupt versucht zu haben.

Sie wusste ja nicht einmal, ob die Gruselwesen überhaupt ihre Sprache sprachen.

Dank ihres Jägerinneninstinktes bemerkte sie das Wesen, bevor es angriff, aber es blieb ihr keine Zeit, in Deckung zu gehen.

Es traf sie mit der Wucht eines Schnellzugs. Buffy taumelte

rückwärts und klammerte sich geistesgegenwärtig an das Wesen. Es bewegte sich weiter – in Richtung Haus, wie Buffy vermutete. Vielleicht, um noch ein Fenster zu zerstören. Buffy hielt sich fest.

Das Wesen war so schnell, dass Buffy den Boden unter den Füßen verlor.

Sie hatte den Eindruck, als hielte sie sich an einem Arm oder Bein fest. Das Wesen, das nur aus Muskeln zu bestehen schien, versuchte sie abzuschütteln, während es auf sein Ziel zuraste. Aber Buffy hielt sich weiter fest, und es gelang ihr, Hand um Hand höher zu klettern. Schließlich erreichte sie etwas, das sich nach einem Oberkörper anfühlte.

Sie konnte nichts erkennen, alles war schwarz. Die Haut des Wesens war ihr total fremd. Es war Haut, kein Stoff – aber eine solche Haut hatte sie nie zuvor berührt. Sie wirkte wie Leder, das über Nacht in Motoröl gelegen hatte – schmierig und schuppig und zäh zugleich.

Sie hangelte sich weiter und fand schließlich eine Art Öffnung. Heißer Atem strich ihr über die Hand, also musste es sich um Nase oder Mund handeln. Obwohl sie nicht wusste, ob das Wesen Zähne oder eine Zunge hatte, riskierte sie es und packte zu.

Sie bekam das große Maul seitlich zu fassen und zog so fest sie konnte daran. Als sie Fleisch reißen hörte, gab das Wesen zum ersten Mal einen Laut von sich; ein hohes Wimmern, das von überall gleichzeitig zu kommen schien. Buffy riss weiter an dem Maul.

Das Wesen blieb stehen und schlug mit mehreren harten, knotenähnlichen Gliedmaßen nach Buffy. Es mochten Fäuste sein, genauso gut aber Bälle, die auf Stöcken saßen. Da sie unsichtbar waren, spielte es jedoch keine Rolle. Von Bedeutung war lediglich, dass die Schläge sehr schmerzhaft waren.

Buffy musste das Biest erledigen, bevor es ihr zuvorkommen konnte. Das wäre ihr natürlich erheblich leichter gefallen, wenn sie etwas gesehen hätte …

Aber da sie nichts sehen und somit Größe und Form des

Wesens nur vage abschätzen konnte, achtete sie darauf, sich immer mit wenigstens einer Hand festzuhalten. Wenn sie es nur eine Sekunde losließ, würde ihr Widersacher wieder in der Dunkelheit verschwinden. Es war ihr gelungen, ihn zu verletzen, und diesen Vorteil musste sie nutzen. Sie ignorierte den Hagel der Schläge, der auf sie eintrommelte, so gut es ging und klammerte sich an den Arm des Wesens, um wieder höher zu klettern. Als sie den Torso zu fassen bekam, schlug sie mehrere Male mit der Faust zu und verpasste ihm vier kräftige Tritte.

Diese schien das Monster zu spüren, denn seine Schläge setzten aus. Buffy verdoppelte ihre Anstrengungen. Sie riss an dem Arm und rollte rückwärts ab. Dabei stieß sie die Füße fest in die Höhe und spürte, wie das Wesen über sie hinwegglitt. Als sie wieder auf den Beinen war, schleuderte sie ihren Gegner zu Boden. Er schlug dumpf mit einem erneuten Schmerzensschrei auf.

Buffy hielt ihn immer noch am Arm fest und stürzte sich auf ihn. Diesmal ertastete sie etwas, das sich genug nach Kopf und Hals anfühlte, um es zu riskieren. Sie ließ den Arm los und drehte dem Wesen den Hals um.

Es erschlaffte augenblicklich.

Buffy stand keuchend auf, stützte die Hände auf die Knie und versuchte, wieder zu Atem zu kommen.

In diesem Augenblick griff das nächste Monster an.

Detective Kate Lockley sah von ihrem Schreibtisch auf. Ganz lässig stand Angel im Türrahmen, als warte er auf den Bus.

»Kann ich was für dich tun?«, fragte sie eisig.

Angel hob beschwichtigend die Hände. »Hör mir bitte eine Minute zu!«

Kate legte ein paar Akten zusammen, die sie mit nach Hause nehmen wollte. Sie hielt ihren Rücken sehr gerade. »Nenn mir einen guten Grund«, sagte sie und schob den Stuhl zurück, um aufzustehen.

»Ich habe gleich vier«, entgegnete Angel. Er wusste, die Geschichte würde ihr nicht schmecken. Sie hasste korrupte

Cops – und das Schlimmste daran war, dass ihr Dad selbst einer gewesen war. Kate hatte Angel einmal gemocht, aber das war vorbei, seit sie erfahren hatte, dass er ein Vampir war und in die Ereignisse verwickelt gewesen war, die zum Tode ihres Vaters geführt hatten – wenn auch nur am Rande. »Ihre Namen sind Peterson, Manley, Castaneda und Fischer. Sie sind Cops. Und sie sind korrupt.«

Kate zuckte zusammen. »Und das kannst du beweisen?«

»Schon bald werde ich es können.«

»Dann komm wieder, wenn du es kannst«, entgegnete sie kalt.

»Kate, einer von ihnen hat es mir gestanden. Ich denke mir das nicht aus. Du musst mir glauben!«

»Sind sie aus meiner Abteilung?«, fragte Kate.

»Nein, vom Polizeipräsidium auf der 77. Straße.«

»Dann geht es mich nichts an«, entgegnete sie und verließ den Schreibtisch. Ein Eisberg.

Angel trat ihr in den Weg.

»Ich kenne dort niemanden«, sagte er. »Und zur Zeit sind sie dort sowieso mit dem Aufstand im Gefängnis beschäftigt, wovon du sicherlich schon gehört hast. Aber sie arbeiten für den LAPD, und sie sind korrupt. Sie haben einem unschuldigen Mann einen Mord in die Schuhe geschoben, den sie selber begangen haben.«

Kate horchte auf. Sie war in diesen Tagen nicht gerade ein Fan von Angel, aber Polizeikorruption fand sie weitaus schlimmer.

»Ich weiß nicht, wie viele geschmierte Cops es noch auf dieser Wache gibt«, sagte Angel. »Ich weiß nicht, mit wem ich dort reden kann. Also suche ich die eine Polizeibeamtin auf, von der ich weiß, dass sie zweifellos die ehrlichste ist.«

Sie hielt ihre Akten vor der Brust wie einen Schutzschild. »Die meisten von uns sind es.«

»Davon bin ich überzeugt. Aber ich weiß ja nicht welche, und es wäre sinnlos, einen korrupten Cop an einen anderen zu verraten, der ebenso korrupt ist.«

Kate setzte sich wieder hin und zog einen Notizblock hervor.

»Ich sage nicht, dass ich dir glaube«, warnte sie mit einem Seufzen. »Aber nenn mir noch mal die Namen!«

»Und wenn Buffy Recht hat?«, fragte Willow.

»Das hat sie fast hundertprozentig«, entgegnete Doña Pilar. Sie rührte in einem riesigen gusseisernen Topf, der auf dem alten Herd brodelte. Ein miserabler Geruch erfüllte den Raum. Willow fragte sich, wie viele Gesetze gegen Luftverschmutzung wohl tagtäglich in dieser kleinen Küche gebrochen wurden. »Aber davon dürfen wir uns nicht abhalten lassen.«

Buffy war dagegen gewesen, dass Willow und Doña Pilar mit Magie gegen das Schattenwesen vorgingen, denn vielleicht traf ja Doña Pilars Theorie zu, und ihre Zauberkünste hatten den übernatürlichen Angreifer tatsächlich zum Haus gelockt. Willow sah das ein, aber Doña Pilar hatte darauf bestanden, weiterzumachen und zu versuchen, dem Angriff auf Hexenart zu begegnen. Also waren sie zu einem Kompromiss gelangt: Buffy versuchte es auf ihre Weise, und wenn sie nicht weiterkam, sollten Willow und Doña Pilar ihr zu Hilfe kommen.

In den vergangenen zwanzig Minuten hatte die Alte verschiedene Zutaten in ihren geheimnisvollen Eintopf gerührt und dazu Zauberformeln gesprochen. Zwischendurch erklärte sie Willow, was sie hineintat, aber welches Ziel sie genau verfolgte oder was die Formeln bedeuteten, erwähnte sie nicht. Sie klangen nicht spanisch, also nahm Willow an, dass es sich um die Sprache der Indianer handeln musste, die vor der Ankunft der Spanier in Doña Pilars mexikanischer Heimat gelebt hatten.

»Es ist so weit. Buffy braucht uns. Gleich musst du die Augen schließen, mein Kind«, warnte Doña Pilar.

»Die Augen schließen?«, wiederholte Willow. Sie hob die Hände, ohne zu wissen, um was es ging.

»Jetzt!«, befahl Doña Pilar.

Bevor Willow die Augen schloss, sah sie noch, wie es in dem Topf unglaublich hell zu leuchten begann. Es war, als hätte Doña Pilar die Sonne in ihrem Topf eingefangen.

Willow kniff die Augen fest zusammen und hielt die Hände davor. Aber auf den Handrücken, auf Kinn und Mund spürte sie die Wärme der kleinen Sonne.

Offenbar stieg sie nun aus dem Topf und segelte durch die Luft. Willow spürte, wie sich das Zentrum der Hitze über sie hinwegbewegte. Kein Geräusch war zu hören. Doña Pilar trat ans Fenster, riss es auf und rief: »Flieg!«

Als die Hitze vergangen war, öffnete Willow die Augen. Eine kleine, helle Sonne stob zum Fenster hinaus in die Schwärze und brachte wieder Licht in die Welt.

Als Angel aus der Polizeiwache kam, warteten sie schon auf ihn. Zwei Autos; amerikanische Fabrikate, dunkel und unauffällig. In jedem saßen vier bewaffnete Männer.

Angel hörte die Motoren aufheulen, als er auf den Gehsteig trat. Während er zu der Straßenecke ging, wo er seinen Wagen geparkt hatte, rasten sie auf ihn zu. Er sah auf. Die Fenster gingen herunter und Pistolen wurden herausgehalten. Angel blickte sich suchend nach Deckung um, aber es gab keine – von seinem eigenen Wagen war er immer noch sechs Meter entfernt und direkt vor dem Polizeigebäude parkten keine Autos.

Er warf sich zu Boden, als sie feuerten.

Ein Dutzend Kugeln drang in seinen Körper ein. Schmerzen durchzuckten ihn, und er blieb liegen.

Die Autos brausten in die Nacht davon.

Eine Handvoll Polizeibeamter drängelte sich aus der Tür, darunter Kate Lockley. Einige rannten zu den Streifenwagen, um die Verfolgung aufzunehmen. Kate kam mit ein paar Kollegen im Schlepptau zu Angel herübergeeilt.

Er stand auf, verzog vor Schmerzen das Gesicht und klopfte sich die Kleider ab. Auf seinem Hemd waren Blutflecken.

»Miserable Schützen«, bemerkte er trocken und grinste.

»Glück gehabt!«, sagte Kate, die nicht sonderlich besorgt wirkte. Oder überrascht.

»Wirklich Glück gehabt«, sagte ein anderer Cop. »Haben Sie echt nichts abbekommen?«

»Ein paar Kugeln haben mich gestreift«, sagte Angel. »Das Hemd ist versaut. Aber keine direkten Treffer. Mir geht es gut.«

»Brauchen Sie nicht doch einen Krankenwagen?«, drängte der Officer.

»Ich fahre ihn ins Krankenhaus«, erklärte Kate resolut. Natürlich hatte Angel keine ärztliche Versorgung nötig, aber so wurden sie den Officer los, und auch die anderen Cops verzogen sich. Sie führte Angel zu ihrem Auto. »Hast du die Waffen gesehen?«

»Nicht sehr deutlich«, antwortete er.

»Ich aber«, sagte sie. »Größtenteils das Übliche: einige Mac-10, eine Glock 19. Aber zwei hatten Kalaschnikovs. Und zwar keine AK-47«, sagte sie und nannte damit eine sehr übliche Angriffswaffe, »sondern vom Typ AK-74M.«

Angel war überrascht. »Mit so etwas schießt in L.A. doch niemand!«

Kate sah ihn an. »Niemand außer den Russen.«

Buffy wehrte sich so gut es ging gegen den neuen Angreifer, war aber immer noch recht erschöpft von dem Kampf mit dem ersten. Dieses Wesen schien sehr ähnlich gebaut zu sein wie das erste, soweit sie das mit ihren Sinnen erahnen konnte. Sie hatte keine Ahnung, was aus dem ersten geworden war – das Monster war irgendwo in der Dunkelheit verschollen.

Das zweite schien ebenfalls aus vielen Gliedmaßen zu bestehen, und sein Atem war genauso heiß und übelriechend wie der des ersten.

Sie trommelte auf das Wesen ein und bekam wieder einige Schläge ab. Dann und wann entlockte sie ihm einen Schmerzensschrei, der sie nur noch mehr anspornte. Sie verpasste dem Wesen drei heftige Tritte, setzte mit zwei rechten Haken nach und ging ganz dicht für einen Ellbogenhieb heran.

Das Wesen stieß einen markerschütternden, irrsinnigen Laut aus, der wie das vereinte Klagen aller jemals Verstorbenen klang.

Buffy schüttelte den Kopf. Der Laut war ohrenbetäubend. Sie musste zurückweichen und sich die Finger in die Ohren stecken, auch wenn sie das Wesen damit vielleicht verlor.

Jedenfalls kämpfte es nicht, solange es schrie.

Buffy beobachtete eine ganze Weile, wie sich das große Maul zu einer ungleichmäßigen ovalen Form öffnete, bevor sie begriff, dass sie es tatsächlich sehen konnte. Unbewusst musste sie es auch zuvor schon gesehen haben, denn sie hätte wohl niemals losgelassen, wenn sie damit seine Flucht riskiert hätte. Aber erst jetzt erkannte sie, dass plötzlich Licht die Finsternis durchdrang.

»Willow und Doña Pilar«, dachte sie. »Zum Glück!«

Sie sah auf.

Aus einem Fenster des Hauses – sie konnte das Haus wieder sehen! – leuchtete die Sonne. Oder etwas, das wie die Sonne aussah. Wie die Sonne an einem bewölkten Tag, wenn sie wie eine blassweiße Bowlingkugel am bedeckten Himmel nur schwach strahlte.

Allerdings leuchtete die kleine weiße Kugel mit der Helligkeit einer Sommersonne und schien die Dunkelheit regelrecht wegzubrennen, während sie sich weiter durch die Schwärze bewegte. Die schwarze Welt wurde immer grauer, und die Miniatursonne pflügte durch die künstliche Nacht und zischte dabei wie ein kaputtes Ventil.

Buffy sah sich suchend nach der Kreatur um, aber sie war verschwunden, verblasst in dem Licht.

Nach einer Weile verschwand auch die kleine Sonne. Buffy erblickte wieder einen dunklen Nachthimmel über ihrem Kopf, aber die Sterne funkelten da, wo sie hingehörten. Auch der Dreiviertelmond war zu sehen. Die gewohnte Ordnung war wiederhergestellt.

Um das Haus der de la Natividads herrschte wieder richtige Nacht. Und die Wesen, die das Haus angegriffen hatten, waren verschwunden.

Buffy ging zurück zum Haus. Elfredo kam ihr entgegen und steckte seine Pistole ins Halfter. Er war zerkratzt und blutete, und seine Kleider hingen in Fetzen an ihm herunter. Offenbar hatte auch er einen Kampf hinter sich.

»Sind Sie okay?«, fragte Buffy ihn besorgt.

»Es hat mich nicht richtig erwischt«, sagte er. »Ich bekam einen Seitenhieb ab und bin auf den Gehsteig geknallt, das ist alles. Als ich wieder aufstand, konnte ich das Haus nicht finden. Bis das Licht wiederkam.«

Mit Nachdruck verschloss er die Tür. Als sich Buffy zu ihm umdrehte, lächelte er sie an.

»Die Russenmafia ist eine der gefährlichsten kriminellen Organisationen auf der Welt«, erklärte Kate Angel. Als die anderen Beamten das Feld geräumt hatten, waren sie zurück in die Wache gegangen und saßen nun an Kates Schreibtisch. Der Angriff auf Angel schien sie empfänglicher für seine Geschichte gemacht zu haben. Er hatte ihr den Fall Rojelio Flores geschildert, wie er sich für ihn darstellte. Der Kaffee, den sie sich eingeschenkt hatte, war mittlerweile eiskalt geworden.

»Sie setzt sich größtenteils aus Leuten zusammen, die in der alten Sowjetunion vor dem Zusammenbruch Kriminelle waren, und aus ehemaligen KGB-Agenten. Sehr gut ausgebildet und bestens ausgerüstet.«

Wie Angel wusste, war der KGB der sowjetische Geheimdienst gewesen – eine Kombination aus FBI, CIA und Secret Service sozusagen, alle vereint zu einer gefährlichen Institution. Spionage im Ausland und Überwachung der eigenen Leute im Lande – sogar in ihrem Zuhause – waren die Aufgaben des KGB gewesen.

»Und nach dem Zusammenbruch?«, fragte er.

Sie zuckte mit den Schultern, als wäre die Antwort nur zu klar. »Plötzlich bezahlte sie niemand mehr fürs Spionieren. Sie beschlossen, in die Privatwirtschaft zu gehen, womit Verbrechen, Korruption, Erpressung und Mord gemeint sind. Für ein paar

Dollar tun sie alles. Oder Rubel, besser gesagt.« Sie nahm einen Schluck von ihrem Kaffee, verzog das Gesicht und schob die Tasse weg.

»Wenn sie jetzt hier sind, dann ist Dollar wohl zutreffender«, bemerkte Angel.

»Oh ja, und ob sie hier sind «, entgegnete Kate bestimmt. Sie zog eine Schublade ihres Schreibtischs auf und suchte darin herum. Als sie die Dose Pfefferminzbonbons fand, bot sie Angel davon an. Er nahm eins, und Kate warf sich ebenfalls eins in den Mund. »Sie haben ganz Russland terrorisiert, aber sie begriffen rasch, dass sie in Amerika viel mehr Geld machen können als zu Hause. Natürlich sind sie nicht die Ersten. Wir haben hier schon seit Ewigkeiten Banden jeder nur erdenklichen Rasse und Nationalität – Armenier, Russen, Kolumbianer, Iren, Sizilianer und so weiter und so fort.«

»Ein großer Schmelztiegel«, bemerkte Angel und bedauerte, die minzige Frische des Bonbons nicht schmecken zu können. Sein Geschmackssinn war recht speziell: Er konnte mit der Finesse eines Weinprüfers alle möglichen Blutsorten unterscheiden, alles andere jedoch schmeckte für ihn nach Pappe.

Kate fuhr fort: »Sie waren schon vor dem Zusammenbruch der Sowjetunion üble Verbrecher, aber danach wurden sie noch gefährlicher. Vorher hatte es immerhin die drohende Gefahr der Deportation gegeben. Aber als sie ihre Reihen mit KGB-Killern, arbeitslosen Soldaten und dergleichen Leute mehr aufgestockt hatten, mauserten sie sich von einer der gewalttätigsten kriminellen Vereinigungen des Landes zu der gewalttätigsten.«

»Die Rache für den verlorenen Kalten Krieg?«

Kate dachte darüber nach. »Ich glaube nicht, dass es viel mit Politik zu tun hat. Die russische Wirtschaft ist das reinste Schlachtfeld, und zum Teil gibt es dort so viele Verbrechen und Korruption, weil nur ein geringer Anteil des Etats für die ursprünglichen Zwecke verwendet wird.

Die Russenmafia hier in Amerika – wenn ich das mal so verallgemeinernd sagen darf, es gibt nämlich Hunderte von Verbrecherbanden in Russland und auch bei uns mehr als eine – ist aus dem politischen Geschäft raus.« Kate nahm einen Schluck von ihrem kalten Kaffee. »Sie nutzen das kapitalistische System so gut es geht und füllen sich die Taschen auf Kosten der Bürger, des Staats, der Versicherungen, einfach auf Kosten aller.«

»Mit Drogenhandel?«, fragte Angel.

Kate streckte sich. Sie wirkte ein bisschen erschlagen von all dem Übel in der Welt. »Oh ja. Außerdem verüben sie Banküberfälle und mischen bei diversen Arten von Betrug und beim Glücksspiel mit. Sie haben schon Dinger gedreht, bei denen sie über eine Milliarde Dollar Profit eingestrichen haben. Diese Kriminellen sind nicht hergekommen, um mit ihren Familien in einer friedlichen Demokratie zu leben. Die meisten von ihnen haben nicht einmal Familie. Sie sind hier, um andere auszunehmen.«

»Flores sagte, der Typ, den er umgebracht haben soll, war ein Drogendealer«, bemerkte Angel.

»Das stimmt«, entgegnete Kate. »Ich habe Nokivov im Computer überprüft. Er war bereits einmal verurteilt und ist jetzt auf Bewährung. War auf Bewährung, sollte ich wohl sagen. So bald wird er sich wohl nicht bei seinem Bewährungshelfer melden.«

Angel erwiderte Kates grimmiges Grinsen. Er bedauerte, dass es zwischen ihnen nicht so gut lief. Gar nicht lief, um genau zu sein. Ihm gefiel einiges an ihr – ihr Schwung, ihre Entschlossenheit, ihre Ehrlichkeit, ihr Mut. Aber in jüngster Zeit wollte sie nichts mit ihm zu tun haben. Er vermied es, das Foto ihres Vaters auf dem Schreibtisch anzusehen.

»Also war Nokivov ein Mitglied der Russenmafia?«, fragte er.

»Er gehörte jedenfalls zu einer der russischen Banden.« Kate lehnte sich in ihrem Stuhl zurück.

»Ich habe mir einen von den korrupten Cops, die ihn getötet haben, vorgeknöpft – und keine Stunde später wollen mich zwei Wagenladungen Leute mit russischen Gewehren erschießen.« Angel sah sie an. »Was sagt uns das?«

»Ich wünschte, es wäre nur ein schrecklicher Zufall.« Kate sah ganz krank aus. »Aber offenbar hat zumindest Peterson mit den Russen zu tun.«

»Das denke ich auch«, pflichtete ihr Angel bei. »Als ich ihn verließ, hat er sie auf mich angesetzt. Und jemand hier in diesem Gebäude hat ihn angerufen und ihm gesteckt, dass ich hier war. Die Nachricht hat offenbar schnell die Runde gemacht.«

»Und das bedeutet, dass es mindestens einen korrupten Cop in meiner Abteilung gibt«, sagte Kate mit hasserfüllter Stimme.

»Dann ging es vielleicht gar nicht darum, dass sie Angst davor hatten, in den Knast zu wandern, wie Peterson mir weismachen wollte«, meinte Angel. »Vielleicht machen sie sich eher Sorgen darum, dass ihre Mafia-Kumpel herausfinden, wer Nokivov wirklich umgebracht hat, und brauchen deshalb Flores als Sündenbock.«

»Das ist eine Möglichkeit«, pflichtete ihm Kate bei. »In jüngster Zeit gab es in der Drogenszene heftige Revierstreitigkeiten zwischen russischen, mexikanischen und kolumbianischen Banden. Vielleicht hofften sie mit einem Spanier als vermeintlichen Täter den Verdacht auf eine mexikanische Gang lenken zu können.«

»Ach, Los Angeles! Man muss es einfach lieben.«

Kate dachte angestrengt über die Verstrickungen nach. »Schade, dass Petersons Geständnis vor Gericht keinen Bestand hat. Ich werde dafür sorgen, dass alle vier permanent überwacht werden. Eine falsche Bewegung, und wir nehmen sie hoch.«

»Gut.«

Kate holte tief Luft. »Und wir werden herausfinden, wer in dieser Abteilung mit ihnen zusammenarbeitet. In der Zwischenzeit pass auf dich auf, Angel! Dir sind ein paar ganz üble Kerle auf den Fersen.«

»Das ist nichts Neues für mich«, entgegnete Angel trocken. Aber danke für deine Besorgnis.«

»Was für eine Besorgnis?«, fragte Kate mit ausdrucksloser Miene. »Ich will es nur nicht erklären müssen, wenn wir dich irgendwo tot auffinden.«

»Wenn ich tatsächlich getötet werde, gibt's nur eine Staubwolke und dann bin ich verschwunden, Kate«, erinnerte sie Angel. »Kein Dreck, keine Umstände.«

Kate lächelte. »Stimmt! Jetzt fühle ich mich schon viel besser.«

»Dachte ich mir doch.«

»Sorg dafür, dass es den Flores' gut geht«, sagte sie und schob ihren Stuhl zurück.

»Ich habe Mutter und Sohn an einen Ort gebracht, wo Anonymität oberstes Gebot ist«, sagte Angel. »Niemand weiß, wo sie sind. Aber wir müssen Rojelio aus dem Gefängnis holen. Dort ist er wahrscheinlich am schlechtesten aufgehoben, wenn das organisierte Verbrechen hinter ihm her ist. Wenn die es für möglich halten, dass ihm jemand glaubt, ist er rund um die Uhr eine Zielscheibe.«

»Ich werde mich darum bemühen, dass die Anklage so schnell wie möglich fallen gelassen wird, und ihn rausholen, damit er zu seiner Familie kann. Währenddessen versuche ich, diesen vier Losern den Kontakt zur Mafia nachzuweisen. Das Letzte, was diese Wache gebrauchen kann, ist ein weiterer Skandal.«

Sie erhob sich.

Ende der Besprechung.

Ohne ein weiteres Wort verließ Angel das Büro.

18.

Bereits zweimal waren einige der Mädchen an ihrem Versteck vorbeigekommen. Cordelia und Wesley hatten sich weiter in die Seiteneingänge zurückgezogen, tiefer in die Dunkelheit, und sich nicht gerührt, bis die Mädchen an ihnen vorbei nach draußen gegangen waren, vielleicht, um etwas zu essen zu schnorren oder auch nur, um die Sterne anzusehen. Sie durften nicht riskieren entdeckt zu werden, sonst war der ganze Plan zum Teufel. Cordy wünschte, Angel wäre, was Handys angeht, nicht so zurückgeblieben.

Von der ganzen regungslosen Warterei bekam sie schon Krämpfe in den Beinen. Im Korridor war es still, und so trat sie aus ihrem Versteck, ging ein paar Schritte in die eine, dann in die andere Richtung und schüttelte ihre Beine aus. Sie legte die Pflöcke auf dem Boden ab, um sich mit beiden Händen Waden und Oberschenkel zu massieren. Stillsitzen war doch viel anstrengender als sie gedacht hatte!

Da hörte sie ein Geräusch in dem leer stehenden Laden, der als Eingang diente. Dann Schritte auf der alten Holztreppe, die nach unten führte. Cordelia packte ihre Holzpflöcke zusammen und verzog sich wieder in die dunkle Nische.

»Lass mich den ersten Schuss mit der Armbrust machen«, raunte Wesley ihr angespannt zu. »Vielleicht müssen wir ihm dann gar nicht mehr auf die Pelle rücken.«

Cordelia nickte, obwohl sie wusste, dass Wesley sie nicht sehen konnte. Die Schritte kamen näher, und sie traute sich nicht mehr zu sprechen. Ihr eigener Herzschlag dröhnte ihr in den Ohren, und sie hatte Angst, Kostov könne es auch hören, oder das Blut riechen, das durch ihre Adern pulsierte.

Sie schloss die Finger fest um ihre Holzpflöcke und rückte das große Kruzifix auf ihrer Brust zurecht, damit es gut zu sehen war.

Am Ende des Flures knarrte die schwere Tür.

Cordelia hockte nun schon so lange in der Dunkelheit, dass ihre Augen sich einigermaßen daran gewöhnt hatten. Undeutlich malte sich die kräftige Gestalt eines Mannes in der Tür ab. Das musste Kostov sein, der sich holen wollte, was ihm angeboten worden war.

Aber als er in den Korridor trat, blieb die Tür offen. Weitere Schritte erklangen. Kostov war nicht allein gekommen. Es mussten sieben oder acht Begleiter sein; genau konnte es Cordelia in der Dunkelheit nicht erkennen. Aber sie hörte, wie die Männer leise miteinander sprachen und lachten.

Damit hatte weder sie noch Wesley gerechnet.

Sie waren angetreten, einen Vampir zu erledigen, der davon ausging, mit offenen Armen empfangen zu werden. Eine ganze Truppe Vampire zu pfählen, war etwas ganz anderes. Cordy spürte, wie ihre Zuversicht, bei der es sich in erster Linie um törichten Wagemut gehandelt hatte, schwand.

Aber Wesley stand auf der anderen Seite des Korridors. Sie konnte sich nicht mit ihm über eine strategische Planänderung austauschen, ohne gehört zu werden.

Aber dafür war es ohnehin schon ein wenig zu spät.

Die Vampire kamen näher.

Auf der anderen Seite holte Wesley tief Luft und trat aus seinem Versteck. Die Vampire blieben stehen und einer wollte das Wort ergreifen. Aber Wesley kam ihnen zuvor.

»Kostov!«, rief er mutig. »Bleib wo du bist!«

»Kann jemand mal den Idioten aus dem Weg schaffen!«, knurrte einer der Vampire, vermutlich Kostov. Ihn mit Namen anzusprechen war eine gute Idee von Wesley gewesen, fand Cordelia. Es wäre nur zu schrecklich, den Kerlen Holzpflöcke ins Herz zu stoßen und dann festzustellen, dass es nur Kammerjäger auf der Suche nach Termiten waren oder so.

Aber mit der Aufforderung, Wesley zu töten, war nun mehr

oder weniger klar, dass es sich bei diesen dunklen Gestalten auf jeden Fall nicht um brave Jungs handelte.

Cordelia hörte, wie Wesleys Armbrust zurrte und ein Bolzen durch die Luft pfiff. Ein Vampir schrie auf, und trotz der Dunkelheit sah Cordelia, wie er sich in eine Staubwolke auflöste. Volltreffer!

»Weiter so, Wesley!«, rief sie.

Oh je, verplappert! Sie hatte sich verraten.

Mutig kam sie aus ihrem Versteck, in jeder Hand einen Holzpflock. Sie war bereit, sich dem Feind zu stellen.

Da ertönte hinter ihr eine weibliche Stimme. »Was ist los? Kostov? Wer ist das?«

Es war Pat, die von hinten durch den Korridor kam. Auch die anderen Mädchen waren zu hören, die plötzlich wild durcheinander redeten und schrien.

Cordelia und Wesley befanden sich mitten im Kreuzfeuer.

»Das ist so unfair«, dachte Cordelia, als sich die Vampire näherten. Sie blickte über die Schulter. Auch die Mädchen rückten vor. Ein paar hatten Taschenlampen oder Laternen, und im flackernden Licht sah Cordelia ihre wütenden Gesichter. Sie fühlte sich an eine Horde von Dorfbewohnern erinnert, wie sie in Monsterfilmen mit Fackeln bewaffnet das Schloss stürmen.

Leider nur war diesmal der Mob auf der Seite der Monster.

»Wir wollten nur helfen«, sagte Cordelia schnell.

Wesleys Kopf flog hin und her wie der eines Zuschauers beim Tennis. Die Vampire, die Mädchen, die Vampire.

Beide Gruppen kamen näher. Aber die Vampire waren Furcht erregender. Im flackernden Schein der Taschenlampen erkannte Cordelia ihre dämonischen Züge. Lange Vampirzähne, vorgewölbte Stirnpartien und Augen, die vor Bösartigkeit funkelten. Wie lange sie Angel auch kannte, würde sie sicher niemals ihren angeborenen Horror vor Vampiren ablegen können.

Einer führte die Truppe an. Das musste Kostov sein. Er war größer als die anderen, hatte breite Schultern und eine wallende silberne Mähne. Er schien den ganzen Korridor auszufüllen. Er schob das Kinn entschlossen vor, und sein Mund nahm sich wie eine dünne Linie in einem gut aussehenden Gesicht aus.

Cordelia konnte sich vorstellen, was Pat so an ihm begeisterte. Kostov hatte, wenn er lächelte, etwas Professorenhaftes an sich. In diesen Typ Mann verknallten sich junge Studentinnen.

Aber im Augenblick war er nur absolut böse und gruselig und schritt auf Cordelia zu, die mit zitternder Hand den Holzpflock hochhielt.

Er lächelte, aber in seinem Lächeln lag keine Spur von Freundlichkeit. Es bestand nur aus spitzen Zähnen und Gier.

Er blieb ein paar Zentimeter vor ihr stehen.

»Na, mach schon!«, sagte er. Der Akzent verriet seine Herkunft aus den osteuropäischen Wäldern.

Cordelia stach mit aller Kraft zu, aber Kostov drehte sich im letzten Moment um. Statt in seinem Herzen steckte der Pflock nun in seinem Arm. Er grunzte vor Schmerz, riss sich das Holz aus dem Fleisch und warf es in den Korridor.

»Nicht gut genug«, sagte er. »Wie ich sehe, bist du eine Amateurin in diesem Geschäft.«

»Ich bin keine Jägerin, wenn du das meinst«, erwiderte Cordelia.

»Aber ich bin ein Wächter«, bemerkte Wesley und feuerte einen weiteren Bolzen aus der Armbrust. Der Holzpflock schlug in Kostovs Brust, aber zu weit oberhalb des Herzens. Wieder zog er ihn heraus und warf ihn beiseite.

Einer von Kostovs Kameraden packte Wesley am Hals und drängte ihn gegen die Wand. Wesleys Beine baumelten über dem Boden. Der Vampir öffnete seinen Mund, bleckte die Zähne und beugte sich über Wesleys Hals.

»Einen Wächter hatte ich noch nicht«, knurrte er. »Wollte schon immer wissen, ob sie anderes schmecken als normale Leute.«

»Das klingt nach einem südlichen Akzent«, dachte Cordelia. Also hatte Kostov nicht die alten Soldaten mitgebracht, sondern seine Truppe in den Staaten zusammengestellt. Cordy speicherte diese Information erst einmal ab, obwohl sie ihr in diesem Augenblick nicht helfen konnte, die reichlich unangenehme Situation zu entschärfen.

Kostov wandte sich ihr erneut zu; Wesley schien er schon wieder vergessen zu haben. »Wie ich sagte, Amateure«, zischte er. »Aber für einen schnellen Snack seid ihr allemal gut.«

Cordelia hob ihren zweiten Pflock. Mit der anderen Hand hielt sie das Kreuz hoch. »Hey, dein Happy Meal kannst du dir woanders holen!«, entgegnete sie.

Kostov zog eine silberne Augenbraue hoch. »Du hast ja nur Spielzeug bei dir«, entgegnete er. »Und das kannst du noch nicht mal richtig benutzen, wie wir gesehen haben.«

»Gib mir noch eine Chance«, sagte Cordelia herausfordernd. »Dann zeige ich dir, was ich damit alles machen kann.«

Kostov schüttelte seine Löwenmähne. »Du hast deine Chance gehabt, junge Dame«, sagte er und stürzte sich auf sie. Cordelia stach zu, aber er drückte den Holzpflock einfach zur Seite. Mit stahlhartem Griff packte er sie am Arm, zog sie an sich heran und öffnete den Mund. Die Vampirzähne glänzten, sein Atem war heiß und ranzig. Cordy wehrte sich mit Händen und Füßen. Vor Angst brachte sie keinen Ton heraus. Über Kostovs Schulter sah sie, wie Wesley gegen den Kerl kämpfte, der ihn an die Wand drückte.

»Nimm sie!«, rief jemand von hinten. Es klang wie Jean oder vielleicht Holly. Eines der Mädchen jedenfalls, denen Cordelia hatte helfen wollen.

So viel zum Thema Samariterin. Eine andere Geschichte aus der Bibel kam Cordy in den Sinn; sie hatte etwas mit Judas zu tun.

Und dann erklangen aus der Richtung, aus der Kostov und Co. gekommen waren, plötzlich Schritte auf der Treppe. Die Tür flog auf und Stimmen ertönten. Cordelia konnte nichts sehen, weil Kostov ihr die Sicht versperrte. Gewehrsalven donnerten durch den Korridor und zwei Vampire gingen in Staubwolken auf.

»Wer ...?«, fragte Kostov fassungslos. Er ließ Cordelia los und wirbelte herum. Als sie über seine Schulter spähte, sah sie einen jungen schwarzen Mann in kariertem Hemd und Jeans mit einem dunklen Tuch um den Kopf. Er schritt stolz einher und trug ein Lächeln in seinem hübschen Gesicht, während er mit seinem Gewehr Holzpflöcke aus einem zusammengebastelten Patronengurt abfeuerte.

»Abendbrot, Vampir?«, fragte er lässig.

Hinter ihm erschienen noch mehr. Sie sahen aus wie Jungs von der Straße, Ausreißer, Gangster. Einer trug eine Armbrust, einer einen langen Spieß und ein anderer rasselte bedrohlich mit seiner Kette, an der ein Morgenstern baumelte.

Wesley schüttelte verwundert den Kopf und blinzelte. Der Vampir, der ihn gerade noch gepackt hielt und ihm fast in seinen dünnen Wächterhals gebissen hätte, war einer der beiden, die sich in Staub aufgelöst hatten.

Ein tiefes Knurren drang aus Kostovs Kehle, und er ging auf die junge Truppe zu. Aber die Jungen wichen nicht zurück und behaupteten ihre Stellung auch noch, als Kostovs Kameraden ebenfalls auf sie losgingen.

»Kostov!«, rief Pat. »Wir haben nur euch eingeladen! Die anderen sind alles Störenfriede. Denk dran, wir haben euch gebeten zu kommen. Und der Rest von euch verschwindet am besten zackig!«

Cordelia bekam eine Sauwut, fischte einen neuen Pflock aus ihrer Tasche und ging auf Pat los. »Hör mal, mein Fräulein«, sagte sie und hielt ihr den Pflock an den Hals. Wo sich die Spitze in die Haut bohrte, trat ein Blutstropfen aus. »Du bist zwar kein Vampir, aber so ein Pflock kann dir trotzdem ganz schön wehtun! Du und deine Mädels, ihr verkrümelt euch jetzt mal und überlasst das Feld den Profis!«

In Pats Augen schimmerten Tränen. »Aber wir wollten, dass er herkommt. Wir haben ihn eingeladen!«

»Du sagst das die ganze Zeit, als wäre es für irgendjemanden außer dir von Bedeutung«, entgegnete Cordelia. Die anderen

Mädchen beobachteten die Szene, und auf ihren jungen Gesichtern machte sich Angst breit. Amanda, Jean, Holly, Nicole und Kayley starrten aus weit aufgerissenen Augen und atmeten keuchend aus offenen Mündern.

Nur Keri und Erin sahen gelassen zu, als wäre dies lediglich ein weiteres Ereignis in ihrem Leben, nicht bemerkenswerter als alles andere, was sie schon gesehen hatten.

»Aber ich will dich mal auf den neuesten Stand bringen«, fuhr Cordelia fort. »Es ist überhaupt nicht von Bedeutung. Ich bin mir ziemlich sicher, dass ich weiß, was das da für Leute sind. Deine Vampirfreunde haben gegen sie keine Chance. Und du wirst jetzt dafür sorgen, dass deine Möchtegerns aus dem Weg bleiben.«

»Mir ist vollkommen schnuppe, was du da erzählst«, entgegnete Pat. »Kostov kann es garantiert mit ihnen aufnehmen.«

»Kostov hat keine Chance«, konterte Cordelia.

»Da hast du Recht«, meinte der Schwarze. »Ist auf jeden Fall in ein paar Sekunden Vampirstaub.« Cordelia sah ihn an. Er hob erneut sein Bolzengewehr und seine Mannschaft sammelte sich angriffsbereit um ihn.

Kostovs kehliges Knurren verwandelte sich in Worte, die sich nicht anhörten, als kämen sie aus einer menschlichen Kehle. »Heute Nacht feiern wir ein Festmahl, Brüder«, verkündete er und stürzte sich auf die jungen Männer. Seine Kollegen stürmten ihm hinterher, aber es hagelte Pflöcke und Bolzen. Zwei weitere Vampire gingen in Staubwolken auf.

Einer der Vampire fing einen Spieß ab, der auf ihn geworfen wurde, und knöpfte sich den Werfer vor. Er packte den Kopf des Jungen und drehte ihn, als schraube er den Deckel von einem Glas.

Der Kettenmann schwang seinen Morgenstern und traf einen Vampir am Kopf, der sogleich in einen Regen aus Blut und Hirn zerbarst. Der Vampir explodierte zu einer Staubwolke, denn Enthauptung war eine ebenso zuverlässige Methode wie Pfählen.

»Yo, danke!«, stieß der Speerwerfer hervor.

»Kein Problem, Alter«, entgegnete der Kettenmann.

Nach einer Weile war nur noch Kostov übrig. Er stellte sich, zu allem entschlossen, den bewaffneten Jungen entgegen. »Aus dem Weg, ihr Bürschchen!«, befahl er.

»Jetzt muss ich wohl sagen: Komm doch, wenn du dich traust!«, antwortete der, der offenbar ihr Anführer war. »Klingt ein bisschen nach Grundschule, aber hey, was soll's?«

»Du kannst erzählen, was du willst!«, entgegnete Kostov. »Aber entweder machst du jetzt Platz oder du kannst dich auf deinen Tod vorbereiten.«

»Das tu' ich schon mein Leben lang und er is' noch nie gekommen. Diesmal wohl auch nicht! Oder is' dir entgangen, dass genug Holzpflöcke auf dein Herz gerichtet sind, um ganz Afrika wieder aufzuforsten?«

»Wenn ich gehe«, drohte Kostov, »gehst du mit.«

»Ach was«, meinte der Junge. »Du gehst allein. Ich hab' hier noch zu tun.« Er nickte in Kostovs Richtung. »Pfählt ihn!«

Sie feuerten alle zugleich. Bolzen und Pflöcke zischten durch die Luft wie Wurfmesser. Cordelia hörte das *Schmack! Schmack!*, als sie Kostov trafen, dann heulte er vor Schmerz auf. Einen Augenblick später war er verschwunden.

Pat fing an zu schluchzen, und Cordelia ließ sie los. »Ich weiß, du denkst, ich irre mich«, sagte sie sanft. »Aber eines Tages wirst du froh sein.«

Pat starrte sie nur verständnislos aus tränenverhangenen Augen an und schwieg. Cordelia drehte sich zu den Jungs um, ihren Rettern.

»Wie konntet ihr ...?«, setzte sie an.

»Kette hat hier in letzter Zeit spät nachts noch ein verdächtiges Kommen und Gehen bemerkt«, entgegnete der Anführer und wies auf den Jungen mit dem Morgenstern. »Wir dachten, vielleicht isses ein Verbrechernest, also ham' wir es beobachtet. Und siehe da: Ihr beiden seid mit Pflöcken und Waffen gekommen. Da ham' wir uns natürlich gedacht, dass hier was abgeht.«

»Sehr aufmerksam«, bemerkte Wesley. »Natürlich hättet ihr

euch uns auch sofort anschließen können. Das hätte uns einige Sorgen erspart.«

»Wir mussten uns noch versteckt halten«, erklärte der Junge. »Sonst wären die Vampire vielleicht gar nicht aufgetaucht.«

»Dann war es gar nicht euer Hauptziel, uns zu retten?«, fragte Cordelia.

»Blutsauger zu töten is' unser einziges Ziel. Euch zu retten war nur 'n Nebeneffekt.«

»Einer, den wir sicherlich alle lohnend finden«, bemerkte Wesley. Er wollte noch mehr sagen, wurde aber von den spitzen Schreien der Mädchen unterbrochen, die noch hinten im Korridor standen.

»Ist denn noch einer übrig?«, fragte Cordelia und wirbelte herum.

Amanda suchte weinend mit der Taschenlampe den Korridor ab. »Kayley«, sagte sie schluchzend. »Sie war ... genau hier, direkt vor mir. Ich hatte meine Hand auf ihrer Schulter. Und dann war sie ... weg!«

»Weg? Wie meinst du das?«, fragte Wesley. »Ist sie weggelaufen?«

»Nein, sie ist nicht weggelaufen«, schniefte Amanda. »Sie war da, und dann ... war sie es nicht mehr. Meine Hand ist einfach runtergefallen. Als hätte sie nie da gestanden.«

Die anderen Mädchen fingen ebenfalls an, mit ihren Lampen den Flur abzusuchen und nach Kayley zu rufen. Aber nach ein paar Minuten wurde allen klar, wie sinnlos es war.

Kayley Moser war einfach verschwunden.

19.

Auf dem Weg zurück ins Wohnzimmer schlug Elfredo Buffy auf den Rücken und nickte ihr anerkennend zu. Er grinste immer noch bis über beide Ohren.

»Sie haben ihm echt in den Arsch getreten!«, gluckste er. »*Oye, mama*, was für eine starke Frau!«

Buffy lachte strahlend angesichts ihres Erfolgs. »Ich bin nicht sicher, ob es der Arsch war, und es gab auch mehr als einen, aber die gute Nachricht ist, dass wir sie überhaupt treten können. Denn das haben sie absolut verdient.«

»Genau.« Elfredo war offenbar sehr angetan.

Da die feindlichen Übergriffe aufgehört hatten, tauchten allmählich wieder alle Haushaltsmitglieder auf. Salmas Eltern erschienen mit einigen Dienstmädchen. Nach einer Weile kamen auch Doña Pilar und Willow strahlend aus der Küche.

»Will!«, rief Buffy und umarmte ihre beste Freundin. »Habt ihr beide diesen Feuerball gemacht?«

»Jawohl!« Willow reckte stolz das Kinn vor. »Ich freue mich, verkünden zu dürfen, dass das Experiment erfolgreich verlaufen ist.«

»Nun, mein Sohn«, sagte Salmas Großmutter zu Don Armando. »Ich weiß, du schätzt es nicht, aber ...«

Der silberhaarige Mann umarmte seine Mutter. »In diesem Fall, Mama, ist das natürlich etwas anderes. Es war nur damals, bei Nicolas und Salma, dass ich ...«

»Wo ist Salma?«, fragte Salmas Mutter. »*Dios mio*, sie haben Salma mitgenommen!«

»*Calma, calma*«, beruhigte sie ihr Vater.

Er sprach in schnellem Spanisch mit Elfredo, der auf dieselbe Weise antwortete und verschwand.

»Sie durchsuchen das Haus«, erklärte Doña Pilar den Mädchen. In ihren Augen schimmerten Tränen. Sie griff nach dem Kruzifix um ihren Hals, murmelte ein Gebet und bekreuzigte sich dann inbrünstig.

Auf dem mit Schnitzereien verzierten Kaffeetisch klingelte das schnurlose Telefon in seiner Ladestation. Alle sahen es eine Sekunde lang an, bis Señora de la Natividad es ergriff und fragend »Hallo?« hineinrief.

Sie lauschte eine Weile und in ihrem Gesicht spiegelten sich Erleichterung und Enttäuschung zugleich. »Buffy, für dich«, sagte sie und reichte ihr das Gerät. Dann begann sie zu weinen. Doña Pilar und Señor de la Natividad gingen zu ihr und legten die Arme um sie.

»Ich bin's, Tara«, sagte Tara. »Ähm, ist Willow da?«

Buffy war amüsiert. War Tara tatsächlich zu schüchtern, um direkt nach ihrem Schatz zu fragen? »Ja, warte mal!«

»Moment! Moment!«, rief Tara. »Ich muss dir etwas sagen. Erstens hat Nicky de la Natividad definitiv mit einer Straßengang zu tun. Mit den Latin Cobras.«

»Oh.« Buffy bedauerte, das zu hören, obwohl die Nachricht zu diesem Zeitpunkt nicht mehr allzu überraschend für sie kam. Sie war froh, die Bestätigung zu haben, denn nun hatte sie einen Ansatzpunkt für ihre Suche. Für die Familie jedoch tat es ihr schrecklich Leid.

»Und er hat das Ölfeld von DeSola in die Luft gejagt. Als Aufnahmeprüfung für die Gang. Es ist alles abgebrannt.«

»Na, das ist ja mal was! Daneben nimmt sich der Knall des UC-Sunnydale-Verbindungshauses ja wie Kinderkram aus.«

Buffy hatte gemerkt, dass alle im Raum schwiegen. Sie sahen sie an und lauschten auf irgendeine Neuigkeit über Salma. Sie schüttelte den Kopf, damit sich niemand unnötige Hoffnung auf gute Nachrichten machte.

»Es war eigentlich eine Selbstmordaktion«, fuhr Tara fort. »Aber er überlebte. Er hatte nicht den kleinsten Kratzer und keine einzige Brandwunde. Die Cobras sind mit ihm nach Los

Angeles unterwegs, um sich mit einer befreundeten Gang zu treffen, damit er denen erklärt, wie er es gemacht hat. Wir glauben, da braut sich ein dicker Bandenkrieg zusammen, Buffy.«

»Okay.«

»Riley ist unterwegs, um euch in der Sache mit Nicky zur Seite zu stehen, da ihr ja auch noch mit Salma beschäftigt seid.«

Vielleicht, dachte Buffy. Sie konnte hören, wie die Bodyguards das Haus durchsuchten. Gelegentlich riefen sie sich etwas auf Spanisch zu. Buffy verstand nicht viel, aber es klang verdammt nach Problemen.

»Wann ist er los?«

»Erst vor ein paar Minuten. Er bat mich, dich sofort anzurufen. Er wollte keine Zeit verlieren.«

»Natürlich«, sagte Buffy, gerührt darüber, dass Tara es für nötig hielt zu erklären, warum Riley nicht selbst angerufen hatte. »Möchtest du mit Willow sprechen?«

»Oh, ähm, g-gern«, sagte Tara.

Willow lächelte, denn sie wusste, wer dran war. Sie nahm den Hörer entgegen und sagte sanft: »Hallo!«

Buffy drehte sich zu Salmas Eltern um, aber die hatten den Anruf offenbar mittlerweile als uninteressant abgetan, da er nichts mit dem Verschwinden ihrer Tochter zu tun hatte.

Vielleicht werde ich nie Kinder haben, dachte Buffy. Flüchtig kam ihr ein Bild in den Kopf, wie ein kleines Mädchen darum bettelte, bei Tante Willow und Tante Tara schlafen zu dürfen, um mit Miss Kitty Fantastico zu spielen und Hexenkram zu machen.

Elfredo kam zurück und sprach leise mit Salmas Eltern. Salmas Mutter brach weinend zusammen und wurde von ihrem Mann aus dem Raum geleitet.

Willow hatte inzwischen aufgelegt. Sie nahm Buffy am Arm und ging mit ihr zu Doña Pilar. Leise sagte sie: »Wir müssen reden. In der Küche.«

»*Bien*«, antwortete die alte Dame.

So unauffällig wie möglich ging Doña Pilar voran. Überall

standen Töpfe mit merkwürdigem Inhalt herum, und ein kräftiger würziger Geruch lag in der Luft. Buffy musste niesen.

»Siehst du?«, sagte Willow. »Ich hab' dir doch gesagt, du bist regelrecht dagegen allergisch.«

»Was willst du mir sagen?«, fragte Doña Pilar Willow. »Bitte sag es mir schnell. Denn wir müssen an die Arbeit. Wir müssen ein Ritual durchführen, um Salma zu finden.«

Willow sah Buffy fast schuldbewusst an, die ihre Freundin sehr gut verstand. Es machte keinen Spaß, jemandem aus der Familie noch mehr Probleme auf die Schultern zu laden. Aber während es durchaus Sinn machte, Salmas Eltern vorläufig noch im Dunkeln zu lassen – sozusagen – musste ihre *bruja*-Großmutter einfach Bescheid wissen.

»Ihr Enkel hat mit einer Gang zu tun«, sagte Willow frei heraus. »Mit einer sehr gefährlichen. Und er hat letzte Nacht ein Ölfeld in Brand gesteckt. Niemand hat erwartet, dass er die Explosion überlebt, aber er hatte nicht mal 'ne Schramme.«

Die Alte sah Willow eine halbe Ewigkeit in die Augen. Dann bemerkte Buffy, dass sie schwankte. Rasch zog sie einen Küchenstuhl heran und stellte ihn hinter Doña Pilar, die sich dankbar fallen ließ.

»*Ay, Nicolas!*«, klagte sie. Dann brach sie in Tränen aus. Wie sie so dasaß, sah sie irgendwie jünger aus; wie ein kleines Mädchen und nicht wie eine alte Frau. Ihr Kummer verwischte einfach die Jahre.

Buffy tauschte Blicke mit Willow, und sie warteten respektvoll. Aber Buffy pulsierte das Blut in den Adern. Sie hatte sich seit dem Kampf immer noch nicht richtig erholt.

Los, machen wir weiter! dachte sie, aber womit, wusste sie selbst noch nicht.

»Meine Sachen, die verschwunden sind«, sagte Doña Pilar langsam. Sie seufzte schwer, riss sich aber zusammen. Als ihre Wangen trockneten, kehrte ihr Alter zurück, und die Falten schienen sich zu vervielfachen und zu vertiefen. »Mein Enkel hat wohl irgendein Ritual durchgeführt. Nach dem, was du erzählst, muss es eine alte aztekische Zeremonie sein. Die Nacht der langen Messer heißt sie. Damit beschwört ein Krieger die dunkelsten Mächte der Finsternis herbei und verpflichtet sich, ihnen zu dienen.«

Buffy stöhnte. »Und die sind jetzt in Sunnydale los!«

Die *bruja* schüttelte fassungslos den Kopf. »Wenn er dort das Ritual abgehalten hat ...«

»Hat er«, versicherte ihr Buffy.

»Dann sind sie vielleicht deshalb dorthin gekommen ... Ich habe noch nie eine solche Zeremonie durchgeführt und kenne nicht alle Details. Aber man zwingt damit das Böse, das man in sich trägt, nach außen, und die dunkle Magie, die zu der Beschwörung nötig ist, potenziert seine Kraft um ein Vielfaches.«

»Und dann zerstört es die Fenster des Elternhauses und kidnappt seine Schwester«, sagte Buffy.

Doña Pilar bedeckte ihr Gesicht mit den Händen. »Ich weiß es nicht. Ich glaube nicht, aber es ist immerhin möglich. Oder wir haben es hier mit etwas ganz anderem zu tun. Heute Nacht ist in der Welt einiges nicht in Ordnung, fürchte ich. Und alles kann man meinem Enkel nicht in die Schuhe schieben. *Ay, Nicky. Mi amorcito. Y Salma, mi angelita.*«

Willow legte der Frau die Hände auf die Schultern. »Wir machen uns gleich an die Arbeit«, sagte sie mit entschlossenem Gesicht. »Sofort.«

»*Sí, sí*«, entgegnete Doña Pilar und erhob sich. »Wir dürfen keine Zeit verlieren. Willow, wir brauchen die Kräuter aus dieser grünen Dose, ja?«

»Was kann ich denn tun?«, fragte Buffy und sah sich um. Sie nahm einen Topf, dessen Boden braun verkrustet war. »Ich spül mal eben ein bisschen ab.«

»Nein!« riefen Willow und Doña Pilar gleichzeitig.

»Buffy.« Willow kam zu ihr und nahm ihr den Topf aus den Händen. »Vielleicht wäre es besser, wenn du dir etwas anderes suchst.«

»Okay.« Sie runzelte die Stirn. »Was zum Beispiel?«

»Ähm …« Willow überlegte einen Augenblick. »Du kannst nach Fußabdrücken suchen. Draußen«, schlug sie vor. »Nach einer Lösegeldforderung. Du weißt schon, etwas in dieser Richtung.«

Buffy zuckte mit den Schultern. Sie hatte selbst schon etwas ins Auge gefasst. »Na gut.«

Die beiden Hexen lächelten kurz, als sie die Küche verließ. Sie eilte nach oben in ihr Zimmer und schnappte sich das Telefon vom Nachtschränkchen. »Bitte«, dachte sie, »bitte hab' dein Telefon an!« Sie wählte die Nummer. Es klingelte. Nach einer Weile antwortete er.

»Ja.«

»Gehst du so immer ans Telefon, Angel?«, fragte sie. »Nicht sehr professionell.«

»Buffy?«, fragte er überrascht. Es war eine Weile her, seit sie zuletzt miteinander gesprochen hatten. »Was … Wo bist du?«

»Ich bin hier«, sagte sie. »In L.A. Oben im Laurel Canyon.«

Er schien zu zögern. »Arbeit oder Vergnügen?«, fragte er.

»Definitiv Arbeit«, sagte sie schnell. »Du kennst mich doch. Nur arbeiten und kein Vergnügen, immer dasselbe.«

»Richtig.« Er klang unverbindlich.

»Es hört sich an, als sitzt du im Auto«, sagte sie gezwungen fröhlich. »Fährst du?«

»Ich fahre. Bin unterwegs zu Cordelia.«

»Oh?«, machte sie und trat sich im Geiste sofort vors Knie für die Art, wie es geklungen hatte.

»Mein Büro ist sozusagen … in die Luft geflogen«, sagte er. »Erzähle ich dir später mal.«

»Okay, also«, fuhr sie fort. »Ich dachte, ich sollte dich über diese Situation hier informieren.«

»Was für eine Situation?«, fragte er mit offensichtlichem Interesse.

»Eigentlich mehrere. Ich bin hierher gekommen, um ein Mädchen zu beschützen, eine Freundin von Willow, die von einer Art Schattenmonster bedroht wurde. Ich denke, das Wesen ist immer noch in Sunnydale, obwohl eine ähnliche Kreatur das Haus hier angegriffen hat, die auch etwas mit Schatten zu tun hat – oder mit Dunkelheit oder Unsichtbarkeit.«

»Aber du hast sie erledigt.« Er klang nicht überrascht. Dass er wusste, wie stark sie wirklich war, hatte Buffy immer gefallen.

»Hab' ich. Aber dann ist das Mädchen spurlos verschwunden. Wie zuvor ihr Bruder. Vielleicht liegt es ja in der Familie.«

»Meinst du mit ›verschwunden‹ weggelaufen?«

»Ich weiß es nicht genau«, entgegnete sie. »Einfach weg. Für den Bruder habe ich einen Anhaltspunkt – er hat mit einer Gang aus Sunnydale zu tun, den Latin Cobras. Und sie sind mit einer Gang hier in L.A. verbandelt, die sich Echo Park Band nennt. Also werde ich mir wohl ein paar Echo Park Jungs schnappen und sie auf den Kopf stellen. Vielleicht fällt Nickys Name, wenn ich sie durchschüttele. Das würdest du doch auch tun, oder?«

»Das würde ich auch tun«, sagte Angel. »Aber du machst das nicht alleine, oder?«

»Die Familie, bei der ich zu Gast bin, hat mir einen Bodyguard zur Seite gestellt«, beruhigte sie ihn. »Einen Bodyguard für den Bodyguard. Er ist sehr gut. Ich bin sicher, wir kommen klar.«

»Das ist schön«, sagte Angel.

»Willst du vielleicht mitspielen? Ich dachte, das könnte dir Spaß machen.«

»Das würde es normalerweise auch«, erwiderte Angel. »Aber ich fahre gerade zu Cordelia, um mir etwas anderes anzuziehen. Meine Klamotten stinken nach Rauch – eine weitere lange Geschichte – und ich muss später noch einen Informanten treffen. Wenn du mich nicht ...«

»Nein, nein, ich schaffe das schon. Ich wollte dich nur gefragt haben.«

»Ich hoffe, wir sehen uns noch. Solange du in der Stadt bist, meine ich.«

Sie lächelte. Das war immerhin besser als sogleich zur Bezirksgrenze eskortiert zu werden. »Ich werde dran denken«, versprach sie. »Oder wir, besser gesagt. Ich und Riley. Er ist unterwegs hierher.«

»Oh«, entgegnete Angel dumpf.

»Also, ich muss jetzt auflegen«, sagte Buffy nach einem kurzen Schweigen. »Ich hab' zu tun.«

»Ich auch«, erwiderte Angel. »Aber ich bin im Prinzip über Handy zu erreichen.«

»Ich melde mich«, versprach sie.

»Gut«, entgegnete Angel. »Sei vorsichtig, Buffy.«

»Bin ich doch immer.« Das war eine Lüge, wie sie beide wussten. Aber eine, mit der sie ihn zu beruhigen glaubte, also sagte sie es von Zeit zu Zeit. Nachdem sie sich verabschiedet hatte, legte sie auf. Sie war froh, ihn angerufen zu haben – einen Anruf vor sich zu haben, war immer schlimmer als der Anruf selbst. Angel hatte nicht unglücklich gewirkt, von ihr zu hören, aber da er sie auf ihrer Exkursion nicht begleiten wollte, war sie gezwungen, ihre Pläne zu ändern. Irgendwann allerdings musste sie sich mit ihm treffen, und das würde bestimmt schwieriger werden, als nur mit ihm zu telefonieren.

Noch schwieriger war allerdings, ihn gar nicht zu sehen.

Irgendwie hatte sie gehofft, er werde sofort alles stehen und liegen lassen, um ihr zu helfen. Natürlich war das nicht fair – er hatte wahrscheinlich mit seinen eigenen Fällen zu tun und wie sie ihn kannte, hatte er bestimmt viel Wichtigeres zu tun, als nach zwei verschwundenen Kids zu suchen. Dennoch war sie ein wenig verärgert, dass er sich nicht gleich auf den Weg machte, um sie zu sehen. Gemeinsam hatten sie die Welt schon öfter gerettet, als sie zählen konnte. Warum brachte er dann nicht ein paar Stunden auf, um ihr bei der Rettung einer Freundin zu helfen?

Es war alles so kompliziert.

Sie ging ins Wohnzimmer zurück, wo Elfredo telefonierte. Sie wartete, bis er fertig war, und sagte: »Wurden schon Fußspuren gefunden?«

Er schüttelte den Kopf.

»Eine Lösegeldforderung?«

Wieder schüttelte er den Kopf.

»Haben Sie je von einer Gang gehört, die Latin Cobras heißt?«

Erneutes Kopfschütteln.

»Das ist eine Straßengang«, erklärte ihm Buffy, »in Sunnydale. Und Nicky hat … mit ihr zu tun.«

Elfredo wirkte nicht sonderlich schockiert. Eher traurig. Und vielleicht ein wenig niedergeschlagen.

»Wie ich schon sagte, kommt das bei reichen mexikanischen Jungen schon mal vor«, sagte er. »Ich rate seinem Vater schon seit Jahren zur Vorsicht. Aber alle haben sich auf Salma konzentriert und Nicky vernachlässigt. Unsere Kultur gewährt Männern sehr viele Freiheiten, Frauen dagegen immer noch sehr wenige. Wir denken, dass es zu ihrem Wohle ist.«

»In Salmas Fall trifft das wohl nicht zu«, bemerkte Buffy. »Die Gang, mit der Nicky sich abgibt, hat Verbindungen zu der Echo Park Band. Haben Sie von dieser Gang schon mal gehört?«

Das schien der Fall zu sein. Elfredo blickte bestürzt drein.

»Sollen wir die Polizei anrufen?«, fragte Buffy, hauptsächlich um herauszufinden, aus welcher Richtung der Wind wehte.

»Noch nicht.« Elfredo streckte die Hände aus. »Diese Familie ist sehr wohlhabend und lebt sehr zurückgezogen. Sie sind in einem fremden Land in einer Stadt, deren Polizei – wenn Sie entschuldigen – bekannt ist für ihre Korruption.«

»Aua«, entgegnete Buffy bestimmt. »Nicht alle! Und wenn Sie mit korrupten Cops reden wollen, funktioniert das in Mexiko bestimmt noch besser …«

»Ich will Ihnen ja nur erklären, warum wir die Polizei noch nicht angerufen haben. Wenn wir etwas Konkreteres vorweisen können, dann vielleicht.«

Buffy blieb skeptisch. Etwas noch Konkreteres als ein brennendes Ölfeld und Augenzeugen gab es doch gar nicht.

Natürlich war da noch das Problem mit den reichlich unkonkreten Schattenmonstern.

»Also, jemand sollte in der Zwischenzeit die Jungs der Echo

Park Band checken«, schlug sie vor. »Die sich, wie ich vermute, in Echo Park herumtreiben.« Ein ziemlich raues Viertel von Los Angeles, in dessen Nähe sie, bevor sie Jägerin wurde, zu ihrer Cheerleader-Zeit, keine zehn Pferde gebracht hätten.

»Ich muss hier bei der Familie bleiben«, meinte Elfredo. »Don Armando besteht darauf. Er macht sich solche Sorgen, dass jemand versuchen wird, seine Mutter oder seine Frau zu entführen.«

Buffy war verblüfft. »Und was ist mit Salma?«

Er schaute auf die Uhr. »Während wir uns unterhalten, suchen drei Wagenladungen meiner Männer bereits seit einer Viertelstunde nach ihr. Ich habe sie losgeschickt, nachdem wir Salma hier nicht gefunden haben. Und die können sich übrigens mit der Polizei in Verbindung setzten, falls die Notwendigkeit besteht.«

»Oh. Okay.« Buffy zuckte mit den Schultern. Dann suche ich die Echo Park Band eben allein.«

Sein Gesichtsausdruck sprach Bände. »Ziemlich üble Kerle, hm?«, fragte sie.

»Kennen Sie die Hell's Angels?«, erwiderte er.

Sie kicherte. »Natürlich.«

»Die wollen mit der Echo Park Band nichts zu tun haben, weil sie ihnen zu unheimlich ist.«

»Dann ist es ja gut, dass ich da bin.«

Elfredo sah sie an. »Das ist wahr«, sagte er nur. »Aber diesmal bleiben Sie hier, Buffy.«

»Geht nicht, sorry.« Und sie bedauerte es wirklich. Wie schön wäre es, einen netten, ruhigen Abend in diesem großen Haus zu verbringen, vielleicht einen Film anzuschauen und dazu mexikanischen Kakao und hausgemachte *churros* zu genießen!

Ein heißes Bad zu nehmen, und sich die Zeit mit Riley zu vertreiben, wäre auch nicht schlecht.

Aber nichts von alldem stand für sie an diesem Abend auf dem Programm.

»Ich muss«, fügte sie hinzu.

Elfredo nickte. »Ich kann nicht mitkommen«, wiederholte er und tippte eine Nummer in sein Handy. »Aber ich schicke ein paar Männer mit. Von den Besten. Gut bewaffnet.«

»Davon ausgehend, was wir bisher über Nicky wissen, sind diese Waffen vielleicht gar nicht so hilfreich«, sagte Buffy ruhig. »Aber dann ist es ein Fall für mich. Wenn wir es mit Menschen zu tun kriegen, können Ihre Jungs die Drecksarbeit machen. Wenn wir es mit ... etwas anderem zu tun kriegen, übernehme ich.«

Sie ließ Elfredo zurück, um alles zu arrangieren, und ging in die Küche. Willow zerrieb mit einem Stößel merkwürdige Kräuter in einem Mörser, und Doña Pilar stand neben ihr mit einem dicken, in schwarzes Leder gebundenem Buch mit roter Aufschrift.

»Hey.« Buffy sah Willow an. »Ich kümmere mich jetzt mal um die Echo Park Band. Wenn Riley auftaucht ...« Sie zögerte. »Sag ihm, ich komme wieder. Und grüß ihn. Ja, grüß ihn von mir.«

»Verstanden«, sagte Willow ernst. »Ich grüße ihn von dir.«

Doña Pilar legte das Buch zur Seite und ging auf Buffy zu. Sie zeichnete ihr mit dem Daumen ein Kreuz auf die Stirn und murmelte ein Gebet. Dann küsste sie Buffy auf die Wange.

»Geh mit Gott, meine Kleine!«, sagte sie.

Die Gespräche im Wagen erstarben, als Enrique die östlichen Randgebiete von Los Angeles ansteuerte. Das Treffen fand nicht im Echo Park statt, sondern in der Vorstadt. Die Gründe dafür hatte man den Abgesandten der Latin Cobras nicht genannt.

Enrique und Paco waren sehr nervös. Nicky nicht. Niemand auf der ganzen Welt konnte ihm etwas antun, nicht einmal die berüchtigtsten Bandenanführer auf Erden. Er war unbesiegbar.

Die Typen machten sich ja keine Vorstellung, mit wem sie es zu tun hatten, dachte er selbstgefällig.

Während der Fahrt war ihm klar geworden, dass Enrique und Paco sich vor ihm fürchteten. Niemand hatte damit gerechnet, dass er das Feuer auf dem Ölfeld überlebte. Er war das wichtigste

Mitglied der Latin Cobras geworden. Und er war ihr Pfand für ein noch stärkeres Bündnis mit der Echo Park Band.

Nicky überlegte, was er dem Anführer der Gang, der Che hieß, sagen sollte. Ob er ihm das geheime Ritual preisgeben sollte, nicht aber, wie man sich die Zutaten beschaffte? Sollte er ihnen sagen, dass nur er es tun konnte, weil er der Enkel einer *bruja* war? Um ehrlich zu sein, wusste er selbst nicht einmal die Wahrheit. Der Trick hatte zwar bei ihm funktioniert, aber ob er sich wiederholen ließ, wusste er nicht. Che war allerdings ein sehr mächtiger Mann, einer der einflussreichsten in Los Angeles, und mit ihm wollte er es sich nicht verscherzen.

Da murmelte Enrique: »Seht mal! Da!«

Die Straße war dunkel. Wie Paco zuvor erklärt hatte, waren die Laternen kaputtgeschossen worden. Unter dem halbvollen Mond malten sich Häuser mit Hecken und Palmen vor der flachen schwarzen Landschaft ab. Aus einem Radio irgendwo auf einer Vordertreppe plärrte lateinamerikanische Musik.

»An der nächsten rechts«, wies Paco Enrique an, der den Wagen sogleich um die Ecke steuerte.

Nur ein einstöckiges Haus war hell erleuchtet. Im Vorderfenster brannte Licht, die Vorhänge waren zurückgezogen, und entlang des Dachvorsprungs hingen Ketten mit kleinen Lichtern, die wie Chili-Schoten aussahen.

Während Enrique langsam heranfuhr, blinkte er zweimal mit den Scheinwerfern. Sofort kamen drei Kerle mit Gewehren von der Veranda des Hauses lässig die Betontreppe herunter. Ein großer schwarzer Hund sprang ihnen aufgeregt um die Beine und bellte Enriques Auto an, als er in die Einfahrt bog.

»*Hola, mano*«, sagte er zu dem Typen, der an die Fahrerseite des Wagens trat. Sie schüttelten sich feierlich die Hände und die in der Luft liegende Spannung ließ spürbar nach.

»Nicky, das hier sind unsere Brüder, eh. Unsere *hermanos*«, sagte Enrique. »Behandele sie mit Respekt.«

»*Claro*«, entgegnete Nicky abwesend. Er sah sich begeistert das Haus an und fragte sich, ob er sein Geheimnis vielleicht bei

Che gegen eine hohe Position in der Gang eintauschen konnte. Das hier war, wie er wusste, nicht Ches Haus. Bevor er L.A. verlassen hatte, um nach Sunnydale zu gehen, war er ein paarmal bei Ches Sommerbarbecues gewesen. Die harten Jungs grillten Burger, tranken Bier und versuchten, sich wie amerikanische Vorstadt-Spießer zu benehmen. Es war schon irgendwie abgefahren, aber Nicky hatte sich dort immer sehr wohl gefühlt.

Die Tür ging auf, und ein Typ mit einer Augenklappe und einem Gewehr nickte Nicky zu.

»Sieht verdammt nach Party aus, eh?«, meinte Nicky und zeigte auf das Haus. Er war beeindruckt, dass die Gang sich nicht vor den Cops versteckte. Dabei verstanden die Cops von L.A. im Umgang mit Banden erheblich weniger Spaß als die Sunnydaler Polizei, wie er gehört hatte. Nun, vielleicht war das in diesem Viertel anders.

Der Typ mit der Augenklappe zuckte mit den Schultern. Stumm geleitete er Nicky die Treppe hinauf.

Wie aufs Stichwort öffnete sich die Tür.

Nicky ging hinein.

Seine Kollegen stiegen wieder in den SUV und fuhren davon.

Buffy konnte das Angebot nicht ablehnen – nicht in der endlosen Stadtlandschaft von Los Angeles – und so stellte ihr Elfredo zwei bewaffnete Typen mitsamt eigenem Wagen. Sie war ein wenig enttäuscht, dass es ein ganz banaler blauer Toyota Corolla war. Aber das machte Sinn; damit fiel man weniger auf.

Falsch! Denn sie fuhren in ein Viertel, in dem sich hauptsächlich Rostlauben und tiefergelegte Kisten mit auffälliger, greller Lackierung tummelten. Der Corolla war ein Symbol der Mittelklasse – und in einem Notstandsgebiet wie diesem gab es nicht viele davon.

»Wohin fahren wir?«, fragte eins der Muskelpakete Buffy.

Sie beugte sich vor und spähte durch die Windschutzscheibe. Im *7-11*, einem Laden an der 101, hatte sie erfahren, dass die Echo Park Band von einem Typen namens Che angeführt wurde. Der Mann im *7-11* hatte auch ihre Beziehung zu den Latin Cobras bestätigt. Die Gang trieb sich tatsächlich im Echo Park herum, und die meisten Mitglieder wohnten in der Nähe des Glendale Boulevard, der nur ein paar Blocks entfernt lag.

Buffy war auch erzählt worden, es gebe Gerüchte darüber, dass bald etwas abgehen würde, eine riesengroße Sache, die etwas mit Russen zu tun hatte.

All diese Informationen und drei *Icees* bekamen sie für fünfzig Dollar.

»Glendale Boulevard«, sagte sie und zeigte auf ein Straßenschild. »Hier links.«

Der Fahrer – sein Name war Sandor – tat wie ihm geheißen, und da waren sie auch schon mitten im Revier der Bande angelangt. Tatsächlich kam gleich an der ersten Kreuzung, an der sie anhalten mussten, ein Typ mit einem Haarnetz auf dem Kopf herangeschlendert und klopfte ans Fenster.

Sandor zog die Pistole, bevor er die Scheibe herunterkurbelte und hielt sie dem Störenfried vor die Nase.

»*Sí?*«, fragte er.

»Hey, auf der anderen Seite stehen drei Typen und die haben ihre Knarren direkt auf dieses Auto gerichtet«, meinte der Typ aufsässig.

Schulterzuckend spannte Sandor seine Waffe. »Tja, und meine ist direkt auf dich gerichtet.«

Vom Rücksitz fragte Buffy: »Wo ist Che?«

Haarnetz runzelte die Stirn und sagte nichts.

»Wir sind unterwegs zu dem Treffen. Wir sind Latin Cobras«, sagte Sandor.

»Ihr? Mit dem Akzent?« Haarnetz schnaubte verächtlich. »Hey, Mann, Che ist nicht hier, okay? Die machen das Treffen woanders. Hier ist es zu heiß, verstehst du?«

Zu viele Cops, übersetzte Buffy in Gedanken.

Dann kam ein anderer Typ dazu. Er hatte eine dicke Wollmütze auf dem Kopf und trug ein kariertes Hemd, von dem nur der oberste Knopf zugeknöpft war. Er blickte zu Haarnetz, dann zu Sandor.

Er sagte etwas auf Spanisch zu ihm und Sandor antwortete auf Spanisch. Haarnetz beteiligte sich ebenfalls.

Dann rief der mit der Wollmütze: »Hey, kleines Mädchen auf dem Rücksitz! Deine Chance, ein bisschen Spaß zu haben, Baby!«

Alle schalteten wieder auf Englisch um.

»Pass bloß auf, Bruder! Das ist meine Frau!«, drohte Sandor.

Grundgütiger! Buffy verdrehte innerlich die Augen.

Haarnetz zog seine Knarre und hielt sie Sandor an die Schläfe.

»Was ist los?«, fragte Buffy.

»Sie glauben nicht, dass wir Latin Cobras sind«, entgegnete Sandor ruhig. »Sie haben zwei von uns als Geiseln wegen dem Treffen mit Che. Die holen sie jetzt, damit sie uns identifizieren.«

»Aber sie kennen uns nicht«, sagte Buffy schnell. »Nur Nicky kennt uns.«

Es gab eine Pause. Der zweite Typ fragte: »Nicky wer?«

»Kommt schon! Ihr wisst doch: der reiche Junge«, drängte Buffy. »Er hat die Öltürme gesprengt. Nicky hat uns gesagt, wir sollen zu Che kommen.«

Die Männer fingen wieder an auf Spanisch zu reden. Haarnetz forderte: »Nennt uns eure Namen!«

»Ich bin Anita«, sagte Buffy. »Und das hier sind Tomás und Julio.«

»Wenn du Anita bist, bin ich Al Gore«, sagte Haarnetz. Der andere fand das ziemlich witzig.

Er ging davon, während Haarnetz weiterhin seine Waffe auf Sandor richtete.

»Kein Problem«, informierte Sandor Buffy. »Sie rufen Che an, um es zu überprüfen.«

Oh weh! Buffy fragte sich, ob Nicky tatsächlich drei Leute namens Anita, Tomás und Julio kannte.

Und höchstwahrscheinlich war »Kein Problem« Sandors Ausdrucksweise für »wir sitzen in der Klemme«.

»Ähm, entschuldige mal?«, sagte sie zu Haarnetz. »Ich muss mal zum Klo.«

»Tja, ärgerlich«, erwiderte er cool. Dann schnaufte er. »Okay. Steig langsam aus. Wenn du irgendeine Dummheit machst, erschieße ich deinen Freund.«

»Meinen Freund?«, sagte sie flirtend. »Nicht einmal annähernd.«

Sie öffnete die Tür. Eigentlich hatte sie sich auf eine solche Gelegenheit gefreut, denn sie kochte innerlich noch vor Wut, weil Angel ihr nicht hatte helfen wollen. Normalerweise ging es ihr in einem solchen Zustand gleich besser, wenn sie ein paar Dämonen fertig machte. Aber in diesem Augenblick waren keine Dämonen greifbar, nur Kriminelle, die wahrscheinlich mit Dämonen unter einer Decke steckten. Das musste fürs Erste genügen.

Haarnetz sah sie an. Sie hielt ihre Hände hoch, um zu zeigen, dass sie nicht bewaffnet war.

»Okay?«, fragte sie. »Wo ist es?«

»Wenn Miguel zurückkommt, zeige ich es dir.« Er lächelte ein wenig und präsentierte einen außerordentlich hübschen Goldzahn.

»Oh, okay«, trällerte sie. »Und in der Zwischenzeit zeige ich es dir.«

Rasch vollführte sie eine Baggerbewegung wie beim Volleyball und schlug ihm die Waffe aus der Hand. In hohem Bogen segelte sie über die Straße.

Sofort ertönten Schüsse von der anderen Straßenseite. Das mussten die Typen sein, von denen Haarnetz gesprochen hatte, dachte Buffy.

Sie machte kurzen Prozess und schickte Haarnetz mit einem ordentlichen Tritt zu Boden. Als er sich aufrappeln wollte, streckte sie ihn endgültig mit einem solide platzierten Faustschlag ins Gesicht nieder. Sie packte ihn am Kragen und drehte ihm die Luft ab. Natürlich missbilligte es Angel, wenn sie in ›seiner‹ Stadt ihre Jägerinnenkräfte an Menschen ausließ. Aber der war zum Glück nicht da; er hatte ja nicht gewollt. »Und jetzt reden wir ein bisschen über Che«, zischte sie. »Wo ist er?«

»Boyle Heights«, murmelte Haarnetz. »Sleepy Ramos.« Bevor sie weitermachen konnte, kamen zwei Kerle über die Straße geflitzt und feuerten. Sandors Kollege Emilio griff sich brüllend an die Schulter.

Sandor ließ den Motor an und versuchte, die Typen zu rammen. Der eine war klein, der andere groß, und sie konnten beide wirklich sehr, sehr schnell laufen. In einem anderen Viertel und in einem anderen Leben hätten sie wahrscheinlich davon geträumt, Baseball-Profispieler zu werden.

Sandor erwischte den Größeren von beiden mit dem Kotflügel und er ging zu Boden. Der Kleine zielte auf Buffy. Sie ließ von Haarnetz ab, duckte sich und sprang mit einem Satz auf den Rücksitz des fahrenden Wagens. Als sie die Tür zuschlug, gab Sandor Vollgas.

Ein wahrer Kugelhagel jagte ihnen hinterher. Kugeln überall – links, rechts, über und hinter ihnen. Wie auf dem Fortgeschrittenen-Level eines Computerspiels tauchten plötzlich überall Gestalten auf – eine witzige Vorstellung, wenn es nicht so gefährlich gewesen wäre. Das Rückfenster zersprang und Buffy schrie auf und drückte sich tiefer in den Sitz.

Wahrlich ein heißes Pflaster!

»Schlimm verletzt?«, fragte Sandor Emilio.

Emilio rasselte ein paar spanische Flüche herunter – und Buffy war erstaunt, wie viele sie davon verstand –, während Sandor zum Telefon griff und eine Nummer tippte.

»Ja«, sagte er ins Telefon. »Emilio muss ins Krankenhaus. *Sí.*« Er fuhr auf Spanisch fort.

Als er auflegte, sagte er zu Buffy: »Wir bringen Emilio in die Ambulanz. Und dann soll ich Sie nach Hause bringen.«

»Aber ...«, protestierte Buffy. Sie wollte nach Boyle Heights.

Ihr gefiel der Blick nicht, den Sandor ihr im Rückspiegel zuwarf. Als mache er sie für Emilios Verletzung verantwortlich.

Was wohl gar nicht so weit hergeholt war. Aber Elfredo hatte ihr gesagt, sie solle alles tun, was sie für nötig hielt, um Nicky zu finden. Diese Bodyguards hatten sich einem gefährlichen Job verschrieben, und das hatten sie von Anfang an gewusst. Buffy tat es immer sehr Leid, wenn Zivilisten im Kampf gegen das Böse Schaden nahmen. Manchmal ließ es sich jedoch nicht vermeiden. Aber um sich nicht völlig davon lähmen zu lassen, vermied sie es, zu viel darüber nachzudenken.

»Ihr Freund ist da. Im Haus. Er wartet auf Sie.«

»Oh.« Als wäre das ein Grund!

Nun ja, zugegeben: Es war einer.

Buffy lehnte sich zurück, beugte sich aber ruckartig wieder vor und versuchte, sich im Rückspiegel zu betrachten.

Sandor kicherte. »Sie sehen gut aus«, sagte er. »Besonders für ein Mädchen, das gerade einen Kerl von der Echo Park Band umgehauen hat.«

»Gut.« Buffy lächelte. »Sehr gut.«

Angel blickte in den Himmel, als er sein Handy wegsteckte. Es war immer noch dunkel, sehr gut. Es blieben ihm noch ein paar Stunden bis zum Sonnenaufgang. Die Nacht war lang und ereignisreich gewesen, und er stank nach Rauch und Schweiß und Angst, aber es war noch nicht vorbei. Eine ausgiebige Dusche wäre schön, aber er hatte das Gefühl, dafür fehlte die Zeit.

Buffy war in der Stadt.

Es ärgerte ihn, dass sie offenbar schon eine Weile in L.A. war und ihn nicht sofort angerufen hatte. Und es ärgerte ihn, dass sie wegen einer konkreten Sache hergekommen war – und diese Sache konnte nur etwas sehr Übles sein. In so einem Fall war sie ihm wenigstens einen Anruf schuldig, wenn sie ihn schon nicht aufsuchte. Los Angeles fiel in seinen Verantwortungsbereich, und es war schwer genug, alles in den Griff zu bekommen, ohne dass ihm Leute – okay, Buffy – noch zusätzliche Arbeit einschleppten. Aus der Zeitung erfuhr er solche Dinge natürlich nicht, denn entweder ignorierten sie die unsichtbare Ebene des Lebens völlig, da sie keine Ahnung davon hatten, oder druckten gezwungenermaßen nur die offiziellen »Erklärungen« für Ereignisse, die nicht unbemerkt an der Öffentlichkeit vorbeigingen.

Daher war es an ihm, mit Hilfe seines Netzwerks von Kontakten, Cordelias Visionen und des Zufalls die Mächte in Schach zu halten, von denen die Stadt und ihre Bewohner bedroht wurden.

Buffy konnte helfen, aber nicht, indem sie einfach anreiste und in der Stadt auf Jagd ging, ohne ihm vorher Bescheid zu sagen.

Kochend vor Wut trat er das Gaspedal kräftig durch. Eigentlich war er froh, sie nicht zu sehen, denn sonst sagte er wahrscheinlich ein paar Dinge, die er später bereuen würde.

Riley Finn schritt im Wohnzimmer des Hauses auf und ab. Es war ein sehr schönes Haus, fand er. Aber er verwendete nicht viel Aufmerksamkeit darauf, denn er machte sich große Sorgen.

Mit roten verquollenen Augen hatte Mrs. de la Natividad ihm ein Sandwich gemacht, ein Soda ausgeschenkt und sich dann entschuldigt. Nun wartete er in einem Wohnzimmer, das so groß war wie das ganze Haus seiner Eltern in Iowa.

»Riley«, versuchte ihn Willow zu beruhigen. »Der Bodyguard hat gesagt, Buffy wurde nicht verletzt. Sie bringen jemand anderen in die Ambulanz.«

»Ja, ja«, entgegnete er angespannt. Es spielte keine Rolle, was irgendjemand sagte. Er musste sich persönlich davon überzeugen, dass es Buffy gut ging.

Der Türknauf drehte sich und sie kam herein.

»Riley«, rief sie glücklich und stürzte in seine Arme. Er drückte sie eine Zeitlang fest an sich und gab ihr einen langen innigen Kuss, den sie sehr zärtlich erwiderte.

»Was ist passiert?«, fragte er.

»Nicht viel.« Sie seufzte. »Ich habe versucht, Nicky zu finden. Habe ich sozusagen auch. Er ist bei einem Treffen in Boyle Heights.«

Riley verarbeitete die Information. »Okay, ich habe auch etwas. Leider auch nicht viel. Aber es ist so: Der Typ, dem die Ölfelder in Sunnydale gehören, besitzt noch eine Reederei. Die Lager sind im Zentrum von L.A., und die Echo Park Band will sie sich heute Nacht vorknöpfen. Genau wie die Latin Cobras es mit den Ölfeldern gemacht haben.«

Buffy horchte auf und sagte lächelnd: »Dann nichts wie los! Wir versuchen es zuerst in Boyle Heights, und wenn dabei nichts herauskommt, gehen wir zu den Lagerhäusern.«

Rileys vollführte im Geiste einen kleinen Freudensprung. Er liebte es sehr, mit ihr zusammenzuarbeiten. Zum Teufel, er liebte es einfach, mit ihr zusammen zu sein.

Schnurstracks marschierten sie Richtung Ausgang.

»Bye«, rief Willow leise und winkte den beiden hinterher.

20.

Sunnydale

Nachdem Riley abgereist war, fand Giles, es sei Zeit für eine Patrouille. Da er nichts Besseres zu tun hatte, schloss Spike sich der Truppe an. Aber er fand es demütigend, pfadfindermäßig durch die Gegend zu ziehen, und er wusste, er machte sich nicht unbedingt Freunde unter den Dämonen, wenn er zusammen mit Menschen gesehen wurde, also verkrümelte er sich schließlich.

Bald würde es Tag werden. Er war dankbar, dass diese erbärmliche, verfluchte Nacht ein Ende nahm.

Aber immer noch fühlte er sich wie magisch zu dem Wohnwagenplatz hingezogen …

… und Cheryce lag immer noch auf dem Bett und las etwas auf Französisch. Sie runzelte die Stirn, als er die Tür öffnete und hereinstolperte.

Erwartungsvoll lächelte sie ihn an. »Bereit zum Jagen, Süßer?«

Sie hatte ihm befohlen, erst dann zurückzukehren, wenn er wieder fähig war, seine Vampirzähne in einen Menschenhals zu schlagen.

»Cheryce, Liebes, hast du Lust nach Frankreich zu fahren?«

»Was?« Sie starrte ihn an.

»Manchmal ist ein bisschen Tapetenwechsel gar nicht schlecht. Ich habe gehört, die Katakomben stinken zu dieser Jahreszeit wahnsinnig – voller Schimmel vom vielen Regen. Das würde Spaß machen.«

Er lächelte sie hoffnungsvoll an.

Aber Cheryce erwiderte sein Lächeln nicht.

»Komm schon«, sagte er, »meine kleine *Crème brûlée!*«

Kichernd legte sie das Buch weg. »Süßer, ich hab dich auf die Weide geschickt, begreifst du nicht?«

»Komm mit mir nach draußen«, bettelte er. »Atme den Gestank des Ölfeuers. Und dann sag mir, dass du mich nicht willst.«

»Das kann ich dir auch gleich hier sagen«, konterte sie.

Er nahm ihre Hand. »Komm, mein kleines Cowgirl.« Er zog die Nase kraus. »Die Sterne stehen am Himmel. Die Luft ist total verschmutzt. Das ist London! Das ist Vegas!«

Cheryce schüttelte den Kopf, aber sie lachte, und Spike dachte, er hätte schon die halbe Miete. Als sie sich von ihm nach draußen führen ließ, jubelte er innerlich, blieb aber äußerlich ganz cool. Wenn er Woodring kennen lernen konnte, dann würde alles wieder gut werden! Aber Cheryce würde ihn niemals mit ihm bekannt machen, wenn sie argwöhnte, dass es das war, was er von ihr wollte. Er musste sie um ihretwillen lieben. Und so einer war er nun mal nicht.

»Du liebst mich immer noch«, drängte er.

»Ich habe dich noch nie geliebt«, gab sie zur Antwort.

Aber er rückte gegen ihre Hartnäckigkeit zu Felde und küsste sie – und sie tat das, was Frauen immer tun: Erst war sie ganz starr, dann schmolz sie dahin, dann schrie sie ...

Und als sie schrie, wurde sie Spike aus den Armen gerissen und wie eine Flickenpuppe durchgeschüttelt.

»Verdammt noch mal!«, rief er.

Es war ein riesiger Schatten. Er kam aus den Sternen und umhüllte den Wohnwagen. Nur ein schwarzer, leerer Schatten, keine Form, keine Substanz, keine Zähne. Aber als Cheryce sich wehrte, schoss ihr ein Schwall Blut aus dem Hals.

Spike sprang vor, packte sie an den Knöcheln und zog. Sie brüllte vor Schmerz, aber er zog weiter. Zwar heilten bei ihr alle Wunden genauso schnell wie bei ihm, aber wenn man sie in Stücke riss, konnte man ihr genauso gut einen Pflock durchs Herz jagen.

Schließlich gelang es ihm, sie dem Griff des wie auch immer

gearteten Angreifers zu entreißen. Sie stolperte in seine Arme, nicht mehr als ein blutender Haufen, fast ein Pastagericht – und hängte sich schluchzend an ihn. Er löste sich von ihr, legte sie auf den Boden und nahm die Verfolgung auf.

Spike war zum Kämpfen geboren. Und der Chip hinderte ihn nicht daran, den Kampf gegen dieses Wesen aufzunehmen. In vollem Vampirlook trat er in Aktion.

Seine Boots hatten Stahlkappen und er war froh darüber, als er in die Luft sprang, mit beiden Füßen einen hübschen Tritt nach vorn machte, dann einen Sidekick und dann mit einer ganzen Drehung in der Luft auf seinem Widersacher landete.

Der Schatten konterte mit einem Schlag. Der Vampir flog im hohen Bogen durch die Luft und knallte neben Cheryces Wohnwagen auf den Boden.

Als er sich wieder aufrappeln wollte, machte sich das Wesen wieder über Cheryce her und umhüllte sie mit seinem Schatten. Sie schrie so laut sie konnte.

Leute – Menschen – kamen aus den anderen Wohnwagen. Wohnwagenpack, dachte Spike. Überwiegend weißhaarige, faltige, übergewichtige gebräunte Fleischbeutel, denen er normalerweise keine Aufmerksamkeit geschenkt hätte. Ein paar zeigten auf Spike und schrien, aber es kümmerte ihn nicht. Mit einem Kopfschütteln versuchte er, die kleinen Vögel und Sterne zu vertreiben. Cheryce war in arger Bedrängnis – und wenn er sie verlor, verlor er jede Chance, Woodring kennen zu lernen.

Er warf sich gegen den Schatten, der sich plötzlich ganz fest anfühlte. Noch einmal warf er sich dagegen.

Und dann war da nichts mehr außer Cheryce, die regelrecht viviseziert worden war.

»Oh mein Gott!«, schrie eine Frau.

Spikes Gesicht nahm wieder menschliche Züge an, und er beugte sich über Cheryce. Sie winkte ihn dicht zu sich heran.

»Wenn ich sterbe, kannst du meinen Elvis haben«, sagte sie. Dann erschlaffte ihr Körper.

Spike bettete seine Stirn an ihre Brust – also, eher darauf, ganz unbeabsichtigt. Dann warf er seinen Kopf zurück und heulte: »Neeeeeeiiiiin!«

Endlos hallte sein Schrei durch die Nacht.

Giles, Anya, Xander und Tara patrouillierten durch die Stadt. Tara ging mit Giles, damit die beiden Turteltauben Gelegenheit zum Zanken und Küssen hatten, und diskutierte mit ihm diverse Aspekte der Magie. Er fand, sie war ein charmantes Mädchen, ziemlich schüchtern, aber sehr versiert in der Hexenkunst.

Stirnrunzelnd sagte er plötzlich: »Ich glaube, ich habe gerade einen sehr kleinen Schleimdämonen durch den Eisenwarenladen flitzen sehen.«

Tara drehte sich um. Da rief Anya: »Nichts wie weg!«

Drei Steindämonen hatten sich an ihre Fersen geheftet, und sie wirbelten mit dicken Steinschlägern. Sie sahen aus wie lebendig gewordene wasserspeiende Baseballspieler. Die grauen humanoiden Monster schleuderten ihre Waffen nach den fliehenden Gestalten, und einer von ihnen schlug so heftig gegen einen Hydranten, dass er zerbarst und eine Wasserfontäne bis an die Stromkabel über ihren Köpfen spritzte.

Es zischte und donnerte, und die ganze Straße wurde in Finsternis getaucht. Alle Straßenlaternen flackerten und erloschen gleichzeitig.

»Es ist wieder da«, sagte Giles und bog um eine Ecke. Er hielt an, um Luft zu schöpfen. Die Schreie der Passanten hallten ihm in den Ohren. »Und es hat Freunde!«

Aber Tara schüttelte den Kopf. »Es ... Es fühlt sich anders an.« Sie drehte sich um. »Es ist nicht dasselbe, Mister Giles. Etwas geht hier vor sich.«

»Etwas Übles«, fügte Xander hinzu.

»Etwas sehr Übles«, pflichtete ihm Anya bei.

»Wir sollten zurück in meine Wohnung«, sagte Giles.

»Damit wir rausfinden, was los ist?«, fragte Anya.

»Damit wir nicht getötet werden.«

»Hey, als ich das vorgeschlagen habe, fandet ihr das alle blöd«, bemerkte Xander.

»Das war vorher. Jetzt ist jetzt«, sagte Tara.

Ein Mann lief an ihnen vorbei. Er wurde von einer merkwürdigen, schwerfälligen Gestalt mit weißem Fell verfolgt. Aber dann ließ die Kreatur von dem Mann ab und nahm direkten Kurs auf die Scoobies.

»Süße Miezekatze, liebe Miezekatze!«, rief Xander und schlug nach dem tigergroßen Monster.

Es duckte sich und sprang ihn von vorn an. Xander stolperte und fiel auf den Rücken. Deutlich war zu hören, wie er mit dem Hinterkopf hart auf dem Gehsteig aufschlug. Anya und Tara schrien auf.

Der Kreatur gelang es nicht, rechtzeitig zu stoppen, und sie knallte mit dem Kopf voran in die Mauer des Ladens. Betäubt stolperte sie über Xander und fiel auf die Seite.

Xander stöhnte und versuchte, sich aus dem Weg zu rollen, aber er war zu angeschlagen. Giles packte ihn und zog ihn wieder in die Mitte der Gasse.

Weiter unten tollten und tobten noch andere Monster und Dämonen herum.

Die Hölle war los.

»Kannst du laufen?«, fragte Giles, griff Xander unter die Arme und zog ihn auf die Beine.

»Er hat die letzte Zeit viel Junkfood gegessen«, beeilte sich Anya zu erklären. »Wahrscheinlich wiegt er mehr als sonst.«

»Ich glaube, ich schaffe es, danke«, stieß Giles zwischen zusammengebissenen Zähnen hervor. »Xander, bitte, du musst aufstehen! Wir müssen hier weg!«

Xander gab ein paar undeutliche Laute von sich.

»Ich glaube, er spricht Fyralisch«, sagte Anya.

»Eigentlich nicht.« Giles zog einen Pflock aus der Tasche. »Bewaffnet euch so gut es geht. Wir müssen Xander in Sicherheit bringen. Und wir müssen herausfinden, was hier los ist.«

»Idee. Gute Idee«, murmelte Xander.

Als die drei Xander durch das dunkle, verrückte Sunnydale schleppten, sehnte sich Anya nach den alten Zeiten des Chaos und der Zerstörung. Xander war ein großartiger Freund, aber ein Rachedämon zu sein, hatte auch seine guten Seiten gehabt, besonders in Situationen wie dieser.

Tara sprach ein paar nützliche Formeln, damit sie heil zu Giles Wohnung gelangten. Sie schleppten sich gerade mühsam durch den Vorgarten, als es heftig in den Büschen raschelte. Als Anya nachsehen ging, bemerkte sie eine alte Decke, die über ein paar Zweigen ausgebreitet war.

Neugierig blickte sie darunter. Spike kauerte da mit einer halb aufgefressenen Leiche auf dem Schoß.

»Was machst du denn da?«, fragte Anya. »Nimmst du jetzt schon Reste?«

»Das ist meine verdammte Freundin«, entgegnete er.

»Ist sie?«, meinte Anya.

»Sie wurde verletzt. Dieses Wesen, über das ihr die ganze Zeit palavert, wollte sie auffressen.«

»Giles?«, rief Anya. Als Giles näherkam, sagte sie: »Spike hat das Schattenmonster gesehen.«

»Hat er?«, fragte Giles interessiert. Nach einem Blick auf Cheryce verzog das Gesicht. »Jetzt hat er sich in einen Ghul verwandelt.«

»Oder in einen Perversen?«, hakte Xander nach.

»Das ist seine Freundin«, erklärte Anja.

»Ich konnte sie ja nicht mit in die Wohnung nehmen«, sagte Spike. »Sie hätten sie doch niemals eingeladen.« Er sah den Engländer finster an. »Sie ist eine Vampirin, und sie braucht Hilfe. Sie müssen sie retten!«

»Erzählen Sie mir zuerst von dem Schattenmonster«, verlangte Giles und verschränkte die Arme.

»Sie sind ein schlechter Mensch«, entgegnete Spike. »Sie reden immer davon, Gutes zu tun, aber wenn es drauf ankommt ...«

»Spike!«

»Also gut. Wir wollten einen schönen romantischen Spaziergang machen, und als wir gerade aus dem Wohnwagen kamen, griff das Ding an.« Er zuckte mit den Achseln. »Hat sie umhüllt und sie angegriffen. Ich hab' ein paar gute Schläge landen können, ein paar Tritte – ausgezeichnete Tritte – und dann ist das verdammte Ding einfach verschwunden.«

Giles sah ihn stirnrunzelnd an. Spike schnippte mit den Fingern.

Dann sah er sich um. »Das Interessante ist, als es einmal verschwunden war, sind all die anderen Gestalten hier aufgetaucht. Was hat das zu bedeuten, Rupert?«

Anya legte gespannt den Kopf zur Seite.

Der Brite entgegnete langsam: »Ich fürchte, ich habe keine Ahnung.«

»Die sollten Sie sich aber schnell zulegen«, sagte Spike. »Wie es aussieht, gehören brennende Ölfelder und Schattenmonster im Moment noch zu den kleineren Sorgen dieser Stadt.« Er grinste. »Nett, was?«

Giles seufzte nur.

Los Angeles

»Sie war einfach verschwunden«, wiederholte Cordelia. »Puff! Von meiner Frisur kenne ich das ja: Wenn sie ausnahmsweise mal sitzt und jemand holt eine Kamera raus, dann verschwindet sie schlagartig. Und während wir nach Kayley suchten, sind die Jungs einfach abgehauen, diese Vampire jagenden Straßenkids. Es war wie mit den Elefanten bei Siegfried und Roy – einfach alle verschwunden.«

»Ich habe gesehen, wie sie rausgegangen sind«, erklärte Wesley. »Also ist ihr Verschwinden nicht wirklich ein Geheimnis. Aber es wäre doch nett gewesen zu erfahren, wer sie sind.«

Angel hatte da schon eine Idee. Die Beschreibung, die Cordelia und Wesley ihm gegeben hatten, klang ganz nach Gunn und seinen Leuten. Gunn hatte Wesley und Cord im Krankenhaus gesehen, nachdem Angels Büro in die Luft geflogen war, aber sie waren bewusstlos gewesen und hatten Gunn damals nicht kennen gelernt. Anscheinend hatten sie es jetzt immer noch nicht.

»Aber das verschwundene Mädchen hatte dich doch angerufen und dir verraten, dass Kostov unterwegs ist«, meinte Angel. »Vielleicht hat die Kleine Angst vor den anderen bekommen; Angst irgendwie bestraft zu werden.«

»Nein, nein, sie ist nicht weggelaufen. Sie war gerade noch da und im nächsten Augenblick verschwunden. Ohne sich körperlich zu bewegen.«

»Cordelia hat Recht«, sagte Wesley. »Es war wie ein Zaubertrick – das unglaubliche Verschwinden der Jungfrau oder so.«

»Also haben wir überlegt, wer von den Leuten, die wir kennen, über so etwas Bescheid weiß.«

Wesley warf ihr einen schmerzerfüllten Blick zu.

»Abgesehen von Wesley«, ergänzte Cordy notgedrungen.

Angel rieb sich das Kinn. Buffy hatte ebenfalls von verschwundenen Leuten erzählt. Waren es auch Teenager gewesen? Eine Freundin von Willow, hatte sie gesagt, also war es anzunehmen. Es schien ihm fast zu weit hergeholt, zu glauben, es gäbe eine Verbindung zwischen dem Fall, der Buffy nach L.A. gebracht hatte, und den Ereignissen, die Cordelia und Wesley erlebt hatten, während er damit beschäftigt gewesen war, einen Gefängnisaufstand zu überleben.

Er musste wirklich dringend raus aus seinen zerfledderten und verräucherten Klamotten, aber Cordelia und Wesley hatten gleich mit ihrer Geschichte angefangen, sobald er zur Tür herein gekommen war. Er hörte mit halbem Ohr zu, während er im Geiste versuchte, seine Prioritäten zu sortieren. Erstens war Buffy irgendwo da draußen, und obwohl er wusste, dass sie sehr gut auf sich selbst aufpassen konnte, musste er doch von Zeit zu Zeit ein Auge auf sie haben. Dann war da die Tatsache, dass Rojelio Flores am Morgen aus dem Gefängnis entlassen werden sollte. Angel wollte versuchen, rechtzeitig zum *Flamingo* zu fahren, um dafür zu sorgen, dass es keine Probleme mit den korrupten Cops gab, die ihm den Mord angehängt hatten. Und nun war

Cordelia der Meinung, er müsse sich auch noch um das Verschwinden dieser Ausreißerin Kayley kümmern.

Angel verstand ihre Sorge, besonders in Verbindung mit dem, was Buffy ihm erzählt hatte. Wenn junge Mädchen von der Bildfläche verschwanden, dann war in Los Angeles definitiv etwas faul.

»Und sie war wirklich verschwunden, nicht nur unsichtbar?«, fragte Angel.

»Verschwunden«, wiederholte Cordelia. »Wir haben alle nach ihr gerufen und überall gesucht. Kein Lebenszeichen.« Cordelia schritt sichtlich aufgewühlt in ihrem Wohnzimmer auf und ab. »Hör mal, ich weiß ja, dass um uns herum ein Haufen merkwürdiger Dinge geschieht«, fuhr sie fort. »Wenn man in Sunnydale aufwächst, direkt am Höllenschlund, dann lernt man so einiges kennen. Aber seit ich nach L.A. gezogen bin und mit dir arbeite, Angel, bin ich wirklich schon ein paar ganz unübertrefflichen abscheulichen Gruseligkeiten begegnet.«

»Gruseligkeiten?«, wiederholte Angel.

»Ja, genau. Ekelige, abscheuliche Gruseligkeiten. Aber egal, jedenfalls war nichts von dem, was wir schon gemeinsam gesehen haben, so gruselig für mich wie das Verschwinden dieses Mädchens direkt hinter meinem ... Rücken. Was hat das zu bedeuten? Wo ist sie hin?«

Angel sah Wesley an, der seine Brille mit dem Taschentuch putzte. »Hast du eine Idee, Wesley?«

»Mehrere«, entgegnete Wesley und setzte die Brille wieder auf. »Sie ist durch einen Riss im Raum-Zeit-Kontinuum geschlüpft. Ihre Atome wurden in alle vier Windrichtungen zerstreut. Sie wurde in ein kleines Dorf in Sibirien teleportiert. – An Ideen mangelt es mir nicht, aber keine scheint mir rechten Sinn zu machen.«

»Was ist mit den anderen Mädchen?«, fragte Angel. »Was machen die jetzt?«

»Ich habe sie gefragt«, sagte Cordelia, »aber sie scheinen noch keine konkreten Pläne zu haben. Sie sagten, sie blieben noch diese Nacht dort, um über ihre nächsten Schritte nachzudenken.«

»Glaubst du, sie sind von ihrer Vampirbesessenheit geheilt?«

»Ziemlich sicher. Das Verschwinden von Kayley hat sie ordentlich in Panik versetzt.«

»Ich kümmere mich um die Sache«, sagte Angel. »Ich höre mich mal um. Vielleicht finde ich ja etwas heraus.«

Cordelia lächelte zum ersten Mal, seit er zur Tür hereingekommen war. Sie hatte großes Vertrauen in Angel. Wenn er versprach, etwas zu tun, dann tat er es auch.

»Aber ich muss auch dafür sorgen, dass Rojelio Flores mit seiner Familie in Sicherheit ist.«

»Er wird heute freigelassen?«, fragte Cordelia.

»Richtig.«

»Aber nicht, bevor die Sonne aufgeht, oder?«

»Richtig.«

Cordelia blickte auf ihr Handgelenk, wo normalerweise die Uhr war. »Dann hast du ja noch ein bisschen Zeit, nach Kayley zu suchen.«

Angel nickte. Ein anstrengender Tag, damit musste er sich abfinden. Obendrein war da auch noch Buffy, und er wollte weitere Nachforschungen über die korrupten Cops anstellen, die mit dem Fall Flores zu tun hatten.

Kate hatte ihn – halbwegs zögerlich, wie er fand – gebeten, ein wenig im LAPD herumzuschnüffeln, um herauszufinden, wer sauber war und wer nicht. Das konnte nur ein Außenstehender erledigen. Angel war niemandem bei der Polizei verpflichtet und hatte, abgesehen von Kate, zu keinem der Beamten eine persönliche Beziehung. Cops zählten zu den engstirnigsten Leuten, die er kannte, und sie schlossen ihre Reihen sehr dicht gegen jeden, der ihnen nachspionierte, besonders, wenn es eine Kollegin wie Kate tat.

Angel würde niemandem außer Kate Bericht erstatten und sie wollte Stillschweigen bewahren, bis sie wusste, wie weit die Korruption ging, bis wie weit nach oben sie reichte. Die Bürger von

Los Angeles hatten Anspruch auf eine ehrliche Polizei, und in den letzten Jahren war die Glaubwürdigkeit der Truppe arg strapaziert worden. Ein weiterer Skandal wäre eine Katastrophe, und Kate wollte alle Fakten kennen, bevor sie einen Verdacht aussprach.

Angel hatte einen Informanten ausfindig gemacht, der behauptete, etwas über korrupte Cops und ihre Verbindung zu kriminellen Banden zu wissen, und sich mit ihm verabredet. Dies hatte er mittels eines Zwischenhändlers getan, einem kleinen Ganoven, dem er zufällig ein paarmal über den Weg gelaufen war, und den er einmal vor einem Hrothgar-Dämonen mit Appetit auf Knochenmark gerettet hatte.

Das Treffen fand in zwanzig Minuten statt. Er musste los.

Er verabschiedete sich und ging, immer noch in seinen stinkenden Klamotten.

Boyle Heights, eine Stunde vor Sonnenaufgang, war nicht gerade das, was Buffy sich unter einem malerischen Fleckchen vorstellte. Es war gut, Riley dabei zu haben, aber auch sein sonniges Gemüt konnte nicht viel ausrichten. Die Gegend erinnerte sie an ein Kriegsgebiet – leer stehende Geschäfte, zerbrochene Schaufenster, Graffiti an den Wänden, über deren Bedeutung man nur Vermutungen anstellen konnte. Die meisten Straßenlaternen waren kaputt, ihre Glühbirnen zersprungen. Müll häufte sich entlang der leeren Straße.

»Schöne Umgebung«, bemerkte Riley sarkastisch und drückte damit aus, was sie dachte.

»Wir haben Glück«, entgegnete Buffy, »dass wir nicht hier leben müssen.«

»Ja, ich vermute, die Stadt hat andere Sorgen, als den Müll in den Armenvierteln aufzuräumen, nicht wahr? Wo Salmas Eltern leben, gibt es bestimmt einen extra Wagen von der Stadt dafür, jedes umherfliegende Bonbonpapierchen aufzusammeln – dabei könnten Salmas Eltern es sich leisten, jemanden nur fürs Straßefegen einzustellen.«

»Meinst du, der Bürgermeister bekommt jemals Straßen wie

diese zu sehen?«, fragte Buffy. »Es ist, als wären die Leute hier unsichtbar.«

Riley verrenkte sich den Kopf und schaute aus dem Fenster. »Also, ich glaube, Sleepy Ramos ist tatsächlich unsichtbar.«

Sie hatten jemanden gefunden, der behauptete, den genauen Aufenthaltsort von Sleepy Ramos zu kennen. Nachdem Riley seine Überredungskünste eingesetzt hatte, erfuhren sie dann auch, wo genau sie suchen mussten: Sleepy stehe vor dem Treffpunkt Wache, hatte der Kerl gesagt. Nur war »Stehen« nicht das richtige Wort: Sleepy hielt schlafend in einem alten, grau lackierten Plymouth Wache. Er konnte überall schlafen – daher sein Spitzname – aber er hatte einen leichten Schlaf. Man ließ ihn Wache schieben, weil er beim leisesten Geräusch und der kleinsten Bewegung aufwachte.

Also fuhren Buffy und Riley kreuz und quer durchs Viertel und suchten nach dem alten grauen Plymouth. Schließlich entdeckte Buffy ihn gegenüber von einem heruntergekommenem viktorianischen Haus vor einer Metzgerei. »Da«, sagte sie. »Sleepy!«

Riley hielt hinter dem Plymouth an. Buffy sah Sleepys Gesicht im Rückspiegel und bemerkte, dass seine Augen sofort aufklappten, als sie sich näherten. Es entsprach also der Wahrheit, was man sich von ihm erzählte.

»Er ist wach«, bemerkte sie.

»Sehe ich.«

Sie stiegen aus dem Wagen und gingen auf Sleepy zu, der bereits eine Kurzwahltaste auf dem Handy betätigte. Buffy machte einen Satz nach vorn, riss die Tür auf – die dabei Schaden nahm, denn sie war verriegelt gewesen – und angelte Sleepy das Handy aus der Hand. Eine Stimme rief: »Hallo? Yo, hallo?«

»Sorry, verwählt!«, sagte sie, schaltete es aus und warf es auf die Rückbank.

Riley stand inzwischen auf der anderen Seite des Wagens; Sleepy war umzingelt.

»Sleepy Ramos«, sagte Buffy. »Wir müssen mit dir reden.«

Angel war unterwegs nach Boyle Heights, einem Viertel, durch das er bislang nur selten gefahren war. Es lag im Osten von Los Angeles, hinter der Cesar Chavez Avenue, nicht sehr weit entfernt von seiner üblichen Piste und dem Zentrum. Allerdings drängte sich ihm der Verdacht auf, dass die Leute, die in den glitzernden Wolkenkratzern der Innenstadt wohnten, Boyle Heights noch nie im Dunkeln erlebt hatten.

Er bog einen Block entfernt von der Kreuzung, wo sein Informant auf ihn warten sollte, um die Ecke. Das Auto stand da. Aber der Informant war nicht allein.

Hinter ihm hatte ein Wagen geparkt und zwei Leute standen vor ihm – ein großer, kräftig wirkender junger Mann in Militärkleidung und eine kleinere, ziemlich hübsche blonde Frau.

Buffy!

Angel hielt an und sprang aus dem Wagen. »Buffy!«

Sie wirbelte herum und auf ihrem Gesicht machte sich Bestürzung breit. »Angel? Was machst du denn hier?«

»Wenn das Sleepy Ramos ist, bin ich mit ihm verabredet«, erklärte Angel. Seine Stimme mochte ein wenig kühler klingen als ihm lieb war, aber er war immer noch etwas verstimmt. »Dasselbe könnte ich dich fragen.«

»Ich suche nach jemandem«, sagte sie. »Und ich glaube, der hier weiß, wo ich ihn finde.«

Sleepy Ramos kletterte aus seinem Wagen. Seine Augen waren verquollen und das dicke schwarze Haar wirkte ungekämmt. Er sah aus, als wäre er gerade aus dem Bett gefallen. Er trug ausgebeulte Cargo-Hosen und ein Flanellhemd, das ganz zugeknöpft war. Älter als siebzehn konnte er nicht sein.

»Yo, Mann«, sagte er. »Bist du Angel?«

»Bin ich«, entgegnete Angel.

»Diese Leute hier belästigen mich«, beschwerte er sich. »Das war nicht abgemacht. Wirst du etwas dagegen unternehmen?«

»Kann er ja mal versuchen«, sagte Riley. Angel sah Buffys Freund an. Er wirkte aggressiv und hatte die Fäuste geballt.

Angel wusste, Riley mochte ihn nicht. Und er wusste, er konnte Riley erledigen, ohne ins Schwitzen zu kommen.

Wenn der Soldatenjunge sich nicht beruhigt, dachte er, werde ich es ihm vielleicht schon diesmal beweisen.

»Wir sind alles alte Freunde, Sleepy«, versicherte Buffy dem Jungen. Sie drehte sich zu Riley. »Nicht wahr?«

»Kein Problem«, sagte Riley.

»Und Angel?«, fragte sie betont.

»Ja, ja«, entgegnete Angel.

Er drehte sich wieder zu Sleepy Ramos um, aber der war offenbar nicht mehr an einem Gespräch interessiert. Er hatte einen winzigen Augenblick genutzt, in dem alle abgelenkt waren, um sich fortzuschleichen. Als Angel zu ihm hinübersah, fing er an zu laufen.

»Ramos!«, rief Angel.

»Hey!«, rief Buffy. »Wir sind doch noch gar nicht mit ihm fertig!«

Angel warf ihr einen Blick zu. »Er gehört mir«, sagte er und nahm die Verfolgung auf.

Buffy hielt mühelos mit ihm Schritt. »Wir können ja teilen«, sagte sie.

Weiter vorn rannte Ramos in eine Reihe Metallmülleimer auf dem Gehsteig. Sie stürzten scheppernd um, und er kippte hinterrücks eine auf den Gehsteig. Der Deckel knallte auf den Boden und fiel in das Fenster einer Wäscherei. Scheiben klirrten, und eine Sirene ging los. Schockierend laute Geräusche an so einem stillen frühen Morgen! Auf der anderen Seite der Mülleimer entkam Sleepy in eine Gasse.

»Das wird den Nachbarn gefallen«, keuchte Riley ein paar Schritte hinter Angel und Buffy. Angel legte noch einen Zahn zu und Buffy raste hinterher.

Als sie in die Gasse kamen, rannte Sleepy Ramos gerade auf einen glitzernden goldenen Kreis zu, der sich quer über die Gasse auftat. Angel konnte die Straße auf der anderen Seite des Kreises kaum erkennen. Es war, als blicke man durch eine Art zähfließende Flüssigkeit.

»Angel …« setzte Buffy an. Aber bevor sie noch etwas sagen konnte, lief Ramos schnurstracks in den Kreis und verschwand aus ihrem Blickfeld. Angel wappnete sich und hechtete los –

– und knallte mit Buffy zusammen, die seine Beine umklammerte und ihn gegen eine Mauer warf. Sie kugelten über den Boden und zogen sich Schürfwunden an Händen und Knien zu, Angel auch an der Wange. Als sie sich endlich voneinander lösten, war der goldene Kreis verschwunden.

»Das wolltest du doch wohl nicht tun!«, sagte Buffy, wischte sich die Hände an der Hose ab und strich ihr Haar zurück.

»Was war das denn?«, fragte er.

»Erzähle ich dir später«, sagte sie.

Riley holte sie ein, warf Angel einen bösen Blick zu und reichte Buffy die Hand, um ihr aufzuhelfen. Angel half sich selbst.

»Wir haben Gesellschaft«, sagte Riley und wies mit dem Daumen über die Schulter.

Ein Streifenwagen blockierte den Ausgang der Gasse. Der rote Lichtbalken auf dem Wagendach blinkte und warf einen feuerähnlichen Schein auf die Mauern. Zwei Polizeibeamte hatten sich dahinter verschanzt und richteten die Gewehre auf sie.

Angel blickte zum anderen Ende der Gasse. Dort stand ein weiterer Streifenwagen, hinter dem ebenfalls zwei Beamte lauerten.

»Keine Bewegung!«, rief einer der Cops.

Angel erkannte ihn an der Stimme.

Es war Bo Peterson.

FORTSETZUNG FOLGT …

BUFFY – IM BANN DER DÄMONEN

Yvonne Navarro
Buffy – Im Bann der Dämonen
Unheilvolle Schöpfung

James Laurence
Buffy – Im Bann der Dämonen
Die Ankunft der zweiten Jägerin

Diana G. Gallagher
Buffy – Im Bann der Dämonen
Teuflische Ergebenheit

Nancy Holder
Buffy – Im Bann der Dämonen
Der Pakt mit dem Bösen

Scott Ciencin
Buffy – Im Bann der Dämonen
Die Versuchung

Yvonne Navarro
Buffy – Im Bann der Dämonen
Gefallene Engel

Mel Odom
Buffy – Im Bann der Dämonen
Mörderisches Spiel

Rebecca Moesta
Buffy – Im Bann der Dämonen
Welle der Verwüstung

Christopher Golden
Buffy – Im Bann der Dämonen
Kreaturen des Meeres

Ashley McConnell & Dori Koogler
Buffy – Im Bann der Dämonen
Theater des Grauens

Egmont vgs verlagsgesellschaft, Köln

www.vgs.de

Foto: Hergen Schimpf

Petra Hammesfahr

«Spannung bis zum bitteren Ende» Stern
«Es gehört zu den raffinierten Konstruktionen von Petra Hammesfahr, dass dann doch alles ganz anders sein könnte» Marie Claire

Das Geheimnis der Puppe
Roman 3-499-22884-X

Der gläserne Himmel
Roman 3-499-22878-5

Der Puppengräber
Roman 3-499-22528-X

Der stille Herr Genardy
Roman 3-499-23030-X

Die Chefin
Roman 3-499-23132-8

Die Mutter
Roman 3-499-22992-7

Die Sünderin
Roman 3-499-22755-X

Lukkas Erbe
Roman 3-499-22742-8

Meineid
Roman 3-499-22941-2

Roberts Schwester
Roman 3-499-23156-5

Merkels Tochter
Roman
Merkel war Kriminalbeamter, als er den Liebhaber seiner Frau erschoss. Als er nach 15 Jahren Haft zu seiner Tochter Irene zieht, hat er seine eigenen Vorstellungen von Gerechtigkeit...

3-499-23093-3